オライオン飛行

Vol d'Orion

Takagi Nobuko

髙樹のぶ子

講談社

オライオン飛行

装幀　高柳雅人
装画　ケッソクヒデキ

1

地球は丸くなどなかった。球体のかたちなどまるで見えず、宇宙との境界も曖昧なまま、暗い真綿のような闇ですべてがつながっていた。多少の濃淡が感じられるのは、きっと手前の窓の一部が曇っているからだ。

一番地球に近い星は当然のことながら月、そのときは半月。何年も何十年もその左半分に磨きをかけ、これ以上磨くとぱりんと割れてしまいそうな薄さに仕上がっていた。口に入れれば薄氷のように歯に沁みるだろう。そして光らない右半分は宇宙に存在しないかのようだった。

この半月を目にすればとりあえず、左半分の白黄色の輝きに目を奪われ、右半分の暗がりについては想像だにしない。人間の意識と視力はその程度なのだ。けれどすぐに気がつく。月は元々丸く、右半分にも「何か」があるはずだと。そう思い直して、じっと見つめてみると、確かに「何か」がある気がしてくる。

いや、あの右半分には何も無い。目に見えないのだから何も無い。半分は昼間の太陽の熱に溶かされてトロトロのお粥になって闇の中に霧散してしまったのだと考える人間も、この広い世界には居るだろうし居たはずだ。

科学を信じない人間は、現代では落ちこぼれの変人扱いだが、自分こそその謎を解く人間だと気負い、半月の右半分を見定めたいものだと空を飛んだ人間も居た。科学技術の最先端を身につけながらも、科学を信じ切ることが出来ない人間は不幸だろうか。宇宙の闇にひそむ神や悪魔を必死で凝視し、息を殺して対峙した人間は滑稽だろうか。

答えは見つからない。

さて、窓の外の半月だが。

光は地上から見る月光の何倍も強く、その下方に位置するオライオンを、斜め上から鋭く射し下ろしていた。オライオンはギリシャ神話では勇ましい狩人で、その反り上がった肩とウエストの三つの星が、引き締まった屈強な身体を表している。七個の星々はそれぞれ何百光年もの距たりがあるはずなのに、ふかふかの布に置かれたように静かだ。

やがて半月はオライオンの肩から離れ、ともに西の空に向かって落ちていく。

地球のかたちが現れるのはそれからしばらく経ってからだ。東の闇がうっすらと濃淡を現し、その濃淡は次第に線を作っていく。線はまだ闇の一部なのに、やがて糸になり紐になり、しだいに薄い層をつくる。細くて青白い明るみに染まりはじめる。

青白い中にオレンジ色が混じり始めると、地球の縁も闇を薄めて丸くじっとりと和らいでくくる。

地球はやはり球体なのだと、このときはっきりする。

十月初旬、パリのシャルル・ド・ゴール空港を飛び立った夜間飛行便は、日本に到着する数時間前、南側の座席に座る乗客に、このような光景を見せてくれる。機内は明かりを消され、乗客は眠りの中に押し込められているけれど、こっそりシェードを引き上げて夜空の星々をひと目見たいと思う乗客には、宇宙を支配しているものの圧倒的な明快さを見せつけた。さらに、輝く半月もオライオンもやがて東からやってくる曙の朱赤には敵わないことを、息苦しさとともに教えてくれもした。

シェードを半分引き上げ、低い振動音の中で宇宙の劇的な支配を、かたずをのむようにして見つめている若い女と初老の男について、まずは何から書けばよいのだろう。

若い女の名は里山あやめという。二十六歳だがショートカットの小顔のために、どうかすると成人前に見られることもあった。整った顔立ちとは言いがたいが鼻はかたちよく尖り、唇は小さくて、性格は別にして見た目はキュートで俊敏に見える。じっとしていればだが。

彼女は二十六歳の若さで恋愛や結婚という人並みの幸せを諦めている。

その理由をさまざま挙げることができるけれど、まず最初に、生まれてこのかた走ったこともジャンプしたことも無い、股関節の変形が原因。思春期になり身長が伸びて、足の不具合は目立ってきた。

次に挙げられる理由は母親里山ひそかの階段からの転落死。あやめが十六歳の夏、急な階段から落ちて、頸椎を骨折してあっけなく死んだ。日本の年間の転倒・転落死の数は、交通事故死より多くなった昨今だが、十六歳のあやめにとっては、不幸の塊が自分の家めがけて落ちてきたように感じられた。四年後の父紀彦の再婚も多少の影響はあったけれど、あやめが人生を諦める原因としては、彼女自身の誰にも話せない苦い恋愛体験も大きいだろう。

あやめは怒った顔をしないかわりに大きな笑顔も見せない。何があってもさやさやと自分の前を通過させてしまう。そうなのね、と軽く頷くのは、何も感じていませんよ、という意思表示でもあった。目と唇を寄せてクシャッと笑って見せるときもあるけれど、内心を隠す演技であり場を保つ精一杯のサービスだった。

高校に行っていたころは誰も友達がいなかった。それが辛くもなかった。靴箱に履きつぶされたハイヒールが片方入れられていたときは、その意味がはっきり伝わり、うん確かにそうよね、うちは生涯こういうものは履けんよね、と納得してゴミ箱に捨てた。別に教えてもらわんでも判っとる、と思っただけでそれ以上の感情は湧いてこなかった。

地元の短大ではいじめこそ無かったが、身体の動きに手を差し伸べられる親切が、逆に辛かった。大丈夫、平気平気と、無理に明るい声を返して切り抜けた。

決してひねくれてはいない。むしろ周囲の人間に気を遣いすぎて疲れてしまうタイプなのだ。気を遣われるのも好きでは無かった。走ったり跳んだりが出来ないだけで、日常生活に不自由はなく歩くことも出来るし、毎日の犬の散歩も欠かしたことはない。右足を出すとき、わずかに外側に放り出すように見え、着地の瞬間一センチ程度身体が沈む、その程度だ。

これがあやめの大雑把な紹介だが、いまは両親と暮らした福岡県別府《べふ》の古い家を出て、そこからバスで二十分のピッチェリアの二階で暮らしている。

薬院大通りから少し入った場所にあるピッチェリア「ルッコラ」に来た理由は、後ほど書くことにするが、ともかく犬の散歩というのは、この店の女主人から頼まれた朝晩の仕事なのだ。犬種は豆柴で、女主人のマンションでは飼えなくてお店の裏庭に犬小屋を作った。豆柴なのであやめにも扱い易い。散歩はいつも浄水通りを動物園前まで往復する。最近は飼い主をあやめだと思っている様子だ。

あやめにも得意なことはいくつかある。彼女が「ルッコラ」に来た理由の一つでもあるので、やはりここで触れておこう。

あやめはスフレケーキを作る名人なのだ。

スフレケーキを作る醍醐味は、オーブンの中で破裂直前まで膨らむときの緊張感だ。爆発する。もうだめだ。百八十度のオーブン内で膨張した内部の空気が、ケーキの頭をぎりぎりまで大きくする。ケーキの組織は必死で耐えている。やがて外側がこんがりと焼けてかたちが出来上がり、内側からの圧力もかたちを壊す直前でおさまると、バランス良く静かにケーキが誕生するのだ。

オーブンの窓から覗くスフレケーキは、地球誕生のようだった。あやめはいつも、良う頑張ったね、と祝った。それから少し、悲しくなった。うちはうまく誕生できなかった。人間もケーキもちょっとした加減で失敗作が生まれる。けれど食べてみれば、失敗してつぶれたスフレケーキの方が濃厚な味わいと香りがあったりする。

あやめは中に入れるものに次々と挑戦した。季節の果物、たとえば栗、イチジク、ブルーベリーなど。チーズやヨーグルトとの相性の良し悪しは自分では判断できなくて、知り合いの「ルッコラ」の女主人に味見をしてもらった。女主人の五島さんはあやめの母親ぐらいの年齢で、いつもがっしりした腰回りに赤いエプロンを巻き付けて、ピザ窯の薪を運んでいた。辛かったらこの二階に来ん？　と言われて、そのとき初めて、辛い自分に気がついた。古家での一人暮らしをやめて、ピッチェリアの二階に住むことになった理由の一つはそういうことだ。

犬の散歩のほかには、午前中の厨房でスフレを焼く。メニューのドルチェに「スフレケーキ」が加わったが、小さい字でカシュナッツやサツマイモ、ニンジンなどと書いてもらう。五島さんの評価では、日々腕を上げているそうだ。他のケーキ類には手を出していない。家賃はタダだけど、スフレケーキを買い上げてもらう分だけでは足りないので、いまだに父親から生活費を振り込んでもらっている。全部は使わないようにしているので、少しずつ貯金が増えていくのがうれしい。

ここまで書けば、あやめは悲観的な人間でもひねくれ者でもないことが判るだろう。けれど恵まれた幸福な二十代の女性とも言えない。

さて、あやめの母親ひそかは専業主婦だったが、ひそかの伯母で、生きていれば九十七歳になる桐谷久美子は、戦前九州帝国大学医学部で看護長をつとめていたキャリアウーマンの先駆けだ。あやめが生まれる前に死んでいるのだけれど、白衣姿の写真をひそかから見せられたことがある。今もその写真は別府の古家にあるはずだ。

この桐谷久美子にあやめはひそかな憧れを持っている。子供のころから病院に行くことが多かったあやめだが、一枚の写真の中で微笑する桐谷久美子ほどの美人看護婦には、一度もお目にかかったことがなかった。格が違う。やさしいけれどこころざしが違う。それは一目で解った。病院の廊下を急ぎ足で歩き、手短に声を掛ける看護婦たちに、あやめはいつも手厳しかった。桐谷久美子と比べていた。

その人は、ひそかの父親つまりあやめの祖父の長姉に当たる人で、祖父はこの桐谷久美子を母親のように慕っていたという。家が貧しかったけれど看護婦をしながら弟を大学にまでやった。そう聞いていたからかも知れないが、母性的な暖かさを感じさせた。

ずいぶん遠い時代のご先祖様だが、その写真を見せられたときあやめはドキリとした。桐谷久美子はベッドサイドにタオルのようなものを胸に抱えて立っていて、ベッドには上半身を起こした首の長いハンサムな外国の男がいた。男は久美子と同時に笑ったような気配で、二人ともカメラを見てはいるのだが、二人の間に通う親密な空気が、写真の中に立ちこめていた。シャッターを切る直前には、お互いに顔を見つめて会話していたのではないだろうか。

写真の裏にはアンドレ・ジャピー、一九三六年とメモがあった。

このアンドレ・ジャピーという男が、なぜ九大病院のベッドにいて桐谷久美子と写真におさまったのかをあやめが知るには、この写真へのさらに強い関心と、過去に遡るエネルギーが要る。

写真の中のアンドレ・ジャピーは手に懐中時計を持っている。いまはこの懐中時計、あやめの持ち物になっていた。

あやめの想像ではアンドレ・ジャピーから久美子がもらい、久美子から祖父へ、母親へ、ときたものを、母の死後に自分がもらった、というか勝手に所有した。母の持ち物の中で一番美しかったので、手放せなくなったのだ。

一九三六年にすでにアンドレ・ジャピーが使っていた時計である。懐中時計の年齢としてはかなりの高齢だ。数年前までは竜頭《りゅうず》を巻けば動いていたけれど、今はもう寿命が尽きたらしい。それでもときどき竜頭を巻いてみた。何かの拍子に秒針がぴくりと痙攣することがある。死んではいないのかも知れないとあやめは思った。

時計は物なのでいのちとは無縁だが、あやめは自分が気に入った物にはいのちを感じた。関心の無い物は平気でゴミ箱へ放り込んだ。関心を持てるかどうかは、美しいかどうかで、他の基準は無い。

「ルッコラ」から城南線に出て、信号のある横断歩道を渡ったところに鉢嶺《はちみね》時計店がある。城南線に面してはいるが間口も狭く美容院とクレープ屋に挟まれて目立たない。日除け替わりに眼鏡美人のポスターが貼ってあり、眼鏡屋かと間違えそうだが、眼鏡はサングラスしか置いていない。

二年前に妻の容子を亡くした鉢嶺一良《かずよし》は、いったんは店を閉じる決心をした。妻が生きている間は妻への配慮で続けてきた。店は妻の父親から受け継いだものだし、途絶えさせてはならないと考えていたのだが、病床の妻の口から、自分が死んだら店を畳んで少しラクをしなさいよ、と冗談まじりに言われたのを遺言のように受け止めた。肺がんの末期でも容子は明るかった。東京に出た息子と娘が見舞いに来ても、まだ死なないからと追い返した。追い返して四日後に息を引き取った。

一良の人生は妻がすべてだったと言ってもいい。東京の息子と娘は容子の最初の結婚で出来た子で、彼との間には子供が居ない。前夫に女が出来て離婚したあと、店員だった一良と一緒になった。容子の子供たちがまだ中学生と小学生だったし、子供たちの気持ちを考え、一良は子供を望まなかった。一良にとっては長年憧れ親しんできた女を妻に出来たのだから、それ以上望めば罰が当たると考えた。

一良は妻より先に自分が死ぬものだと思っていた。年も三つ上だし、自分が先に死んでも妻は平穏な老後を送るだろう。心底それを望んでいた。容子の居ない人生を生きることなど、考えられなかった。

けれど病魔は妻の方に取り付いた。信じられないことに、一良の母親は八十九歳でまだ生きている。認知症を患ってはいるけれど施設の食事は栄養バランスも良く、そう簡単に死ぬことはなさそうだ。こんなことがあるだろうか。

この二年間、自分でも良く生きてきたものだと思う。死ぬことが難しかっただけだ。妻を亡くした六十六歳の男は世の中に相当数いるはずだ。妻を亡くしてもその全員が一良のように無力感に陥るはずはなく、もともと彼は男としての漲りに欠けていた。妻への依存心が強かった。それを彼自身認めてはいるけれど、依存心などではなく彼は妻を愛し、妻との生活以外に自分の人生を想像することが出来なかっただけだ。それは半ば正しかった。愛しているかどうかは本人の認識しだいなのだ。

彼は妻を愛していることに一度も疑いを持たなかったのだから、間違いなく愛していたのだ。それが証拠に、妻を亡くしたとたん、生きていけないと感じているではないか。生きていけないと感じているのに、彼は生きていた。その事実は、自分の来し方への自信を失わせた。自身への自信を失った一良は、髪の毛を一気に白くさせた。それでも髪の毛は在った。彼はときどき、妻の骨壺の前で、申し訳なさそうに白い髪の毛に手を載せた。手のひらから悲しみが心臓にまで降りてきた。やはり早く死にたい。容子のところへ行きたい。

鉢嶺時計店は木造二階家だ。妻が元気なときは近くのアパートで生活していたけれど、いまはアパートを引き払い時計店の二階に引っ越してきた。妻の骨壺は写真と一緒に高さも横幅も五十センチの仏壇に納めて毎日眺めている。後ろの壁に掛けた写真を見続けていると、動いている容子の映像が危うくなるので、そういうときは写真から目を外して、記憶の中の動画に走り込んだ。生暖かい容子の身体となじんだ匂いが伝わってくる幸せをかみしめながら、まだ消えるなよ、と動いている容子に激しく命令した。容子が遺したもので一良にとっての必需品は枕カバーだった。けれど二年も経てば、容子の匂いが消えていく。消えるな、と命令しても駄目だった。


時計を並べたケースの内側のいつもの椅子に、身体を投げ出して新聞を読んでいるとき、道路に面したガラス扉が押し開けられ、細身の若い女性が顔半分でのぞき込んでいた。

「あのう」

「いらっしゃい」

新聞を畳んだ。迷子の子猫がするりと入り込んだ気配。

「時計の修理、出来ますか」

「修理ならデパートの方が良いと思いますが。電池交換なら出来ます」

「電池ではありません。電池は入って無い時計です」

猫のようだった女性はポケットから懐中時計を取り出し、ショーケースに載せた。ひと目で、この手の時計は無理だと解った。装飾が施されたクラシックな懐中時計で、しかも古そうだった。高価なものかも知れないが、体重を感じさせない細身の女には不似合いなほど重そうだった。

「動かんので」

「……ちょっと見せてみんね」

想像した以上に重かった。

「故障でしょうか」

「分解してみんとね」

「お金かかりますよね。分解するといくらかかりますか」

「それも開けてみんとね」

諦めて出て行ってほしかった。けれど女は懐中時計を受けとったまま店の中を見回すと、全部同じ時間なんですね、と言う。何のことか最初判らなかったが、

「いや、電波時計だけで、他のは少しずつ違いますよ」

「すごい」

目を輝かせた。

「全部、ほら、全部同じです。こんなにぴったりだと針の兵隊みたいで怖くないですか」

「時計の針は、出来るだけ正確な方が良いです」

「そんなこと、当たり前です。時間がいろいろ在るより一緒の方が便利です。でも、こんなに沢山だと怖くないですか」

「怖くはないですよ」

「でも、壁中の時間に攻められてるみたい」

ショートカットの髪に半分隠れている耳たぶが赤く膨らんで見えたとき、この子から保護を求められているように感じて、一良は切羽詰まった使命感のようなものを胸の底で意識した。

足の運びが微妙にバランスを欠いて危なっかしく見えたせいもある。

あやめはわずかな興奮でも耳たぶに血液が通う体質、つまり日頃は色白で上気がすぐに皮膚に顕れるたちだが、それは一良の想像とは違い、むしろ不思議な空間に身をおいた高揚のせいだった。

「そこに椅子があるよ。座ったらどうですか」

「一つ、二つ、三つ、四つ……」

壁時計を数えて十六個。ふうと息を吐きながらあやめは椅子に座り、

「十六もあります」

「いや、もっとあるよ、腕時計も数えてみますか？　百個はある」

かわいいな、と感じていたので、つい応じて言うと、

「そういう意味ではないです」

急にうち沈んだ。伝えたいものがあるけれど、どうせ伝わらないと諦めた表情だ。一良は何が気に障ったのか判らず、しかしまたどうでも良い気になり、

「うちは時計屋で、全部商品だから」

と言った。

「そうですね。人は死んでも時計は生きてるし、人より物の方が丈夫です」

一良は無表情になる。妻の死がうそ寒い風になって吹き込んだ。胸の底で鳴っている鼓動は、がらんどうの中に置き去りにされた時計。動いているのが不思議だが動いている。

この女をどこかで見たような気がした。毎朝浄水通りを小さい犬を連れて散歩している女だと横顔で気がついた。花柄のビニール袋を提げていていつも足下を見て歩いていた。

「今日は、犬を連れてきてないんだね」

「おじさんも犬好きですか」

「いや、苦手だ。近所なのかな家は」

「ルッコラって、そこにイタリアンがあるでしょ？　その店の二階」

「あのレストランのマダムシェフの娘さん？」

「あの人シェフではなくて、シェフは別にいて、私は娘ではないです」

「……その時計、分解修理が出来るかどうか、預かっておいても良いよ」

「ではお願いします」

「預かり書を書こうか」

「信じますおじさんを」

ショーケースの上に置かれた懐中時計を受け取り、慌てて名前を聞くと、里山あやめと名乗った。ぺこりと嬉しそうに頭を下げて出ていった。右肩が浮き沈みする後姿を見送る。

時計の分解修理は預かり書を書いてメーカーに出す。そうでなければ電池を替えるだけで、あとは壁やショーケースの中の時計を売る。けれど預かった懐中時計は、そのどれでもない。なぜ預かってしまったのか。一良は自分の身体を包む厚い鎧に、かすかな罅《ひび》が入ったように感じる。困ったなと思う反面、新鮮な心地もする。若い女だからか、まさか。若い女なら、外の通りを太ももむき出しで日に何十人も歩いているし、目で追いつつも短いスカートと白い太ももにうんざりした。隣のクレープ屋に並ぶ子たちの話し声が聞こえてくると、そんな暇があれば道路掃除でもしてくれと思った。ついでにこんな子たちに日本の将来が担えるのか、こんな子たちが母親になれば、その子たちも役立たずになるに違いない。

と、こういう風に気持ちが振れたあとは、自分の人生も日本の役になんか立たなかったと溜息になる。日本の役に立つ立たないの評価は、ときどき不意に、それも後ろめたい気分をともなって、一良自身にやってきた。その瞬間ほど自分の老いを感じることは無かった。

まあいい、預かったものはとりあえず金庫に入れておこう。

良く確認することもなく、その日は懐中時計を金庫にしまった。そして思った。この時計を受け取りに、あの女はもう一度現れる。わざわざ修理を頼みに来たのだから、里山あやめにとっては、大事な時計に違いない。

不愉快きわまりなかった隣のクレープ屋に並ぶ馬鹿女たちの太ももが、触ったこともないし触りたくもないのに、すべすべと心地よさそうに感じられた。

一良はそれ以上考えなかったし、考えなければすべすべ感もすぐに遠のいた。二階に上がり妻の骨壺を覆う白い布に手を伸ばした。絹の布はすべすべしていたが箱は固かった。身体の底から感情がどくどくと湯玉になって噴き上がり、喉の奥を突き破って目の芯を貫いた。うなだれて耐えるしかなかった。それからゆっくり時計を見上げた。

古い家に入るには小春日が良い。やさしい日差しさえあれば、人の居ぬまに棲み着いた亡霊も床下にナリを潜める。

あやめが別府の家に入るのは半年ぶりだ。二階の納戸にはあやめの本棚や子供のころからの写真や文集などがある。衣類は一階のタンスに入っているけれど、家を出てからの一年間に必要なものはすべて持ち出したし、あとはこの家を壊すときブルドーザーで潰せば良いと思っている。朽ちかけた木材や壁土と一緒にホコリを立てながらあっけなくゴミになるだろう。けれど母が足を滑らせた階段だけは横からの引き出しが鉄の鋲などで頑丈に打ちつけられているので、空への階段のようにぽつんと残っているかも知れない。もしそんなことになればあやめは、火をつけて燃やすだろう。崩れた家の残骸のなかに階段だけがかたちを保っている夢を見たことがあるが、我慢ならない光景だった。

家に入ったけれど、階段は無視した。無視したけれど視界の片隅に見えていた。滑り落ちるときあの角で後頭部を打った。角はいつ見ても尖っている。無視できないと解り、撫でてみた。こんなもの、大して強くも固くも無い。ごしごし擦った。半年前にも同じことをした。この階段には何かが棲み着いている。

お座敷に向かう。母の持ち物はそのまま残されていた。父親はそれらを処分せずに、再婚時は身一つでマンションへ移った。それからしばらくあやめは一人で暮らしたが、やはり身の回りのものだけを持ってルッコラの二階へ越した。

母は一度だけあの写真を見せながら、この外国人はフランス人で、彼が左手に持っている懐中時計がこれなのよと、ずっしりと重い時計を見せてくれた。高いものだと思う、と言い添えるとすぐに取り上げた。

時計は持ち出したが、同じ引き出しに写真も入っていたはずだ。

湿った引き出しを抜き取り畳に置いた。記憶どおり写真は在った。一緒に新聞の切り抜きや手紙のようなものが何枚も出てきた。

目の前の写真は考えていたより小さくたわんでいた。手で押し広げるようにすると、男の顔は思ったより若かった。桐谷久美子は全く記憶どおりで美しかった。裏のアンドレ・ジャピー、一九三六年という字も確かに読み取れた。日本人がカタカナで書いた名前だ。書いたのは桐谷久美子だろうか。もしそうなら、あこがれのご先祖のただ一つの筆跡は、金釘を並べたような数字とカタカナなのだ。

やはりベッドの男は記憶より若い。そこだけ違う男を嵌め込んだような具合だ。母親があやめにこの写真を見せたのは、あやめが中学に入ったころだったから、男の顔を正確に記憶するだけの力が無かったということだろうか。外国人など近くで見たことが無かったので、一瞬のうちに入り込んだ男はあやめの中で歳をとっていったということか。

あのときの記憶では、ベッドに上半身を起こした外国人男性の笑顔と、その横の白衣の女性の笑顔の間には特別の親密さがあったと思ったけれど、男女のことに中途半端な知識しかなかった年齢だったからだろう。廊下で見かけた好きな男子生徒の指が青白いと、それだけでぶたれたようなショックを受けて好きだった気持ちが急に嫌いになったりした。父親の手も白かった。毎日の時間に妙な匂いがくっついていたあのころ。だから記憶なんて当てにはならない。さほど親密な関係では無かったのだ。ただカメラに笑顔を向けただけだったのだ。

あやめは安堵した。安堵の理由はわからないが、いまアンドレ・ジャピーはあやめを見つめていた。胸の空気が写真の中に流れ込んで行く。流れ込んだ空気が男の身体を取り巻き、包み込む。空気を通して、男の体温がどくどくと伝わってくる。匂いもやってくる。傍らの白衣が目に入った。桐谷久美子もきっと同じ感覚をこの若くて美しいフランス人に感じたに違いない。自分と桐谷久美子は女としては雲泥の差だ。もしこの写真の中に自分が居たとしても久美子には敵わない。安堵は失望に変わり、そして自分の馬鹿げた妄想を笑う。良く起きる気持ちの流れで、この流れをどこかで止めなくてはならない。そうしないとやがて高校の卒業式の夜につながっていき、全身ずたずたにされてしまう。

けれど写真の中の外国人は、あやめを痛めつけることはない。桐谷久美子はどうだったのだろう。白衣の美人だから、きっとやさしくしてあげて、久美子もやさしくしてもらったに違いない。アンドレ・ジャピーはフランス人、フランス人なら、よく似た俳優がいた。目が大きくてイタズラ小僧のような図々しさを感じさせる俳優の名前を、あやめはようやく思い出した。映画を見たことはないけれど、たしかジャン＝ポール・ベルモンド。あの俳優にそっくり。

あやめは写真の下にあった新聞記事の切り抜きを手にとる。新聞記事の下から一枚の紙が出てきた。

「謹啓
佛國飛行士アンドレ・ジャピー治療ノ為メ貴下ニ於カセラレテハ何如ニ熱誠ヲ以テ亦福岡ノ貴病院ニ於テ継續セラレツツアル尊キ御治療ニ就而ハ巨細承知仕居リ候我ガ傷ツキタル同胞ノ為メ連續御心盡賜リ居リ候條最モ深甚ナル感謝ノ意ヲ茲ニ顕スモノニ候
敬白
昭和十一年十二月
佛國大使カムレール
九州帝國大學医科病院
医學博士　相賀勇一殿　貴下」

あやめが一度目を走らせて理解できたのは、仏国大使、という部分だけだった。

2

ルッコラの二階の窓から、コンビニの建物の向こうに南公園の樹林が見える。何千羽ものカラスが棲んでいる。ときどき、豆柴の餌を食べにくる。豆柴は犬小屋に入って、知らん顔を決めている。あやめの怒りが湧いてくるのは、カラスに対してではなく知らん顔を決めて事なかれ主義の豆柴にだ。あやめは、自分を見ているように腹が立った。体が小さくても、権利を蹂躙されれば吠えなくては駄目ではないのか。

吠えたとしても一旦は飛び去ったあと、カラスは集団でやってきて豆柴を襲うかも知れない。豆柴は本能的にそれが解っていて、逃げるが勝ちの判断をしているのだろう。

あやめは豆柴の世話をするようになって、同じ豆柴でも吠えたり闘ったりできる犬もいるはずで、小型犬がみな事なかれ主義ではないだろうと考える。空を自由に飛べるカラスからすれば、豆柴など浜辺に転がる貝のように無力で甘っちょろく見えるのかも知れない。空を飛べるだけで、眼下の世界を制圧したように本能がはたらくのだろう。

あやめのカラス嫌いは、豆柴の敵だからだけではない。黒い色が嫌いなだけでもない。一人の人間が何かを嫌いになる理由を幾つか列挙することは出来るけれど、どれも正確ではないし、すべて間違っている場合もある。本人にも解らない、突き詰めればつまらない理由があったりもする。

あやめに関して言えば空を自由に飛ぶものが嫌いなわけではなく、黒いものを全部嫌悪するわけでもなく、それどころか空を飛ぶものには概ね好感を持っているし、洋服を選ぶときはまず黒に目が行く。彼女がカラスを嫌う理由を誰も説明できない。それでも理由はどこかに在る。

カラスは嫌いだけど、そんなに嫌いなのはもしかしたら好きなのかも知れない、などとあやめは考えた。白衣は好きだけれど白衣がみんな好きなわけではないのと同じだ。いや同じではない。黒と白がぐるぐる回り灰色によどんできた。あやめは虚しさに引き込まれる寸前で我に返り、机の前に戻るとパソコンを起動した。

いくつもあるフォルダーのタイトルの一つは「アンドレ・ジャピー」だ。黄色い小さなアイコンをクリックすれば、時間はおおよそ八十年昔に戻る。まるで過去への黄色い通路だ。けれどその通路は、プリンターを使って新聞記事や写真をスキャンしたり、彼の名前で検索をかけて出てきたブログの記事などをコピーして放り込んで作ったものだ。それはあやめが掘り進んだ黄色いトンネル。八十年昔に戻るトンネルでありながら、あやめが誰にも知られずに身をひそめる穴蔵でもあった。

別府の空き家の引き出しから、ごっそり持ち帰ったアンドレ・ジャピーに関する資料は、あやめが想像したとおり、概ね美談ばかりだった。

悲劇と美談は相性が良い。あやめはその相性の良さを意識していなかった。悲劇はどこまでも悲劇なのに、美談が加わることで悲劇の悲惨さは薄れ、うっとりさせたり感動さえもたらす出来事に塗り替えられる。そのことに気づくには若すぎた。だからあやめがこのフォルダーを覗くうち、話の主人公に感情を入れ込んだとしても仕方がないのだ。

おまけに写真の中のアンドレ・ジャピーは、一般的に言って姿の良い、ハンサムな男である。好きだと思う感情があやめの胸から細い糸となって流れ出してくると、その当時から今日までの八十年が、淡い紗のようなロマンティックな織物になった。

こうしたことは、若い女性には日常茶飯に起きることだろう。とりわけ一人で過ごす時間が多く、そして身体的な不自由さからとは言え、現実との触れあいが希薄なあやめである。寂しくなると、八十年前に起きた事実の細部など素通りして、悲劇と美談のみ掬い取ってそれを反芻するために、フォルダーを開くのだ。

掬い取られたアンドレ・ジャピーの事件は、さほど複雑ではなかった。少なくとも悲劇の部分を語れば単純で、そのあとに生まれた美談も、あまり多くの言葉は要らない。

けれど、とりあえず語ることにしよう。


一九三六年十一月十五日の日曜の夜だ。十一時四十六分、日付が変わる直前の時刻に、アンドレはパリの飛行場ル・ブールジェから日本への冒険飛行に飛び立ち、最初の寄港地ダマスカスへと向かった。

アンドレが操縦するコードロン・シムーン機は、当時の空の冒険家たちが愛用した最新鋭の単発プロペラ機で四人乗り、通常は最低でも操縦士と整備士の二人で乗るのだが、アンドレは整備士を乗せず、操縦席以外の三つの座席を燃料積載用に改造し、単独で飛び立ったのだ。

この飛行には賞金が懸かっていたからである。

フランス政府が、パリ—東京間を百時間以内に飛んだ者に三十万フランを出すと宣言した。国威発揚、技術向上を狙っただけでなく、極東アジアへの定期航路開拓を模索していた。懸賞金は今のお金で一億から二億円になる。これは命の代償でもあった。

それ以前にも懸賞飛行は、パリを発着地にしてあちこちで行われていた。アンドレも懸賞飛行の常連だった。それは当時の英雄を意味する。

冒険飛行家ではないが、サン・テグジュペリもアンドレに対抗心を持った一人だった。東京への百時間懸賞飛行の前年つまり一九三五年に、サン・テグジュペリはアンドレの打ち立てたパリ—サイゴン間の記録に挑戦したが、サイゴンに辿り着くどころかリビアの砂漠に墜落した。何日も砂漠をいのちからがら歩き回り、ようやく助かったあとで、その体験から「星の王子さま」が生まれたのは有名な話。

サン・テグジュペリが乗った飛行機もコードロン・シムーン機だった。「星の王子さま」には登場していないが、この飛行ではプレボーという整備士と一緒だった。

アンドレは単独飛行でパリ—サイゴン間の記録を打ち立てたが、サン・テグジュペリは技術者のプレボーと一緒に挑戦して墜落したのだから、飛行家としてはアンドレの方が上だったのではないか。リビアに墜ちなければ、星の王子さまとも出会えなかったのであれば、砂漠に墜ちて幸いだったことになる。ちなみにサイゴンとリビアが、パリから出発して同じ方角になるのかどうかは判らない。リビア経由でサイゴンに向かったのか、それとも地中海のあたりで計器が故障したのか。海に突っ込めばもちろん死ぬけれど、単発のプロペラ機だと砂漠なら生きのびる確率が高かった。

アンドレが操縦するコードロン・シムーン機について紹介しておこう。彼は数ヵ月前から懸賞飛行のために飛行機の準備をした。

コードロン・ルノー社が開発したこの飛行機は内部操縦型つまりコックピットが閉ざされた飛行機で、二百二十馬力、六気筒倒立で空冷式の発動機一機と可変式電気推進機を備えていた。当時としては最高の効率を誇る単葉低翼の機種だった。主翼面積は十六平方メートル、左右の翼の幅十一メートルで体長八・七メートル。重量は千二百四十キロである。排気量は八千cc程度か。最高速度は時速三百十キロ出せて、定員は先に書いたとおり四人。木製だった。

ちなみにシムーンというのは型式の名前で、サハラ砂漠を吹く熱風の意味だ。

そのころフランスでは、懸賞飛行のほかに、ドイチェ・ド・ラ・ムールト杯と呼ばれる、速度を競う飛行レースが毎年のように行われていたし、急速に技術革新が進んでいた。このレースは八千ccクラスの小型機で、どこまでスピードが出せるかが勝負だった。今のF1のように社運を賭けて競われたらしいが、スピードと小型機の組み合わせは、後に戦闘機として第二次大戦でもフランスの命運を左右した。こうした競争から、三百五十馬力程度の発動機で時速五百キロを出す機種も誕生したのだ。

アンドレももちろんこのレースを見て、シムーン機を選んだ。

選んだシムーン機は最高速度は三百十キロ出たし、巡航速度は時速約二百七十キロ。この速度に必要なガソリンは一時間あたり五十リットル、エンジンオイルが一リットルと四分の一必要だった。

エール・ブルー社はこれと同じ型の飛行機を購入して世界の主要都市への郵便飛行を開拓したが、一年間に六十万キロを一度の事故もなく飛んだのも、アンドレがシムーン型を選んだ理由だった。しかもアンドレが選んだ機体はそれ以前にパリ—マダガスカルの新記録を作っていた。操縦はエール・フランス社の主任操縦士ジュナンで、彼は一九三六年に事故で没しているけれど、機体には信頼が置けた。

アンドレがパリからほぼ東に航路をとり、ストラスブールを経てシュワルツワルトの山脈と格闘しているあいだに、少し遡って飛行の歴史を眺めてみよう。

アンドレが生まれる前年の一九〇三年に、人類史上初めてライト兄弟が有人動力飛行を成功させたのは良く知られている。

リンドバーグがニューヨーク―パリ間を飛んだのはライト兄弟からほぼ四半世紀経った一九二七年のことで、その間の航空機の発達はめざましかった。大航海時代は終わり、空路の拡大競争が激しくなった時代。飛行機レースや懸賞飛行はその産物だった。背景には、戦争の黒雲が稲妻を抱え込んでいて、ときおり遠雷のような不気味な音を響かせていたに違いないが、冒険家にとってはそうした思惑などどうでも良かった。飛行時間新記録を樹立すれば、オリンピックの勝者のように、華やかに報じられたのだから。

アンドレは一九三二年二十八歳のとき飛行機操縦の資格をとった。翌一九三三年二十九歳にしてパリ―アルジェ間で新記録を樹立。さらに翌年パリ―ダマスカスにも挑戦したが、このときは失敗し翼を大破させる。懲りずに一九三五年にはパリ―オスロ、パリ―チュニスの記録を打ち立て、さらにパリ―サイゴン間で新記録を達成してレジオン・ド・ヌール勲章を受けている。

これらの功績は彼が単独で飛行したことに勝因があった。アンドレは機械いじりには自信があり、どんな故障にも一人で対応することが出来た。彼が機械に習熟出来た理由は、その出自から来ているが、それはまた別に語ることにしよう。

ともかく燃料を少しでも多く積むことで一回の飛行は長く可能になるのだから懸賞飛行にはなんと言っても単独が有利。アンドレは操縦桿を握る他に一人で星や太陽や時計や燃料計、高度計や方角をチェックし、計算や調整をしながら飛んだ。それはアンドレにとって造作もないことだっただけでなく、彼の性格として一人の行動が心地よかったのである。

さて飛び続けるアンドレのシムーン機に戻ろう。

このパリ―東京間の百時間懸賞飛行に与えられる、途方もない懸賞金と名誉に憧れた飛行家は四組、アンドレの他にロッシ、ペロー、ドレーがいた。同時刻に出発、というようなレースではなく、通算時間を競った。

東の果てへの冒険である。百時間というリミットは、時速三百キロの飛行機であればさほど難しくはなさそうだが、積載できる燃料は限られていて途中の都市で給油する時間をどう切り詰めるかが勝負だった。燃料消費と飛行高度の関係は重要で、ルート選択もちろん腕の見せ所。ルート選択と言っても今でいう南回りしかなく、シベリア上空を通る選択肢はなかった。

シムーン機は本来青く塗られていたが、アンドレは出発前に真っ赤に塗り替えた。空に溶け込む色から、見上げると一点の赤として目立つ色に変えたのは、彼にとっての飛行機は戦闘とは無縁だとの宣言であったに違いない。この赤色はアンドレの強い意思表示だったと思われる。そして結果として赤い翼が、この懸賞飛行の最後の悲劇で彼の命を救うことになる。

この懸賞飛行にはアンドレより前にドレーが挑戦し、失敗していた。ベトナムのモンカイで不時着し機体は大破している。アンドレの挑戦の翌年、ドレーは二度目の挑戦をして、上海から東京へ向かう途中で悪天候と暗闇のせいで、高知県の戸原《とばら》海岸にまたまた墜落した。その時点ですでに百時間を超えていた。

アジアの自然現象が鬼門だということは、誰もが感じていたと思われるが、航空産業も、アジア独特の気象現象を考慮に入れないで開発競争に突き進んだのではないだろうか。

アンドレは時間的に先頭に立っていた。世紀のタイムトライアルを世界が見守っていた。要所要所の観測地点で捕捉され、無電で伝えられる。生中継というほどの即時性はないにしても、何時間何分かかって今何処を飛んでいる、などという情報は世界中に伝えられていたと思われる。

日本でも新聞などにこの懸賞飛行について書かれラジオでも流されたはずだ。目的地は羽田だったのだから。

パリから最初の寄港地ダマスカスまではおよそ四千キロだ。機体はガソリンで重く、ドイツ南西部とスイスに連なるシュワルツワルトの峰峰では雲海と悪天候という最初の難関が待ち受けていた。雲が湧き大地は全く見えない。深夜で気温も下がり翼は氷で覆われてくる。湧いてくる雲をくぐり抜けるたびに、機体は重くなった。それでも山脈を越えるためには三千五百メートルまで上らなくてはならない。高度を保つときの心労は、エンジンの疲れとなって顕れた。気を抜くと高度を失う。乗馬の騎手と馬のように呼吸を合わせなくては難所は越えられないのだ。

プロペラの回転で推進力を生み出すシムーン機は、高度を上げれば希薄な大気を攪拌することになり、スピードは落ちた。

希薄な大気に息も絶え絶えになりながら、それでもおよそ十分の格闘でシムーン機は峠を越えた。

月は無く下界には何も見えなかったが、コックピットの隙間から入り込む夜気の匂いが、ドイツからスイスに変わっていた。そしてパリを発って五時間半後に、東の空から黎明が現れた。シムーン機は無事ブダペストの上空にさしかかっていたのだ。開けた視界に再び霧が被さってきたけれど、ブダペストを通りすぎてさらに東に黒海が望めたとき、アンドレは目指している方角に間違いがないことに安堵して、初めて肩の力を抜いた。

ヨーロッパを真横に横切って黒海からトルコへとさしかかる。トルコを横断してキプロスへと針路をとった。ベイルートを右手に見てレバノンの灰色の岩が露出する山脈を越えれば、棕《しゅ》櫚《ろ》の緑が美しい白色の町ダマスカスまでは落ち着いた美しい飛行だった。

十六日午後一時四十六分（パリ時間）ダマスカス着。パリからの飛行時間は十四時間だった。

レバノンのベイルートやシリアのダマスカスと聞けば、いまや埃にまみれた中東紛争のイメージがある。確かに十字軍の昔から闘いの舞台となった地域だ。アンドレが降り立ったダマスカスも、フランス軍の爆撃を受けた結果、フランスの委任統治領シリアの首都となった町。アンドレにその意識は無かったにしても、統治者としての丁寧な扱いを受けただろう。

彼はオアシスに囲まれたダマスカスに六十五分間滞在する。その間にガソリンの補給や国際間を飛ぶ手続きを済ませた。そして日没前にカラチに向かって飛び立ったのだ。


ダマスカスからカラチまでは一千キロの砂漠が横たわっている。夜が濃くなる一方で「文字通り暗い釜の中にいるようだった」とアンドレはのちに回想する。星は全く見えず地上には一つの光さえ無かった。砂漠特有の霧のせいだ。

砂漠では気温が下がると地下深くから水蒸気が発散され、上空に霧をつくる。リビアの砂漠に墜落したサン・テグジュペリもそのせいで方向を見失ったのだろうか。

何の目印もない中、計器だけを頼りに数時間飛び続けるのは苦しかった。砂漠とペルシャ湾の境界さえ判然としない中を九時間飛び続けて、ペルシャ湾の外れに在るピラート岬を薄い明かりのかなたに確認できた。この岬を通り過ぎたあたりで、ようやく夜が明け始めた。

睡魔と闘いながら針路を確保し、ガソリンを節約するためにエンジンに負荷を与えない操縦を心がけた。アンドレは疲れた。

カラチの上空には朝の数時間濃い霧が現れる。霧が晴れるのを待たなくては着陸できないと聞いていた。長い時間の滞空も覚悟をしていたが、幸運にもそのとき霧は無く、視界は完全だった。パリ時間の火曜日午前四時三十分、カラチ到着。

ここでもアンドレは手続きに時間をとられ、書類に幾つかのサインをしなくてはならなかった。そして着陸してたったの三十五分で、再び飛び立った。次の目的地はインド北部のアラハバッドだ。アラハバッドには当時どの程度の滑走路が整備されていたのだろう。

カラチから六時間でアラハバッドまで辿り着いた。日没の少し前だった。ここで初めて、軽い食事をとったが、それでも滞在したのはわずか四十五分だった。

次のハノイはフランスには馴染み深い町で、フランス人も多く暮らしていた。けれどアラハバッドからはカルカッタの北を飛び、ビルマの山岳地帯を越えなくてはハノイには着けない。山岳地帯では高度を上げる。雲海に視界が遮られる。ハノイの近くまで大地を拝むことは出来ないと覚悟した。その雲海も進むにつれてさらに高く持ち上がってきた。つねにその上にいなくてはならないシムーン機は、高度を上げることでまたもや速度が落ちた。ビルマのマンダレーから先の高地は地図の上では三千メートルとなっているが、正確に計測されたことのない未開の地。実はこのあたりの山山はもっと高いと注意を受けていたので、四千五百メートルの高度で飛ぶことにした。速度は落ちて燃料ばかり消費するけれど、雲海から突如現れる高山の危険を避けなくてはならなかった。

アンドレは無電でハノイ局を呼び出し、シムーン機の正確な位置を知らされたとき、死地から生還したような安堵を覚えた。

パリを飛び立って五十一時間でハノイに到着した。

このとき、懸賞金のかかる百時間の半分を使ったこと、そしてこのまま順調に飛べば残り半分の時間で東京まで行けることを確信した。またパリから五十一時間という記録は、これまで六百五十馬力の飛行機で三日と数時間をかけて飛んだコドスとロビダ両飛行士が持っていた記録を塗り替えたことでも、アンドレを満足させた。

それだけでも十分な成果だったのだが、彼は何としてでも東京まで飛び、三十万フランと極東飛行の名誉を手に入れたかった。

仏領インドシナの要所であり、フランス人にとっては気持ちの落ち着く町ハノイ。けれど滞在したのはわずか四十五分だった。これではまともに休憩もとれない。アンドレは香港を目指して空へと上って行った。地上は安らげる場所ではなく、一刻も早く地面から離れたかったのだろう。

ハノイから三時間半かかり日本時間の午後五時十分、日没前に香港に到着できた。パリを飛び立ってからの合計時間は五十五時間と十五分。この調子で一気に日本まで行きたいと考えた。着陸して十二分後の五時二十二分に、アンドレは日本に向けて飛び立っている。おそらく燃料だけを積み込んで。

しかし飛び立ってすぐに引き返してきた。この悪天候ではとても無理だと判断したのだ。強行すれば海に墜落する。まだ時間の余裕はあった。

あらためて組み立て直した彼の予定はこうだ。二時間休憩して日没の一時間後に出発すれば、翌朝早く東京に着くことが出来る。それで十分だと。

百時間以内であれば懸賞金はもらえる。だがそれ以上に記録と名誉の問題があった。アンドレが作る記録がいつまで保たれるか。この先、誰が破るのか。

彼は百時間という賞金の懸かった数字ではなく、少しでも短い時間で達成したいと考えた。冒険家の本能が許すぎりぎりの休息時間が、二時間だったということだ。

しかしこの二時間が運命を変えた。

これまで空港以外には一度も出たことが無かったのに、初めて与えられた二時間の余裕を、アンドレは町まで降りて過ごすことにしたのだ。

香港にはフランスの軍艦アミラル・シャルネ号が停泊していた。幕僚たちがアンドレを熱烈に歓迎し、彼らの案内で中華を食べた。地上で食べる久々の食事だった。

アンドレが飛行場に戻ってきたとき、それまでと風の向きが変わっていた。アンドレの顔色が変わる。衝撃はたちまち後悔となって胸の底から突き上げてきた。

「滑走路には時速百キロの突風が吹きつのっていた」と手記に記しているけれど、これは秒速にして二七・七七メートル。運命が足を掬い殴打した、そのショックが時速百キロの表現になったのだろう。いずれにしてもかなりの強風。

待つしかない。まだ時間はある。

自分に言い聞かせながら香港の飛行場でじりじりと風が収まるのを待つアンドレ。そのいらだちに申し訳なさを感じながら、無言で空を仰ぐ軍艦の幕僚たち。

このとき、東シナ海だけでなく日本列島全域も悪天候だった。十一月中旬だと通常は秋の穏やかな季節なのだが、日本の南に季節外れの台風が迫っていたのだ。台風の西側では、北からの風つまりシムーン機に対しては真正面からの風が吹きつける。

もちろんアンドレはこの暴風が台風によるものだと知っていた。行き過ぎるのを待つか、思い切ってその前に飛ぶか。少なくともこの暴風では飛び立てない。

結局二時間の予定が一晩の足止めになった。

翌朝、ようやく暴風が収まった。風はまだ強かったが、アンドレは出発を決めた。十一月十九日の朝、日の出一時間半前に香港を離陸する。台風を避けるため、海上でなく海岸沿いを飛んだ。上海の町並みを見下ろしたとき、すでに香港から六時間が経過していた。しかしそこからは海に出なくてはならない。日本は東シナ海を越えた向こうだ。彼は舵を東に切った。

その日の台風の周縁にあたる海上をどの程度の風が吹いていたのか記録は無いが、アンドレは「時速八十キロの烈風」が吹いていたと記している。エンジンの出力を最大限にしなくては前へ進めなかった。

「私は東シナ海を飛んでいた。すごい逆風だ。懸命に向かい風と闘っていると燃料はどんどん無くなっていきます。千七百キロの距離を私は水面から十メートルの高度で飛びました。この高度なら少しは風が弱いであろうと考えたからです」

海面すれすれの方が上空より風が弱いのだろうか。アンドレはそう判断した。高度を上げれば空気も薄くなる。プロペラによる推進力は削がれ、燃料ばかりが消費されるのは判るが、台風の場合、海面近くの方が本当に風が弱いのかどうか。台風の映像ではいつも吹き荒れる海面ばかりが映し出されるので、アンドレの判断に思わず首をかしげることになる。

低空飛行であっても台風の風は容赦なかった。このときアンドレは波しぶきを目の前に見ながら、生まれて初めての恐怖心と闘っていた。海上にたたき落とされれば助かる見込みが無いばかりか機体も発見してはもらえない。

アンドレは灰色の視界に目をこらした。日本列島の切れ端だけでも摑みたい。

この海面十メートル飛行は、別のかたちで危険をもたらすことになるが、とりあえず海上を渡り切り、香港を発って十時間後に長崎半島から南に突き出た野母崎《のもざき》を確認したのだ。どうにか海を越えることが出来た。その安堵はどれほどのものだっただろう。

しかし燃料計はすでに、東京までは持たない数値を表していた。

このとき彼は無電を受ける。東京からの呼び出しだった。風と格闘したために東京まで行き着ける燃料が無いこと、福岡で補給するしかない状況を伝えた。東京でも、アンドレの飛行を心配しながら待っていた人たちがいたのだ。

アンドレは残りの燃料と距離から、福岡の雁《がん》ノ巣《す》飛行場に降りるしかないと判断した。雁ノ巣飛行場で燃料を積み、瀬戸内海沿いに東京へ向かえば、まだ時間的に間に合うかも知れなかった。東京もそれを受け入れて、雁ノ巣飛行場に連絡を入れた。

この飛行場はその年、福岡の北側に博多湾を囲みこむように伸びる半島上に開港したばかりだった。半島の先には金印が出土したことで有名な志賀島《しかのしま》がある。

雁ノ巣というのは地名から来た通称で、正式名称は福岡第一飛行場と呼ばれ、戦前は日本で最大の民間国際空港だった。朝鮮、台湾、中華民国、アジア各地に航路を持つ、当時のハブ空港だったと言ってもいい。すぐ近くの名島《なじま》には水上機専用の離発着施設もあった。

　アンドレはパリを飛び立つとき、開港したばかりのこの飛行場の情報を得ていたかどうか。東京からの無電で推薦されたのかも知れない。昨今の福岡は、アジアへのゲートウェイと喧伝しているけれど、戦前からすでにそうだった。戦後はアメリカに接収されたので、日本最大の民間国際空港が雁ノ巣に在ったなどと、福岡の人でさえ知らない。

　アンドレは必死で雁ノ巣を目指した。

　南西方向から九州の最北の空港に向かうには、有明海を通過し佐賀県神埼《かんざき》町の市街地の上空を飛び、もう一つの難関である背振山《せふりさん》を越えなくてはならない。

　神埼町の市街地を赤いシムーン機は高度八百メートルで通過している。それは十分な高さでは無かった。海上を渡るために高度十メートルを保ち、陸に入ってから急いで高度を上げたのだろうが、それでも足りなかった。燃料の消費を抑えるためもあっただろうが、予定の航路から外れた背振山の情報が十分に意識されていたかどうかは判らない。天才的な飛行士も台風に翻弄されて疲れ切っていたのは確か。

　背振山は標高一〇五五メートルの、佐賀県と福岡県の県境に屛風のように立ちふさがる背振山系の最高峰だ。戦後はアメリカ軍や航空自衛隊のレーダー基地が設置され、アジアに睨みを利かせている。過去に何度か航空機の事故が起きたのは、背振山系で生じる予測不能な気流が災いした。気流だけでなく気象条件次第ではまともな視界も得られない。このとき、有明海から神埼にかけて濃霧が湧き、台風の接近を知らせる小雨が降っていた。

アンドレは前方が見えない中を北に向かって飛んだ。眼下に神埼の市街地が見えたが、目の前に迫る背振山は目に入らなかった。山頂は迂回するつもりだった。けれど霧で隠されていた。越えさえすれば福岡の上空に出る。通常屏風のように立ち上がる山系であっても、越えれば視界が開けることが多い。高い峰であればあるほど、両側の天気は極端に違うものだ。背振山を越えたところで、突然視界の果てに広がる海と、海の手前に見える雁ノ巣飛行場の滑走路をアンドレは想像した。

雁ノ巣飛行場に無電を入れている。

「これから向かいます。定期的に無電を発してください」

雁ノ巣飛行場とはそれから数回交信している。

背振山は山を越えてくる北風が、尾根を舐めながら谷や沢に沿って落ち込んでくる。元々の上昇気流と山頂から吹き下ろす風とが混ざり合い渦巻き、霧もまた渦を作った。シムーン機は方向性の無い風に煽られて一定の高度を保てない。

アンドレの視界を覆う霧が途切れた瞬間、山肌の樹木が見えた。けれどすぐに霧で塞がれる。

目に飛び込んだ樹木が思いがけず近かった。アンドレはあせった。高度を上げようと操縦桿を引いた。機首が持ち上がる。けれど数秒後、一気に十メートルほど落ちた。体が浮き上がり頭部を天井に打ちつけた。エアポケットにはまったのだ。意識が攪乱されて操縦桿が遠のく。

必死に戻り前方を確認すると、プロペラの回転が緩くなった気がした。そんなはずはない。墜落を覚悟した。とっさに思い切り機首を上げた。機体を可能なかぎり山肌に平行に持って行き、衝撃を小さくする。

雁ノ巣から無電が入っていたが応答する余裕はなかった。

プロペラが樹木の枝を吹き飛ばすのが判る。フロントガラスが砕けて一斉に黒いものが飛び込んできた。

それでもシムーン機のスピードは落ちず、山の斜面の樹木をなぎ倒し、山肌の土を削りながら這い上った。這い上るとき、木製の機体はプロペラや天井、翼を次々と飛び散らせた。数秒かかって、少しずつスピードを緩めたがそのときはもう、飛行機とは呼べない残骸になりはてていた。

アンドレは意識を失ったので、自分とシムーン機が受けた傷の大きさは判らなかった。

数ヵ所の骨折や頭部の裂傷を負ったアンドレが、意識と痛みを取り戻すまでどれほどの時間がかかったのか。彼の体は砕けた機体に挟まれて身動きさえ出来なかった。

雁ノ巣飛行場との交信が途絶えた時間から想像して、この墜落は十九日午後四時ごろ、夕暮れが迫る時刻だった。

アンドレは以前、ダマスカスで墜落事故を起したことがある。かろうじて着地したものの翼を折られて胴体だけになった。広漠とした砂の大地と岩山が無言でこの瞬間を見ていた。あのとき地球は乾燥し切って荒々しかった。同じように衝撃を少しでも和らげるために機首を持ち上げたが渦巻く砂の風に背後から胴体を煽られ、傾いたまま地面に叩きつけられたのだ。翼が折れる凄まじい音と衝撃のあと、暴力的な静寂が襲ってきた。

背振山でも、アンドレの周りに在るのは静寂だけだった。周囲の色は砂や岩でなく、緑と黒くぬれた枝枝だ。

生きている、と静寂を破って笑い出した。激しい緊張が絶たれたあとの、すべてが決定して為すすべもない空白の中で、体中に吸い込んだ息を吐くように笑いが溢れてきた。燃料はこぼれだしてはいなかった。身体のどこだと特定できない激しい痛みが足から全身に向かって襲いかかってきても、笑いは止まらなかった。参ったな。落ちた。

アンドレのシムーン機は、おそらく一千メートルあたりまで急上昇したと思われる。あと少しで背振山を越えることが出来た。この山を越えさえすれば福岡市街を見下ろしながら、雁ノ巣飛行場へと辿り着けた。そしておそらく、東京へも百時間以内に到着出来ただろう。

パリを発って背振山に墜落するまでの時間は、合計で八十時間と十四分だった。

3

鉢嶺時計店は朝から客は一人だけ、眼鏡のネジが緩んだと言って時計店にやってきた近くの印刷屋のオヤジだった。鉢嶺一良はドライバーボックスから、針の先のように尖って見えるがれっきとした時計修理用ドライバーを取り出し、拡大鏡で覗き込みながら締めてやると、印刷屋は、工具は強いねえと溜息で感心していた。一良は時計修理の一級技能士の資格を持っているものの、ドライバーを使うことなど最近なかった。

　印刷屋はパソコンやプリンターが普及したので商売は細るばかり、商売仇は大型店舗ではなくパソコンなのだから企業努力では太刀打ちできない。一良も極小のドライバーで眼鏡のネジを締めてもお金はとれない。時計店も印刷屋もこれ以上先細りしようのない商売である。愚痴は言わない。相身互いのところがあるが、もう少し景気の良い友人が欲しいとは両方が思っているところだ。

　一良の昼ご飯はインスタントのソース焼きそばで、湯を注いでしばらく置き、湯を切ってソースと青のりを振りかけかき混ぜる。

　店に降りてくると、ソースの匂いも一良の身体に付いてきた。入り口に、犬を連れたあやめが立っていた。客が入ってくると小鳥のさえずりのチャイムがなるのだが、彼の耳には聞こえなかった。視覚や嗅覚は若いころと同じだが、聴覚は衰えている。本人は気づいていない。聞こえない音は存在しない。不具合に気づけば不幸だが、存在しないものを気づかせてくれる妻はいないのだ。

　あやめと目が合った。彼は預かった時計を思い出した。気にはしていたが、何となく先延ばしにしていた。

「修理はまだなんですよ。年代物の時計なんでね」

「はい、ただ、前を通ったので寄ってみただけです。それと」

「犬の散歩は、朝じゃなかったの？」

「朝早く動物園まで行ったけど、また催促されて。それでついでに」

あやめは手に持った四角い網籠をショーケースの上に置いた。浄水通りの散歩は安全だが、城南線に出ると車が多くなる。犬は口実で、自分に会いに来たのではないかと一良は考えた。精巧に作られた秒針は音もなく動き出す。針はぬるっとフェイスを滑る。砂が落ちるほどの音が始まるのはそのわずかなあとだ。あのぬるっとした感覚が一良の中に起きる。網籠からの甘い匂いのせいにした。

「何なの、それ」

「金柑のスフレケーキです。宮崎産の」

「宮崎のケーキ」

「いえ、金柑が宮崎」

「まだ時計の修理、終わってないんだ」

「食べてみてくれませんか」

「ケーキですか」

「いまでは駄目ですか？　これ食べるの」

駄目ではないけれど、と一良は言いながら、網籠の蓋を開けた。『サウンド・オブ・ミュージック』のジュリー・アンドリュースがピクニックに提げていったのと同じ網籠。蓋を左右から立てるように開けると、中にはヨーロッパの食べ物が入っている。アジアでもアメリカでもなく、ヨーロッパだ。あれはジュリー・アンドリュースでなく、『アルプスの少女ハイジ』だったかも知れない。一良の記憶は数十年昔が一番鮮明で美しかった。彼は一度もヨーロッパに行ったことがない。

「ケーキの何とかですか」

「スフレケーキ、スフレです。中は金柑です」

あやめは一良を睨んだ。

「そんなもの、食べたことがない。いますぐなの？」

「はい。いますぐ」

犬が尻を着いてクウンと吠えた。

網籠の中からピンク色のペーパーに包まれたカステラのようなものが取り出された。一個だけだ。

「齧ってみてください、そのままでいいです」

一良は、真顔のあやめを見返し、戦争映画だったら、この場面はアブナイと思う。敵の美しいスパイに強要されて何かを口に運ぶ。悶絶して死ぬ。一良はふわふわのケーキの端を口に持って行きながら笑う。それを見ているあやめの目が鋭くなる。

「おかしいですか？」

「いえ、おかしくはないけど、映画のシーンみたいだと」

口に入りかけたケーキが香りだけを振りまいて遠のく。

「何の映画ですか」

「昔の戦争映画かスパイ映画。いや、ごめんなさい」

「金柑のスフレケーキが映画に出てきたのですか」

「そうじゃない。ごめんなさい。ともかくいただきます」

一良の味覚ほど当てにならないものはない。たったいま、ソース焼きそばを食べたばかりで、口に何を入れようとソースの匂いに染まる。青のりも舌に残っていた。ケーキは柔らかく牛乳に浸したパンのようだった。それを口の中で潰すように回転させると、突然の酸味が拡がった。酸味は香ばしかった。

「酸っぱいですか」

「酸っぱいというほどではないけど、あまり歯応えがないんで、酸っぱい粒が突然」

「苦くないですか」

「美味しいですよ」

「金柑と判りますか」

一良は答えを探した。金柑の粒を舌で探すように、あやめが求めている答えを探す。

「金柑ですか、これ」

「宮崎のです」

「金柑って、皮を食べるんだよね？　正月のお節料理だと、甘く煮てあるけれど」

「栄養は皮にあるんです。ミカンも林檎も全部皮です」

「これ、私が全部いただいてもいいの？」

「はい、食べてください」

「犬が欲しそうに見てるけど」

「ダメ、豆柴」

「ころっとして、豆ですね。名前は？」

「豆柴です」

「あ、名前もですか。豆柴、これ、食べる？」

ケーキの最後の一切れを手の平に載せて差し出すと、前脚で掻き落として床から食べた。手から食べないのは信用されてないからか。あやめも自分を信用していないのかも知れないと一良は思った。何か手がかりが欲しいのだ。豆柴は一舐めで食べてしまい、催促の顔を上げてまたクウンと声を出した。

「ほら、すごく美味しいんだ」

「良かった、明日から一週間、これをルッコラのメニューに入れてもらいます」

小さく頭を下げて出て行こうとするが、豆柴はまだ一良から何か貰えると思うのか動こうとしない。それを引っ張って出て行こうとするので、一良は慌てた。

「あの時計だけどね」

「急ぎません。でも、気持ちは少し急ぎます。でも急ぎません、すごく昔の時計なので」

「何か判ったら、ルッコラに連絡します」

「メールください。メール出来ますか？」

「もちろん出来ますよ」

亡くなった妻から教えてもらった。あやめはスフレケーキを包んでいたペーパーにメルアドを書いた。細い指の爪先は丸く、マニキュアを塗ってないので血色が透けて見えたが、薄い桃色で無防備、危なっかしかった。

一人になってみるともっと話していたかったのにという感情が残った。一良は容子を思い出した。笑い声がちらついた。

金庫から取り出した懐中時計は、フェイスの文字盤が不思議な絵とアルファベットの組み合わせで出来ていた。三時と六時と九時と十二時がアルファベットの大文字、その間を絵が埋めていた。よく見るとそれはトンカチとコンパスや太陽や三日月だった。太陽は二時と十時に、三日月は四時と八時に置かれていて、残りの四ヵ所はトンカチとコンパスだった。長針短針は細い線のようにスマートで針先がハートマークになっている。それだけでは古さは判らないがおしゃれだなと彼は思った。

琺瑯《ほうろう》の乳白色の文字盤は汚れもなくガラスの密閉度も優れている。裏を返すと蓋の全面に銀の象眼が施されていた。周縁には植物の葉がデザインされていて真ん中にはニワトリが描かれている。受け取ったときは文字盤しか見なかった。ニワトリのトサカは冠をかぶったように不自然な大きさで、足と嘴も太い。虎を見たことがない絵師が描いた虎が珍妙な動物に見えるのを思い出したが、トサカがあるのだから他の鳥には見えない。

この裏蓋を開ければ機械面を見ることができるはずだが、一良は手にしたドライバーを置き、ショーケースの下の収納に頭を突っ込み、どこかに入っているはずの昔読んだ古い本を探す。容子の父親の本だ。

「ポケットウォッチ」というタイトルの写真入りの分厚い本の埃を払って目次を調べた。ページをめくり、「蓋の開け方」の項を探した。そうだ、昔はポケットウォッチと呼んでいたのだ。その項の最初に、「蓋の開け方には三種類ある」と書いてあった。決していきなりこじ開けてはならない、と注意がある。

文字盤や機械面に上からわざわざ蓋がかぶせてあるものを一良は見たことがない。けれどこの本によると文字盤と機械面の両方に蓋が付いている時計の写真が幾つか載っている。しかも機械面に二重の蓋が付いているものもあった。その分ぼってりと厚い。さすがに両面に二枚ずつ蓋があるものは無い。ステレオやテレビを大事にするあまり、カバーや扉をつけた昔を思い出した。

開け方は文字盤の蓋も機械面の蓋も同じだとある。

一つはスクリューバック方式。これはねじ込み式で、開けるためには両掌で挟んで強くねじる。ドライバーなどで無理にこじ開けると繊細な溝がつぶれて閉まらなくなる。二つ目は蝶番があるスナップ式で、丁寧に見れば下の方に蝶番があり、上部に爪を掛けるための小さな突起や窪みがある。三つ目は蝶番も爪をかける突起もなく、両掌でねじっても開かないが、外枠（ベゼル）と胴の間に一部隙間があり、そこに尖ったものを差し込みこじ開けると、ボコッと外れるボコ型。

預かった時計を拡大鏡の下に置き、光を当てて丁寧に観察したが、スクリューバック方式でもスナップ式でもなさそうだ。裏蓋の下部に内側に隠れ込むように蝶番があるが、開けるための突起も窪みも無い。蝶番があるボコ型なのだろうか。ドライバーを差し込む隙間を探したが見当たらなかった。

どうなっているんだこいつ。

裏蓋に蝶番があるのだから、裏蓋は開くはず。引っかかる場所が無くてはならないと焦る。

一良は目薬をさし、溜息をついた。この時計は通常の作りではない。まるで時計に挑戦されている気分がした。その裏蓋には不格好な横向きのニワトリがいる。クジャクや鳩ではなくなぜニワトリなのか。

わずかに浮き出しているトサカに触れてみた。窪む。貼り付けていた細工が取れたかとはっとなった。けれど指を離せば元のトサカに戻る。わずかに窪むだけだ。これは仕掛けかも知れないと、何度か押しては離してみたが裏蓋は開かない。指の腹に全神経を集めて、押せば引っ込む場所は他に無いかと探していくと、ニワトリの目が怪しい。一ミリにも満たない目を針のようなドライバーの先端で押すと、確かに窪んだ。それでも蓋は開かなかったが、神の領域に踏み込むつもりで息を殺し、トサカと目の両方を一緒に押すと、上部からかすかな音が漏れて数ミリ開いた。

一良の額から汗が流れ落ちる。直径が五センチにも満たない時計の裏蓋の開閉に、こんな細工を施す技術があるとは。

あやめは時計の天井部に付いている竜頭を巻き、鎖を通すための輪にも触れただろうが、裏蓋を開けたことは無いだろう。もしこの仕掛けを知っていれば言うはずだ。

この時計は薄い鋼のゼンマイを繰り返し巻かれただけで、裏蓋を開けて機械面に触った人間はいなかったに違いないと、彼は勝手に確信した。

流れた汗が彼の全身をひんやりと締め付けてきた。裏蓋を開けるためだけに施された細工から見て、機械部分もかなりのレベルだろう。腕時計と違うのは当然だが、他のポケットウォッチとも違って特殊なメカニズムの可能性がある。分解する自信はなかった。今の自分が分解してはならないという分別が働く。それでもここで止めるわけには行かない。

蝶番に負担がかからないように、一良はゆっくりと裏蓋を起こす。固く閉じていた二枚貝を押し開けるような躊躇いがある。一良はずいぶん遠い昔、こんな風に畏れおののきながら、それでも自分の願望に抗えず、前へ前へと自分を押し出したことがあったのを思い出した。それが何時のどんな場面だったかまでは思い出せないが、あったのは確かだ。

蓋は滑らかに開いた。蓋の下に、ひらひらと紙のように動く何十個もの歯車やアンクル、テンプなどが現れるはずだった。けれどそこにはもう一枚の内蓋があった。その内蓋はさらに小さい数ミリの蝶番で止められている。

ドライバーの先で内蓋を持ち上げると、初めて機械部分が現れた。切り開かれた内臓のように濡れて見えたが、錆もなく、組み合わされた艶のある微細な金属細胞が、静かに動きを止めていた。

開閉のための仕掛けがある上、内蓋が付いていれば、全体が厚くなるのも当然だ。

その裏蓋の内側に紙が入っている。

一良はその紙をピンセットでゆっくりと取り出し、これがウォッチペーパーというものかと、茶色い紙を明かりに透かした。裏蓋の大きさに切られた円い紙は、蓋の内側に押しつけたために、周縁はぎざぎざに畳まれていたが、破れも傷みも無かった。

ウォッチペーパーには大抵、オーバーホールの時期や修理箇所が記されている。時計のカルテのようなもので、製作者の名前が書かれていたり、中には好きな詩や格言が記されていたりしたらしい。身につけた時計は時を刻む。自分の心臓のようにも感じたのだろう。年代物の時計ではこの小さな丸い紙が様々な証明になった。

やはり由緒のある時計なのだ、とは判ったが、そこにびっしりと書かれた文字は一良には読めない横文字で、たぶんフランス語に違いないと想像しただけだった。

彼は円形の中の文字を、メモ用紙に写しとると、ズレないように注意しながら裏蓋の内側に戻した。裏蓋は中央部分が数ミリ厚くなっているが、その中に作り込まれた開閉の仕掛けはきれいに封印されていて、ニワトリのトサカと目の組み合わせ方を見ることは出来ない。封印は時計職人の自信の証。永久に作動する。もしトサカと目の組み合わせが壊れたなら、時計本体を壊さないかぎり開けることはできないのだから。

一良は二枚の蓋を元通りに戻す。最後の一押しで、ニワトリのトサカと目が砂粒を潰すような音をたてた。ここにあるのは想像を超える技術だと、呆然となったまま彼はニワトリの足を撫でた。

この時計を動くようにするには、ポケットウォッチのことを最初から勉強しなくてはならないと思った。彼はニワトリの時計とウォッチペーパーのメモを金庫に戻すと、古い本のページを最初から読み直すことにした。

一良の謙虚さと臆病さはいつも瞬きに現れた。自分では気づいていないが、気持ちが臆するとき、俯いて目をしばたたく癖があった。

彼は空の一点を見つめて未知の世界へ羽ばたいたことなど無かったし、足を地面につけたままの人生だったことに後悔を覚えたことさえない。そもそも未知の世界へ羽ばたく、ということは字面では理解出来ても、人生上具体的には想像出来なかった。そんな夢のような言葉は、芸術家やスポーツ選手のような特別の能力を持つ人間だけに許されたもので、自分にとって無縁なことをあえて考える必要もなかった。

客観的には、一良の人生にも挑戦した歴史がある。時計店に就職し、必要だと言われて一級技能士の免許をとったときだ。その当時は三人いた店員の中で自分が一番この店に長くいそうだと、容子の父親が判断したからで、自分が望んで挑戦したわけでは無かった。

何かを成し遂げたという喜びは、一級技能士より容子との結婚の方が大きかった。それが可能になったのも、自分が自らの限界を知っていたからだと一良は考えた。

けれど同じ時計の世界に生きてきて、昔のヨーロッパには、こんな凄いモノを作った人間がいたのだ。何百年も積み重なったポケットウォッチの歴史の中で、他の時計師の技術をほんの少し前へ進めるのではなく、地面を蹴って飛んだ人間がいた証明があのたった五センチの時計。一良が受けたショックは、本人は意識していないが、かなり深かった。

彼は厳粛な気分で古い本に向かった。

今の腕時計つまりリストウォッチと呼ばれるものは実質六十年程度の歴史しかないが、ポケットウォッチは三百年を越える昔から時計師によって作られてきた。時計師は名前が記録されているだけでも七万人は下らず、彼らは正確な時刻を必要とする知的でハイクラスの人間のために、数人の工房から会社組織まで時代の差はあるけれど、可能な限り正確な「時」を提供してきたのだ。

目を上げると、外の光がまぶしい。時計の裏蓋にあったニワトリがけたたましく鳴いた気がする。一良はすぐに、ニワトリではなく二階の庇に降り立ったカラスの声だと気がついた。

さて、アンドレ・ジャピーの遭難のあと、背振の人々はどう対処したかである。

鉢嶺一良がニワトリの時計に触発されて分厚い本と格闘しているとき、あやめもスフレの出来損ないを頰張りながら、一九三六年十一月二十一日の地元の新聞記事を読んでいた。

見出しは「仏国ジャピー機　背振山腹に墜落　機体大破、ジ氏重傷　ゴール寸前に遭難」小さい見出しは「炭焼の村人ら発見　生命には別条なし」

確か遭難したのは十九日夕方だったはずだとあやめは別の切り抜き記事を確かめるが、事故の翌々日の二十一日の新聞しかなかった。何か事件があれば、その日のうちに世間に知られる今、ジャピー墜落事故の翌日の新聞に何も載っていないのを、若いあやめが不思議に感じても仕方ないだろう。

「ジャピー機は十九日午後四時二十分頃背振山中で濃霧のため進路を阻まれたので、一度南方に引き返し再度北方に進路をとり背振登山道路東側五町八合目の森林中に墜落したが、異様な爆音に同機を発見した山林中の炭焼き小屋背振村久保山部落の陣内勝次ほか十余名は墜落と知るや部落に駆けつけ消防組を動員して機体捜査当たったが、午後八時に至り密林中に同機を発見したが、機体は左翼を地上にうちつけ右翼を空に向け大破しジャピー氏は直ちに消防組員の手で神代分医院牛島繁人氏により応急手当中であるが、急を聞き一番ケ瀬背振村長神埼署長背振郵便局長など駆けつけ救助作業に努めたが、ジャピー氏は左足大腿部を骨折前頭部に八センチ深さ骨膜に達する重傷を負い右手首橈骨の他操動傷を負い生命には別状がない。付近は全県各地から急派の新聞記者団をはじめ、大刀洗航空隊の救援隊などで雑踏し佐賀県からは知事代理として今井警察部長米沢特高課長が急行し牛乳バター、ソーセージなどを贈り長崎領事館からは領事病気のため佐賀市中小路日本基督教会宣教師ブランゲ氏を領事代理として慰問せしめ赤十字佐賀支部から医師や書記官愛国婦人会同支部から書記が見舞いのため急行した」

句読点がヘンなこの記事を、あやめはともかく読み終え、へえ凄いことだったのだと墜落の騒動を想像する。炭焼、消防組、警察署長、郵便局長は判るけれど特高課長は初めて目にした役職。領事代理に宣教師、愛国婦人会か。あやめはうんうんと頷いた。みんなが背振へ駆けつけたのだ。

同じ日付の他の新聞記事にもよく似たことが書かれているが救出がどれほど大変だったのかが強調されていた。雲の間を低く飛ぶ機体が赤かったので、思わず見とれているうち突然異常な爆音がして墜落を知ったと話しているのは、先の新聞にも登場する炭焼きの陣内勝次の他、納富《のうどみ》末吉、合田竹一たち仲間だ。十人前後が炭焼きの仕事を終え、帰り支度をしていたときのことで、爆音が起きた方向を見て呆然としていたが、誰からともなく突然山を走り下り消防組に連絡を急いだそうで、まるで映画の一場面のように記されている。

福岡で生まれ育ったあやめは、こんな近くの山で炭が焼かれていたことにまず驚きそれから感動した。佐賀の神埼町には善人ばかりが居たのだと、胸がしんしんと甘くなった。

けれどその記事の下の方に、小さな文字で書かれてある部分は意味が良く解らなかった。大刀洗航空隊や憲兵隊の実地検証後に、領事代理の宣教師ブランゲ氏の指示で墜落機は解体され搬送されるという数行がある。けれど別の新聞には解体はブランゲ氏の反対にあい延期と書かれている。炭焼きの話では墜落場所は山頂に近い高度一千メートルの密林の急斜面、村人たちが必死で墜落現場にたどりつくまで四時間もかかったそうだ。飛行機を解体して運び下ろすなんてことが簡単に出来るのだろうか。

フランス語の新聞記事を日本語に訳した文章が一緒に入っていて、そこには全く別のことが書かれていた。

十一月二十二日、フランス大使館からブリエール航空武官が来て機体を調べ、シュバリエ技師の指図で機体は運びやすいように切り離された。そして翌日、消防組百人あまりが雑木林を切り払いながらロープで村道まで引き下ろした。トラックに積み込まれ博多の税関倉庫に運び込まれたとある。

さらにアンドレの座席から小学生でも使わないほどの簡単な地図が出てきたと、シュバリエ技師が発表した。

フランス人たちは、アンドレの容態より墜落して破壊された機体の方を大事に扱っているような印象で、アンドレに寄り添うあやめとしては釈然としない。

新聞記事というのは、正確な記述に見えて粗い編み目の布のように肝心なところを取りこぼしている。もちろんあやめにそのようなことまでは理解できない。ただ新聞記事を読んで何かしら釈然としないものを感じるのは、彼女の感性の一部が拒否しているからなのだ。

その編み目をもう少し緻密にして当時を再現してみると、こうなる。

一九九〇年に九十歳で亡くなった一人の医師に登場してもらわねばならない。その人の名前は牛島繁人、当時三十六歳だった。

彼はその日久保山部落の診療所にいた。週に三日だけ背振山麓の診療所に来る。その日は、山道を自転車で上ってくるほどに北西の突風と雨が強くなり霧も濃くなった。

けれど彼は背振山の天候に慣れていたし下の町には無い穏やかさがこの診療所にはあるのが気に入っていた。いつも看護の手伝いで付いてくる妻キノエは、三女を出産したばかりで実家に戻っていた。

村人たちの手伝いで建てられた診療所は診察台のある診察室と仮眠室、家具と言えば久留米の病院から寄贈された医療器具収納用戸棚だけで、裏の出入り口の戸は立て付けが悪くて釘で打ち付けてあった。

玄関脇に置いた自転車が飛ばされそうになったので屋内に入れた。こういう悪天候の日は、風邪などではなく大怪我の患者が来ることがある。裏山が崩れて土砂に埋まった年寄りが運び込まれたのも台風が通り過ぎた翌日だった。

そうした大事故さえ無ければ、玄関横の笹藪から千切れた葉が飛んで来るのも、窓の外で枇杷の木が化け物のように緑の影を動かすのも、牛島繁人にとっては山中の味わいだった。

彼はラジオに聞き入っていた。ここ数日、くり返しニュースとして伝えられているのはパリ—東京間の百時間飛行レースのこと。アンドレ・ジャピー機はもうすでに九州上空にさしかかっているはずだが飛行ルートが判らない。連絡もない。東京では歓迎の準備も整い、夜間着陸用に照明も準備されているという。

そのとき、外の通りを人が走る音が近づき、山の方へ上っていく。急患かと身構えて待ったが足音は通り過ぎた。追いかけて次々に走っていく。一人二人ではない。何事かと風の中を外に出てみると、村の顔見知りたちが手に鉈や鎌、ノコギリなどを持って駆けていた。その一人が牛島に声をかけた。

赤い飛行機が山に落ちた。これから皆で探しに行く。

彼は直感した。ラジオのあれだ。あの飛行機だ。

牛島繁人は応急手当の準備をして背負い、その上からマントを引っかけた。すでに時刻は五時近くで、秋のつるべ落としの夕闇が迫っている。

小さな社のところで、炭焼きたちが山の頂上付近を指さしていた。村人の人数はすでに二十人を越えている。赤い飛行機だ、探せ、と炭焼きが指揮を執る。

牛島が付いて来ているのに気づいて全員が軽く頭を下げた。

火や煙は見えなかったか？　と聞くと、異様な爆音がしただけだと炭焼きの一人が答えた。背振山には獣道はあちこちに這っていたけれど、炭焼き小屋から上には道と呼べるものはなく、道を作りながら山頂目指して行くしかなかった。彼らが鉈や鎌、ノコギリなどを持参しているのは、これからの作業を良く知っていたからだ。

煙が上がっているなら火が出ている証拠で、おそらく飛行士は助からない。墜落し炎上する機体から逃げ出すのは、下草が密生するこの山では奇跡に近い。煙が見えない、ということは生存している可能性があった。彼は若かったころ遠賀川《おんががわ》の砂州に頭を突き刺した飛行機を見物に行ったことがある。飛行士は助かったそうだ。

生存の可能性はあるが、一刻を争う事態には違いない。これから暮れていく山で、道は鉈と鎌とノコギリで作らなくてはならない。

すでに彼らは社の後ろから上り始めていた。いくらかでも上りやすい沢を彼らは知っている。牛島はローソクもマッチも駄目だぞ、懐中電灯だけだと大声で言った。彼らがタバコを一服するのが怖かった。ガソリンの匂いがしたら、すぐにみんなに伝えてくれ。

空は真っ暗になった。風は弱まったが月も星もない。霧は出ているのだろうが、どのみち何も見えない。前方数メートルに立ちふさがる小木や腰丈の蔦かずらを払いながらの前進が続いた。最前列はやはり炭焼きたちだ。彼らは小枝の払い方やノコギリの使い方に慣れていて、切り払った枝枝を後陣の邪魔にならないように左右に置いていく手さばきの良さ。牛島繁人はうなった。しばらくすると、最前列が交代した。良く訓練された兵隊のようだと彼は思った。

時間は過ぎていくが、どれぐらい上ってきたのか判らない。方向もこれで良いのかどうか。彼らを信じるしかなかった。上りはじめてすでに二時間経過。およそ一里、四キロは来ているはずだ。いや、この速さではあの社から二キロ程度かも知れない。それからまた一時間、這うようにして上った。

腰を立てたとき、牛島は草や樹木の湿った匂いの中に、鋭く尖ったような、昔科学の実験で体験した匂いを感じた。彼は、近いぞ、と叫んだ。これはガソリンの匂いだ。今、風が来ている方へ向かってくれ。

彼は肺炎や肺結核の患者の息が、独特の匂いを発しているのを知っていた。肺癌患者の息はもっとはっきり判った。

先頭で鉈を振るっていた炭焼きが、こっちです、見つけました、と叫んだ。みんな前屈みだった姿勢を起こし、鉈で指し示された方向へ駆け上がる。

懐中電灯の光の中に、赤い色が飛び込んでくる。それは手前の立木に引っかかっている丸い尾翼だった。

いくつもの懐中電灯の光が照らし出したのは、六十度の斜面に北に向かって鼻先を押しつけた真っ赤な機体だった。光が届く距離も範囲も限られていて、いくつもの丸い明かりが闇をかき混ぜるばかり。

やがてその中に男の姿が捉えられた。血だらけの顔と斜めに傾いた上体、ぐったりとした身体から流れ出すうなり声。背中にパラシュートのようなモノを背負っているが、壊れて半分機体からはみ出していた。何か言っているが、炭焼きたちも村人たちも、牛島に助けを求めるように立ちすくんでいる。まるで怪物に遭遇したように凍り付いていた。

彼にはその理由が判った。飛行士が外国人だとは想像していなかったのだ。ラジオも聞かず飛行レースのことも知らなかった。壊れた機体に閉じ込められているのがアンドレ・ジャピーというフランス人だと想像できたのは、牛島だけだった。

牛島は、絶対にタバコを吸わないように大声で命令し、アンドレに近づいた。するとアンドレは、フランス、ジャピー、フランス、ジャピーと繰り返し言った。

その声が力を持っていることに安堵し、オーケー、オーケーと恐怖でおののく飛行士を慰めた。彼の目には鉈や鎌を振りかざしている救出者たちが、野蛮な鬼か人食い人種に見えたらしい。鬼たちに覗き込まれて、生きた心地がしなかった。

牛島はまず、この人はフランスの有名な飛行士で、ラジオで何度も放送していたアンドレ・ジャピーだと説明した。自分の名前を知っている牛島を見て、鬼ではないと判ったようで、血だらけの男はそのまま気を失った。

牛島はすぐに搬送用の担架を作るように命じた。この人を運び下ろすために、長い枝を二本用意してくれ。他にも添え木になる真っ直ぐな枝が要る。

牛島はアンドレの背中からパラシュートを切り離し、これを二本の枝にくくりつけて担架にするように命じた。彼らは斜面の狭い場所で、足を滑らせながら見事な担架を手際良く作った。横木を結ぶのは彼らの帯だった。

アンドレはその間、何度も眠りから揺り起こされた。牛島には出血の程度は判らなかったが眠れば体温が下がり危険になる。村人たちから野良着を借りて身体を温め、持ってきた応急手当の包みからハサミを取り出しズボンを切り裂いた。大腿骨の下三分の一のところで全骨折、上部は外側に、下部は内側に折れ曲がっている。複雑骨折と判断した。

自分はドクターだと言い、その曲がった足を真っ直ぐに引き延ばして、添え木を当てて縛った。

顔にも頭にも傷があるけれど、意識は保たれているので致命傷にはならないだろう。

アンドレの身体を機体から引き抜き担架に移すには、鉈で座席の左右を切り取らなくてはならなかった。持参した包帯で出血する頭部を縛り、意識を保つために通じない言葉で語りかけ続けたが、その間、何度も脈拍を触知できなくなった。

診療所まで担架を水平に保ちながら運び下ろすのに三時間かかり、診療所に着いたのは夜十一時を過ぎていた。途中で消防組員が加わってくれなかったらさらに時間がかかっただろう。

このニュースはすでに伝わっていて、診療所ではキノエが来て部屋を暖め、お湯を沸かして待っていた。電気あんかを身体に当て、両側から湯たんぽを二個添える。アンドレの脈は戻り、目にも力が戻っていた。

牛島はすぐに頭部の傷を消毒し、前頭部を六針、前頭部の左右の傷をそれぞれ三針縫った。右手の手首にも骨折の疑いがあったので固く固定し、左大腿部の全骨折は牽引しながら脱脂綿で包み添え木を当て直した。

手術が必要なことはアンドレ本人に伝えた。彼は牛島が話す簡単なドイツ語を理解できた。医療として久保山診療所で出来ることはそれだけだった。キノエが血の付いた顔や頭を拭き、熱いお茶を飲ませると、もっと熱くして欲しいと訴える。墜落の時刻はおおよそ午後四時なので、ほぼ七時間が経過していた。

ここまで来れば大丈夫と判断して、牛島は診療所に押しかけて来た地元の人間に説明するために、外に出た。

救出に当たってくれた炭焼きや村人たちは、まだそこに立って牛島の報告を待っていた。佐賀の各方面や憲兵隊、警察署への連絡は顔見知りの背振郵便局長の八谷源吾が受けもった。八谷は村でただ一人、英語がわかる人間だった。フランス語が出来る人間は一人もいなかった。

久保山診療所で一夜をあかしたアンドレは、二十日の朝、車が通る背振村服巻《はらまき》までの六キロの山道を担架で運ばれ、夕方車で福岡の九州帝国大学附属病院に向かった。

このとき服巻の狭い農道は自動車の列で塞がれ、自転車も通れなかった。事故のことを聞いて押しかけた取材記者や佐賀県立病院の医師、九大病院の医師や看護婦、赤十字の車などが農道で数珠つなぎになり、前へも後ろへも動けなかった。

久保山分校の児童代表二人が花束を持って見舞いに来た、というのはドラマのシーンのように美しい話だが、たぶん本当だろう。生まれてはじめて白人を見た児童たちは、空から落ちてきた英雄が包帯でぐるぐる巻きになって横たわっているのを見て複雑な感想を持ったに違いない。

関わった背振村の人たちのすべてが、献身的な美談の主人公として記録に残されている。彼らの救出劇は全国の新聞さらに世界の通信社にも紹介され、佐賀県の小中学校の道徳教育資料にも教材として収録された。

「世界的になったわれらの背振山は、人情も世界的」

「われらは背振の山脈を仰ぐたびに弾丸ジャピーを思い出すであろう。彼がパリ東京間百時間飛行に挑戦しながらゴール間近で挫折し、うらみをのんだ山であり、村民の情が国境を越えた鳥人に注がれたゆかしさを生んだ山である。われらは、背振山の高さよりもこの村民の人情美をたたえたい。鳥人よ、早く再起せよ。村民よ、何ものにもかえがたいその人情美を永遠に失うことなかれ」

この事故で、パリ─東京百時間飛行にかけられた懸賞金は取り下げられ、高額賞金の時代は終わった。

背振で起きた事を知れば知るほどあやめは不満がつのる。背振まで迎えに行った九大病院の看護婦の中に桐谷久美子がいたのかいなかったのか。いたに違いないとあやめは思うが、まるで大舞台上の目立たない端役のように小さい。せめて九大病院の看護婦に手をとられて福岡に向かった、という一行があったなら、あやめの不満もいくらか和らいだだろうに。

4

どうせ無理。

あやめはどんなことでも諦めが早かった。無理だと感じたことに挑戦しても、九九パーセントは失敗する。上手く行くかも知れない一パーセントについては考えないようにしていた。安全な方へ安全な方へと身体を傾けてきた。若者は冒険しなくてはならない、などと言えるのは、もともと恵まれている人なのだ。

彼女がそう考えるようになったのは、先に苦い恋愛経験と書いた高校卒業の夜の手痛い体験が大きかった。卒業後は東京に行くことがわかっていて二度と会えない男子の家を訪れたあやめは、彼の部屋で裸になった。進学のお祝いを持ってきたと思った彼は、震えながら洋服を脱ぐあやめに呆然としていた。あのとき、一生分の勇気を使い果たした。そして生涯続く惨めさが残った。思いは叶ったけれど、叶った満足より惨めさの方が大きかった。彼のしたことは、思い詰めたあやめへの哀れみだけの無言の行為だった。終わってスカートとセーターを身につけながら、ありがとうと呟いた言葉に、彼はひとこと、もう連絡しないでくれと言った。コンドームも使ったから、と付け加えた一言の意味は、もっと後になって解った。二度と連絡を寄越すことが無いように、行為の最中にも賢く手当をしていたのだ。

東京できっと羽ばたいている彼の中で、あの一夜はどんな記憶として残っているのかと時々考え、記憶に残っていないことをあやめは必死で願う。けれど沢山いるガールフレンドの一人に、卒業式の夜の奇妙な出来事を話しているかも知れないとも想像した。

人を好きになり、相手も自分を好きになってくれて結婚し、子供が産まれる。それがどれほど大変なことかを、きっとひそかは知らないまま死んだのだと、あやめはときどき考える。母親はいつも、あやめは若いのだからこれからよ、と口癖のように言ったが、生きていれば五十七歳、五十七歳になればきっと身体にも具合の悪いところが出てきて、気軽に娘を励ますかわりに、黙って抱きしめてくれたかも知れないと考えた。テニスラケットを持って、勉強頑張ってね、と声をかけて急ぎ足で出て行った母親に、片手を上げて了解の意思を見せたが、そのあとに痛烈な寂しさが待っていたのを、きっと母親は知らない。知らないまま死んだ。庭のツツジに大きな揚羽蝶が来て、大騒ぎして捕まえたとき、真っ赤な顔の周りをシジミ貝のような小さくて地味な蝶が飛んでいたのを思い出す。母親は煩さそうに顔を振っていたが、あやめはそっちばかりを見ていた。ああしんどい。

母親が恋しいし会いたい。母と娘であってもどうにもならないことがある。

あやめの夢想癖は桐谷久美子に向かった。血の繫がりは薄いかも知れないが確かに彼女と同じDNAが自分の身体にも流れている。母親の死後、時間が経つにつれて、母親と久美子が等距離になってきた。目を閉じると一番近しい人が桐谷久美子になっている。

人との関係を作ろうとしないあやめが、恋愛や結婚に縁が無かったとしてもそれは不自由な右足のせいではない。アルマジロのように丸まったまま身を潜める性格が災いしていることを、あやめは半ば気づいていながら見ないようにしていたせいだ。アルマジロが固く閉ざした身体をほんの少し緩めて外界をのぞき見たのも、桐谷久美子のおかげだった。彼女は久美子のことをもっと知りたくて、束になった写真の一枚に写っていた同僚看護婦に目をとめたのだ。久美子が大きな揚羽蝶なら、彼女は小さくて目立たないシジミ蝶だった。この人誰だろう。

他の写真でも、久美子の傍に写っている。松葉杖を突いて九大病院の庭に一列に並んでいるアンドレと医者と看護婦たち。医者の反対側で、アンドレに付き添っているのは桐谷久美子だが、その久美子の傍らに背の低い看護婦がいる。あやめはシジミ蝶と名付けた。けれどすぐにシジミ蝶の名前が判った。何枚かの病院内で撮ったアンドレの写真の中で、車椅子のアンドレを押している一枚があり、シジミ蝶が車椅子を押している傍らを、桐谷久美子は歩いていた。手術も無事終わり、回復している時期のものらしく、三人には余裕の笑みが浮かんでいる。写真の裏側にアンドレ・ジャピー、桐谷久美子、島地ツヤ子の名前と一月十三日の日付があるので、シジミ蝶は島地ツヤ子だと判った。雰囲気では久美子の後輩という感じで、三人の中で一番嬉しそうなのもツヤ子。子供のように無邪気に目を細めている。カメラを向けられて照れている表情。両袖はまくり上げられて、たくましい二の腕が車椅子を押している。

その夜、あやめは父親の紀彦のケータイに電話をかけた。市内に住んでいるのに滅多に話すことは無かった。紀彦から電話があるときは出来るだけ心配をかけないように、明るい声で応対する。いつも最後に、飯喰いに来いよ、と言うが、うん、その時は連絡する、と答えた。一度だけ再婚した亮子の手料理を食べたことがあるが、頑張って作ったのが判るだけに残さず食べなくてはならなくて疲れた。

紀彦はあやめの電話に驚いた様子の上ずった声で、何かあったのか、と訊いた。

「父さんは、九大の医学部の教授と知り合いだって話をしてたよね」

紀彦の緊張のかけらがあやめに鋭く届いた。

「母さんの時の？」

「違う、そうじゃなくて」

母が階段から落ちたとき、救急搬送された病院でたまたまアルバイトで当直をしていた九大医学部の若い医者のことだ。死因について家族に説明したのもその医者だった。あやめもその医者の顔を覚えていた。死に神のように青白い顔に無精ひげを生やしていた。

「知り合いがいる、って言ってなかった？　偉い人」

「いるけど」

「その知り合い、教授なんでしょ？」

「いや、事務長。こっちは銀行だから教授より事務長だ。誰か病気か？」

「病気じゃない」

あやめは医学部の事務長という職種が解らないが、このまま電話を切ると父親に余計な心配を残しそうだったので、桐谷久美子のことを話した。

「だれ？」

「お母さんの伯母さん。お母さんのお父さんの姉さん。桐谷久美子」

「死んでるだろう？」

「うん、死んでる。生きていれば今百歳近く」

と答えてわずかに胸が痛む。みんな死んでいるのだ。けれど死んではいないところもある。病院の廊下を歩いているのが見える。

「その人のこと、知りたいの」

「……母さんと何か関係があるのか」

声が低くなる。近くに亮子がいるのだろう。電話に出たときはテレビの音がしていたが、今は静かだ。あやめに気を遣い、音を出さないようにしている。気配が重い。

「全然関係ないよ。ただ父さんの九大の知り合いに、桐谷久美子さんのことを知ってる人が居たらって。一九三六年ごろ、九大の病院で看護婦をしていたの」

「……ああ、あれか」

と紀彦の声が裏返った。

「そう、うちのタンスの引き出しに、写真が入っていた」

「外人を助けたって話だろ？　そんなことなんで知りたいんだ。もう終わったことだ」

「終わった」

それはそうだ、すべて終わったことだ。

「……子供でも出てきたのか？」

白い布きれがフワリと降ってきて、あやめの顔にかかった。仕方なく黙る。

「たぶんそれ、別の話」

「あれだろ？　飛行機が墜落して外人が九大病院に入院したって」

「そう、それ」

「だからもう、すごい昔に終わったことだろ」

「父さんいま、変なこと言ったよ。子供でも出てきたのかって」

紀彦は短く沈黙したが、躊躇いというほどの長さでもなかった。

「子供が出てきたのなら我が家にも少しは関係がある。別府の家に手紙が届いたというなら問題だが、何があったんだ？　何かあったんだろ？」

「子供って」

「その外人と桐谷久美子の子供だ」

「やっぱり」

このときのあやめの心の綾は、雨雲の間に虹を見つけたような、ずっと以前からそこに虹が出るのを知っていたような、両手を空に突き上げたいほどの解放感だった。やっぱり、と電話に叫んだけれど、このやっぱりの意味は紀彦には理解出来ない。

「……子供って、子供が出来たかも？　ってことはつまり」

「何があったんだ、いまごろ大昔の身内のことをあやめが訊いてくるなんて。でもこういう話も悪くないけどな。母さんが何か書き残してたのか？」

「お母さんは捨てられないからいろんなものを置いてただけだと思う」

「母さんも良く知らなかった話だと思う。でも、あやめがご先祖様に興味を持つのは嬉しい。亮子が一度ルッコラにランチを食べに行ったらしい。メニューに何種類もスフレケーキがあるそうだな」

「アンドレ・ジャピーと久美子さんの間に子供が出来たの？　ってことは恋愛してたの？」

「そんな話を母さんの父親から、ちらと聞いたことがある気がするが、本当かどうかもわからん。アメリカ人は自分の国に帰ったはずだよ」

「フランス人。でも恋愛関係ならスゴイね」

「墓を掘り起こして訊いてみるか」

紀彦はあやめと話しているのが嬉しいらしい。

「スキャンダルよねそれだと。でも私が桐谷久美子だったら、きっと恋愛関係になる」

「お」

と声を出したきり黙っている。

「何か調べてるのか。戦前のご先祖様の話だからな」

「九大病院の事務長さん、知ってるのね」

「定年前で、のんびりした人だ」

「……昔、看護婦だった人のこと、調べることが出来る？」

「さあ、それはどうかな。帝国大学の病院だから記録はあるかも知れんが」

「桐谷久美子と島地ツヤ子。一九三六年当時に、九大病院にいたのは確かなの」

「ちょっとメモする」

あやめは丁寧に、どきどきしながら、名前を伝える。久しぶりに父親と繋がった気分が心地よい。電話してみて良かった。

「父さん、ありがとう」

「記録があるかどうか判らんぞ。戦争中うやむやになった可能性もある。知り合いの事務長は真面目でヒマな人だから、何か手がかりがあれば教えてくれると思うけどな。でも、なぜあやめがそんなことを……」

あやめはただ浮き浮きとしている。

「ご先祖の美人について、知りたいだけ」

「美人か？」

「すごい美人」

「そうか」

「お祖父ちゃんのころから我が家は里山なのに、その姉さんがどうして桐谷なのか、父さん知ってる?」

「養女に行ったのかな。たぶん貧乏だったから桐谷家に養女に行った。そっちは金持ちでちゃんと教育してくれた」

「働きながらお祖父ちゃんを育ててくれたって聞いてる」

「あ、風呂が沸いたから、切るよ」

その夜、あやめの頭の中をロマンスが駆け巡ったのはやむを得ないことで、九大病院で撮った写真の数々は、一枚一枚が切なく忍ぶ男と女の舞台になった。あやめは我が意を得たりと妄想を膨らませ、島地ツヤ子は久美子のライバルになったが、ライバルにしては小物過ぎるので、こっそり手引きをしたり密かに逢瀬の機会をつくったりする役目へと格下げにした。


二人の看護婦については、簡単に調べがついた。紀彦が九大病院の事務長に連絡したところ、雇用者の記録が残っていた。当時の外科病棟に関しても第一と第二外科それぞれの外科長の名前とともに残されていたそうだ。

事務長は何か重大な調査だと誤解したようで、紀彦が訊ねた以上の資料が送られてきたという。あやめは感謝し、父親を頼もしく思ったけれど、大学病院の巨大なお金の動きを知り尽くしている銀行員と事務長の関係については、彼女の想像も及ばないところだ。紀彦にとっては億の金額を動かす顧客だが、事務長にとっても、残りわずかな定年までの時間を無事過ごしたい、内密な事情が在ったのかも知れない。

夕方、紀彦は受け取った資料を抱えてルッコラにやってきた。レストランに最初の客が来る前だったので、五島さんは紅茶とグリンピースのスフレケーキをテーブルに置くと、ピザ窯の掃除にかかった。

「こんなに資料があるなんて思わなかった」

「帝国大学の医学部というのは、大したものだ。知り合いが当時の医学部について本を書くと言った。白い巨塔、みたいな本になると思ったらしい」

「何？　白い巨塔て」

「いいんだ知らなくても。それよりこれ、あやめが作ったのか？」

「そうよ、コースのデザート」

何ヵ月ぶりかで見る紀彦は若々しかった。これまでの父とは別人のようで、向かい合うと緊張するあやめだ。ありがとう、の言葉も大人びて聞こえたはずで、亮子さんにも来てくれてありがとうと伝えて、と手元を見ながら呟いたあと、あやめは少し照れた。紀彦は、あやめがなぜ身内ではあるが昔の九大病院の看護婦に興味を持つのか解らなかった。その興味を想像できないところに、この父娘が理解しあえる限界があった。娘の肩を揺さぶってでも問いただす親もいるが、二人の前には遠慮と距離がある。けれど穏やかなこの一瞬は両方にとって悪いものではない。何よりスフレケーキの、グリンピースのために選んだ蜂蜜系リキュールの香りが、夕時の疲れの気配を濃密に沈殿させて、それはそれで誰もがこの一瞬だけは幸せであるような錯覚を与える。紀彦は娘に何かしてやることが出来た満足、あやめにとっては分厚い茶封筒に閉じ込められたロマンスの香りが、スフレケーキの上でゆらゆらとたゆたっていたのだから。

5

ロマンスとは地球の重力や時間の制約から離れて、芳しい香りに満ちた空気の塊のようにどこかに浮かんでいるもの。庭の草花の傍に在ったり、子犬の無邪気な黒目に映っていたり、何かの拍子にその空気を吸い込んでみるまでは何処にあるかも解らないしろものだが、ロマンスの効用なら辞書に書かれているように箇条書きが可能だ。朝の目覚めが心地よく変化する、曇天もまた心のニュアンスを生み出し、鏡に映る自分を他人の目で見直す。男性なら髪型や髭の濃さを意識し、女性なら睫の長さと目の下の翳りが気になる。ビタミン剤を飲み血行をよくするために肩や首を回す。結果として容姿は若返り健康になる。そんな素晴らしいロマンスなのにどのあたりに匂やかな塊が在るのか判らず探すのにも疲れて、もうよろしい、諦めます、とロマンス追求から離れたとたんいきなり異質な空気に頭を突っ込んだりするのだが、あやめの場合、それは確実に茶封筒の中に入っていた。他のどこにも無く、茶封筒の中。左下に病院名が印刷してあり、裏の紐をぐるぐる巻きつけて閉じる紙袋は、開くまでは切なく狂おしい宝が入っていたのだが、開けたとたん八十年の時間が積み上げて来た現実が、赤茶けた紙の湿った臭いとなって立ち上り、あやめの頭を混乱させた。

書類の束に添えられていた事務長からの手紙には、こう書いてある。

「里山紀彦様
お問い合わせの桐谷久美子さんと島地ツヤ子さんですが、二人ともご存命とは思えません。一応、当時の住所を同封しておきます。看護員養成科のリストのコピーです。九州大学病院の歴史に関して、他に必要なものがあればご連絡ください」

桐谷久美子は生きていれば九十七歳だから、久美子より何歳か若いとしても島地ツヤ子も九十代半ばで、亡くなっている可能性が高い。島地ツヤ子の住所は糟屋《かすや》郡箱崎町になっていた。現在は福岡市東区箱崎のはず。

こういう場合は、手紙を書いてみるべきだが、あやめは手紙が苦手だ。あやめと同年齢の者の多くが、こうした場合、まずグーグルで検索する。住居表示が変わっていたとしても手がかりがつかめる。ボールペンを握るよりキーボードを叩く方が楽なのだ。

グーグルで調べると、東区箱崎の住所と島地の名前でヒットして、島地皮膚科の名前が出てきた。皮膚科か。島地ツヤ子の家は皮膚科の開業医だったのか。息子か娘が開業したのかも知れない。

それ以上は検索が無理で、作業は翌日になった。翌日の昼過ぎに島地皮膚科に電話してみた。言うべき言葉は決めてあった。有りのままだ。九州大学病院で看護婦をしておられた島地ツヤ子さんは、そちらにいらっしゃいますか？

男の声が、丁寧に聞き返した。どちら様ですか？

それからのやりとりは省略するとして、この一本の電話で概ねあやめの目的は達せられた。

というのも、声にも善意がにじみ出ている相手はツヤ子の孫で島地皮膚科の院長だったのだ。見知らぬ女から突然祖母の名前を聞いて驚いたはずだが、それでもあやめを信用してくれた。ツヤ子の同僚であった桐谷久美子の名前も安心材料になったはずで、ツヤ子の存命が判明したのは収穫だった。

ですが祖母は施設に入っていましてね。歳が歳ですし、認知症の症状も出ていますので……桐谷久美子さんについて、何かお役に立てるかどうか。それでも良ければ、訪ねてやってください。話し相手になっていただくだけでも祖母は喜びます。ただ、祖母が話すことは正確ではありませんし、里山さんでしたっけ、里山さんにご不快なことを言うかも知れませんが、それでもよろしければ、どうぞ会ってやってください。施設の方にも里山さんのお名前を伝えておきます。

島地ツヤ子が入っている施設は箱崎の松林の中に立つ白い二階建ての建物で、今も昔も地域の医療を牽引する九大病院にも近かった。朱色の屋根瓦が時間を経て黒ずみ、松の緑に沈み込んでいる。テレビの宣伝で見る老人用の施設はどれも近代的で清潔感溢れていたが、百年先には砂地に潜り込んで消えてしまいそうな重い木造の家だ。入り口から入り、二階の受付に上がっていくとき、久美子やツヤ子が看護婦として働いていた当時の病棟はこんな雰囲気だったのかも知れないと想像した。けれど当時の建物がそのまま残っているはずはない。松林だけは昔から在ったのかも知れない。

ツヤ子の部屋に通されると、窓の外で揺れている松の枝が真昼の光を注いだり遮ったり、それが太陽のイタズラで人の腕に見えたりする。

気配で振り向くと車椅子のツヤ子がいた。ぬいぐるみのように小さい。施設の若いスタッフに車椅子を押してもらっている。お風呂に入ったばかりなんですよ。まだ全身から湯気が立ってるわよねツヤ子さん、とピンクのエプロンが、ツヤ子にではなくあやめに言った。名乗ろうとすると、里山さんですねと、嬉しそうな素早い反応。身内以外の訪問者などきっと居ないのだろうと想像すると、あやめは捕虫網で摑まえられた感じがして、けれどそれが心地よくもあって、そうです里山あやめですと、小学校以来の元気の良い声で返事した。

湯気が立っているツヤ子は小さく丸まった白い毛玉のようだった。薄い髪の毛も睫も頬も生きている色を失って、それ以上小さくなることが出来ないほど縮まって見えるけれど、唇だけが赤い。どこかに水を垂らせば三倍に膨らみそうだ。出来損なったスフレケーキを置いておくと三日目にはこんな風に固まる。すると永遠に腐ることのないアートになる。

島地先生はこの施設でもお世話になっています、とっても良い先生ですよ、ねえツヤ子さん、と今度はツヤ子に話しかけた。ツヤ子さんは九大病院で看護婦をなさっておられたんですって？　ツヤ子さん、そんな昔の話を全然なさらないから、私、知らなかったわと、これはあやめに言う。ツヤ子はずっと無言で無表情、けれど全身の血液を集めた唇に触れればきっと熱いだろう。そこだけが生きていた。

ピンクのエプロンは、ツヤ子を残して部屋から出て行く気配はない。孫の面会許可があっても、放置してはならない。あやめもその方が有り難い。白い毛玉のような人は、写真で見たツヤ子とは別人に見えるが、それもそのはず、十代と九十代の違いなのだからと自分のイメージを修正した。桐谷久美子も、生きていればこんな風に小さくなったのか、アンドレはどうだろうと、背後で動いている松の枝の影に得体の知れない悪意を感じて振り返り睨んだ。松はただの松で、さほど風があるわけでもない。

あやめはソファーに腰掛けて、ツヤ子と向かい合った。ピンクのエプロンも少し離れて座る。ピンクのエプロンはあやめと同じような年齢か。すごいなあ、こんな風にお仕事している人がいるのに、自分はスフレケーキだ。けれどピンクのエプロンもあやめを尊敬のまなざしで見て言う。

「ツヤ子さんの若いころを調べておられるのですってね」

「はい、ツヤ子さんの同僚だった桐谷久美子という人は、私の身内というか先祖なんです。でもとっくに亡くなっています。他にも調べたいことがあって、ツヤ子さんが生きておられると聞いて、こうして」

彼女は白いぬいぐるみに顔を寄せた。

「ツヤ子さんツヤ子さん、桐谷久美子さんを知ってる？　桐谷久美子さん」

そのとき、ぬいぐるみの頭がゆらりと前へ倒れた。顔の筋肉に力が戻る。

「そうなの、桐谷久美子さんを知ってるのね？」

ツヤ子の右手が震えながら持ち上がり、あやめに向かって差し出される。どうして良いか判らずあやめはその手を摑んだ。摑んだつもりが強く握り返された。攻撃的で怖いほどの力だった。あやめは床に膝を突き、ツヤ子を見上げる姿勢で言った。

「私は、桐谷久美子さんの弟の孫です。血の繫がった里山あやめと言います。桐谷久美子さんのことを知りたくてお友達だったツヤ子さんに会いに来ました。こんにちは」

車椅子のツヤ子は眠った猫のようだったのに、下から見上げるとその目には意思を伝える強さがあり、唇も引き締まっている。握力と同じだけの気持ちがこもっている。握った手の力はますます強くなった。あやめは身近なところで老人を知らないので怖くなる。ピンクのエプロンが握った手をゆっくりとほどいた。ツヤ子の口が動いた。ニワトリノハコ。

ピンクのエプロンはツヤ子の口に耳を付けるようにして、聞き返す。

「ニワトリノハコ」

それだけ言い終わると、ツヤ子の顔面が崩れ、その底から獣が吠えるような声が湧いた。あやめが放した手を握ると、介護士は車椅子ごとツヤ子を抱きしめた。大丈夫、大丈夫よ、ニワトリノハコなのね？　探して来ますからね？

ツヤ子は怒っているのではなく泣いているのだと判ってあやめは床に座り込む。泣きながら執拗にあやめに向かって手を伸ばしてくるので、濡れた白い手を握り、ニワトリノハコですねと、目の底に向かって確かめた。

車椅子からベッドに移すのは簡単だった。彼女は人形を抱えて置き直すように手慣れていた。車椅子では腰から下にタオルを巻き付けて垂らしてあったけれど、タオルの中に足は無く、タオルを折りたたむように持ち上げて、ひょいと抱えて下ろした。

部屋から出て行こうとするあやめに、ツヤ子の視線が絡みついてきた。視線だけで無く、手も伸びてきた。あやめはツヤ子の傍に寄り、ありがとうございます、と言った。ニワトリノハコを探します。桐谷久美子さんはニワトリノハコですね？　何を確認したいのか自分でもわからない。ツヤ子も頷く素振りを見せるが、他にも伝えたいことが在りそうだった。あやめは、二度とこの老女に会うことが無いような気がして、思い切って言ってみた。

「桐谷久美子さんは、子供を産んだのでしょう？　桐谷久美子さんの子供」

ピンクのエプロンはベッドから離れ黙った。けれどそれは許されなかった。ツヤ子は前にも増して大きな声で泣き出したのだ。スタッフはツヤ子を上から押さえ込むように抱きしめ、大丈夫よ、ツヤ子さん大丈夫よ、と声を掛け続けた。

ニワトリノハコという言葉を抱えて、建物から出たあやめは、あまりに沢山のことが起きてめまいを起こしそうだった。追いかけて出てきたスタッフに、とりあえず謝った。面倒をかけたことや、島地ツヤ子を激しく動揺させてしまったことを。

彼女は穏やかだった。そしてこの訪問はとても良かったと言ったのだ。施設に来て以来、あんなに泣いたツヤ子さんを初めて見ました。糖尿の悪化で両足を切断してからは感情も死んでしまったようで喜怒哀楽も失われていました。まだ気持ちが生き残っていたのが判って、とても嬉しいです。また是非来てください。

「ニワトリノハコって、何でしょうか。そんな箱をツヤ子さんはお持ちですか」

「施設には持ち込まれてはいないと思います。在るとしたらご自宅でしょう」

「島地皮膚科」

「これから院長先生に電話で伝えておきます。驚かれると思いますよ。施設に来られて七年になりますが、あんなツヤ子さんを一度も見たことがありません。大きい声を出されたのも久しぶりです。これは素晴らしいことです」

「……すみません、もうひとつお聞きしてもいいですか。この施設は九大病院の一部なのですか」

「いえ、民間の会社が経営していますが、昔はこの松林は、九大の構内だったと聞いたことがあります」

「ツヤ子さんの看護婦姿を写真で見ました」

「そうですか。でも、この施設とは直接関係はないと思いますよ」

あやめはこのままルッコラに戻ることが出来なかった。豆柴には午後の散歩を諦めてもらうことにした。島地皮膚科に行かなくてはならない。

あやめは自分が傷つかない方法を心得ていた。本能がそうさせた。けれど冒険をしなくては桐谷久美子には近づけない。行動を起こせば親切な人と出会うことが出来るのだ。もしかしたら九大病院の事務長も島地院長もツヤ子も施設のスタッフも、すべて桐谷久美子が自分のために用意した人間かも知れないと思えてきて、あやめは勇気が湧いた。

島地皮膚科は九州大学の南を通る幹線道路から入った、狭い路地に在った。入り口の磨りガラス扉には診療時間や休診日が書かれていて、その外側には枯れかけた蘇鉄とゼラニウムが乾いた土から伸びていた。

施設からこの医院まで二十分かかっているので、きっとあのピンクのエプロンは院長に電話を入れてくれているはずだ。あやめは誰かに導かれていた。ときどき、自分以外の誰かに見守られている気がしたし、そんなときは勇気が湧いた。転んでも痛く無いときがある。

島地皮膚科のガラス扉を引き中に入ると、狭い待合室の正面にある受付の小窓が開いた。靴を下駄箱に入れてスリッパに足を滑り込ませるとき、自分に呟く。

ニワトリノハコ。鶏の箱。聞き間違いだっただろうか。けれどピンクのエプロンも同じ言葉を聞いていた。ツヤ子の自宅はこの医院だろうか。ニワトリノハコが欲しいと思った。

市内の真ん中にある住まいから、東の見知らぬ場所を訪ねるこのささやかな冒険だが、あやめにとっては未知の海を渡る大航海だった。どこかの岩穴に隠された宝物も、もうすぐ手に入りそうだ。


里山あやめはときに詩的な言葉を呟く。詩的かどうかなんて、本人には判っていないのだが。

「空が青過ぎると頭痛がするの」

ほう、と横目であやめを見て、頭痛は本当かも知れないと鉢嶺一良は可哀想になった。それから、頭痛と空の青さの因果関係を、時計の歯車の組み合わせのように、想像する一良。空が青いということは高気圧に覆われているわけで、太陽光も真っ直ぐに落ちてくる。紫外線も多いし何より目映いし、目を開けているのが辛くなる。そういうことと頭痛は関係があるのかな。あやめの感受性が特別なのかも知れない。

一良が歯車を一つ一つ連動させて思考しているというのにあやめはもう、詩的な一言を忘れたかのように、足下に蹲《うずくま》る豆柴に言う。

「ウンチするなら、今だよ」

スコップとビニール袋をひらひらさせて豆柴の黒目を覗き込んだ。これはもう詩的とは言えない。空の青と頭痛とウンチを繋げるのを諦めた一良は、呼吸一つでアタマを切り替える。

「それで、ニワトリの箱はどうなった?」

あやめの反応はオウム返しで素早かった。

「それで、ニワトリの時計はどうなった?」

二人が腰を下ろしているのは、浄水通りの北側にある小さな公園だ。目の前に色鮮やかな滑り台とブランコがある。午後とはいえもう昼休みも終わり、地面が発酵を始めていた。あやめは地面から立ち上る匂いに、蒸し上げたパンを思い出しているが言葉にしなかった。おかげで一良はそれ以上の混乱を避けることが出来た。あやめが詩的な言葉を吐くのはコミュニケーションの力が不足していて、相手に解るように順序良く口から出すことが出来ないだけなのである。

一良がニワトリの箱を知ったのは、あやめがメールに書いてきたからだ。島地ツヤ子を訪問した話を書いたついでに、付け加えるようにニワトリの箱という一言があった。一良はしばし息をするのを忘れた。返信した。こちらにもニワトリが居ます。あの時計の裏蓋に、大変謎めいたニワトリが長い足で立って居ます。

こうして二人は公園で会った。一良は店に鍵を掛けて出て来たが、あやめは豆柴の散歩である。あやめの目は潤み、熱に浮かされ、しんみりと緩んで見えた。

「時計のニワトリは、気がついていた。どうしてニワトリなんだろうって、ずっと不思議だった。優雅な鳥でもないし、ヘンだなって」

「目玉のところを針で押すと、裏蓋が開く仕掛けになっていた」

「ホント？　裏蓋が開いたの？」

声に勢いが戻ってきた。

「……文字盤の方でなく、裏側が開いたの？」

「裏蓋が開くのは、ああいうポケットウォッチでは普通のことだが、簡単じゃなかった。ニワトリの目に仕掛けがあったんだ。大変な技術だよ。おまけに裏蓋の中からウォッチペーパーが出てきた」

「ペーパー、紙？」

「私も、ウォッチペーパーは知っていたが初めて見た。これがそのコピー」

紙切れをあやめに渡しながら、機械部分はまだ手つかずだと言った。

「何て書いてあるの？」

「フランス語だから判りませんね。ドイツ語かな」

「多分、フランス語ですよ。でも読めません」

「誰かに読んで貰わねば」

「ジャピーってあるよ、ほら」

「それだけは私も読める」

「ダメですね」

「そうです、お互いダメだね」

通りを歩く人には初老の男と少女にしか見えない。二人は顔を合わさずに笑った。マンション建設中の上空の青色が、マーブルカラーに変わっている。もちろんそのことに気づいているのはあやめだけだ。一良はマーブルカラーがどんな色か知らないので、空の変化にも無頓着である。

「それで、そっちのニワトリの箱はどうなったんだ？」

「ヨシさんのニワトリより、もっと複雑で深くて美しい物語」

一良のメルアドはyoshi-k@だ。一より良の字が好きな彼は、メルアドはずっと昔からこれに決めている。一の字は書くには簡単だが、一番、一等賞、一か八か、どれも自分には不似合い。親の願いが空回りしていた。

「美しい物語とは？」

「美しくて哀しい。ううん、すごく哀しい。おまけに苦しい。いろいろいっぱい」

その言葉をすべて体現したような複雑なあやめの横顔を一良は盗み見た。盗み見ていることに気づかれないように、背後のハナミズキに目を流し、それからこの若い娘の胸に起きていることに、晴れた空に籠もる遠雷のような嫉妬を覚えた。

これでしょう、ずっと金庫にしまってあった。祖母《ばあ》さんが今の施設に入るときに持って行くと言ったが、貴重品だと言うので、貴重品はダメだと言い聞かせて、元の金庫に戻したまま忘れていました。ニワトリの箱、と本人が言いましたか。ちょっと驚きだな。覚えていたんだ。

島地院長が持ってきてあやめの前に置いた文箱には、左下にニワトリがいた。いやよく見るとニワトリのシールが貼ってある。木箱だが高級感はない。

あとで開けて見たがこんなものなら施設に持たせてやれば良かった。院長はそう言った。

しばらく立ち話をしたあと午後の診療に戻っていく院長は、背中の丸い中年だった。

ルッコラの二階に帰りついてすぐに父親に電話したが、もちろんその時間は仕事で家に戻ってはおらず、亮子に、島地ツヤ子さんのことは上手く行った、と言付けた。亮子はもう少し話したかったようだが、あやめの関心はバックパックの箱だった。

島地院長が最後に言ったとおり、ニワトリの箱の中身は「我が家とは関係ないもの」であり、桐谷久美子や他の人によって書かれたツヤ子宛の手紙、意味不明なメモ、写真、そして数年分の久美子の日記などで、ツヤ子が書き送ったはずの手紙類は残されていなかった。

手紙の数からして、ツヤ子と久美子の間で相当数の往復書簡が在ったのは間違いない。ツヤ子が書いた手紙が久美子と共に消えたのは致し方ないが、どこかの時点で日記などがツヤ子の元に届いた。ツヤ子からの手紙も一緒に届いたのかも知れないが、ツヤ子は自分が書き送った手紙を処分した可能性もある。もしそうだとすれば、他にもツヤ子が処分したものが在ったかも知れない。ともかくツヤ子が最後まで処分出来なかったものだけが、ニワトリの箱に残されたと考えていいだろう。

あやめが格闘するのに、何より日記と手紙は有り難かった。別府の実家のタンスの引き出しに在った写真類や新聞記事はアンドレ・ジャピーに関するものが主で、桐谷久美子はその背後でおぼろな影として動いていただけだったが、久美子の言葉は真っ直ぐあやめに入ってくる。

まずこれから記すことは、こうした桐谷久美子の日記や書簡から、あやめが想像した悲恋だ。想像しただけでなく確信した悲恋だ。何しろ日記なのだから、確信するには十分である。これこそ厳然たる事実。

しかしこの世に、厳然たる事実など存在するだろうか。この疑問は疑問のまま残しておくことにする。

6

看護員養成科の時代から見慣れた九州帝国大学医学部の正門が、最近は行ったこともない西欧の優美さに輝いて見える。構内から眺める石造りの四角い門柱の上部には、装飾の行き届いた照明用のランプが一対、唐草模様の鉄の門扉も堂々として冬陽に輝き、手前の左右に広がる数本の松は日本の美しさを枝先まで届かせて、濃い緑の所々に残り雪を置いていた。わあ、何てキレイなの。

この構内に暮らす自分をいつになく誇らしく感じる桐谷久美子は十八歳になったばかり。正門左奥の寄宿舎を出て二外科の病棟へと急ぎ足になった。

構内には着物を着た女性とやはり着物姿の娘、それからフェルトの中折れ帽を被った父親が、揃って白衣姿の久美子に頭を下げる。帽子を取って胸に当てて挨拶する父親は、久美子に敬意と親しみを持っているのが判る。これも新聞に大きくアンドレ・ジャピーの手術が成功したと報じられたからだろう。二外科部長後藤教授と主治医の相賀《あいが》先生の会見のとき傍に立っていた三人の看護婦の一人が自分だと、この親子は知っているのだろうか。そんなはずはない。けれど世間の注目が二外科の病棟に集まっているのは確かだ。

患者は最初、一外科に搬入の予定だった。なぜ二外科に来たのかは久美子には判らなかった。相賀先生から看護長に連絡が入り、外人の手術の準備をするのだと言われた。病棟の南の詰め所の看護婦も北に集合をかけられ、病室の掃除の徹底を申し渡された。手術場や手洗い場への指示もいつになく厳しかった。手術に立ち会う看護婦は多くても六、七人程度なのに、十人も必要だという。そのうえ、手術を受ける外人の関係者も手術場に入ると聞き、その準備もしなくてはならなかった。すべて異例のことだった。

執刀は相賀先生だが、後藤教授も指示のため立ち会い、患者の関係者に説明した。日本語が解る宣教師や長崎から来た領事などが手術場に入る理由は判らなかったけれど、壁際に影のように立ち、手術の邪魔にはならなかった。患者はよほど偉い人物なのだろうと思った。

救急車が到着してからは、それまでの高揚した準備時間と違い、誰も皆持ち場で冷静に頑張った。予定通りにレントゲン撮影から始まった。患者は顔色が悪く目は落ちくぼんでいたが、手術場に入ることを許された外人二人とは短く言葉を交わすことが出来た。麻酔がかけられたあとも、二人の男たちは微動だにせず見守っていた。

左大腿骨が斜めにざっくりと折れていた。大きく切開され骨は固定された。左右の腕の打撲傷の手当、頭部の裂傷縫合も続けて行われた。

手順は日頃の手術となにも変わらなかった。相賀先生は、背振村で施された初期の応急処置は完璧だと言っていた。

これまで経験したことのない緊張から解放されて、精華女学校からの友人で一年後輩のツヤ子と一緒に寄宿舎に戻り、食堂で夕食をとった。九時の点呼までの時間は茶道の稽古もしたが、興奮は続いていた。寄宿舎の中には図書館も茶道用の部屋もあるので、医学部構内から出る必要はない毎日だが、久美子は息抜きに町に出たい気分だ。

患者は手術場の隣で一晩容態を看視される。多分相賀先生が泊まり込んでおられるのだろう。この時点では、患者はフランスの有名な飛行家で背振山に墜落したということしか知らなかった。

ああ、町に出て思い切り博多湾の空気を吸いたい。その夜はとりわけ願望がつのった。

外出を禁止されているわけではないけれど、舎長の許可が必要だし、行き先や目的を書かなくてはならない。海の空気を吸いたい、などと言えば品行不良と見なされる。久美子を訪ねてくる親族はいないけれど、ツヤ子には兄が三人いて、その一人が寄宿舎を訪ねてきたときも、舎長の許可が出なくて逢わせて貰えなかったほど厳しい。看護婦としてだけでなく女性としての知識や必要な技能を身につけ、舎長から学力品行の保証を貰えば、どんな立派な家にも嫁げると言われているし、実際に教授のすすめで大牟田《おおむた》の資産家に嫁いだ先輩もいるそうだ。

だから厳格ではあるけれど、久美子は満足していた。茶道だけでなく生け花和裁も無料で習えるのだ。看護員養成科時代からの先輩後輩もいたし、実家が貧しくて養女に出された久美子にとって、この場所より他に生きていく道はなかった。

養成科を出て、後藤外科に配属になったのも幸運だった。後藤教授は丸眼鏡を掛けた大きな顔と広い額が寛大な威厳を醸しておられた。大声で笑うときの無邪気に細めた目が、雲の上の人なのに親しみを感じさせたし、構内ですれ違うときも久美子たちに声を掛けてくれた。

その後藤教授と、やがては二外科を仕切る立場になると噂される相賀先生のもと、フランスの飛行家の手術に立ち会うことが出来たなんて、看護婦冥利に尽きる。

おまけにその有名患者の病室も担当することになったのだ。通常は病棟看護婦と手術看護婦は別だが、今回は相賀先生が予後を確実に看護するために、久美子が選ばれたのだった。これ以上晴れがましい成り行きは無かった。ツヤ子が羨むのも当然だった。

患者について詳しく聞かされたのは、二外科看護長からだった。

あなたは兄弟や身内はいなかったわね。

はい、と答えた久美子は、一瞬気遠くなった。実は弟も両親もいる。桐谷家に養女に出されたからと言って、肉親がいないわけではなかった。けれど、はいと答えたのだから、身内はいない。なぜそんなことを問われるのかも判らない。不祥事があったら、二外科の責任になります。後藤外科にとっても日本にとっても特別の患者ですから、あなた頑張ってくださいね。

久美子は、はいと答えて看護長に頭を下げた。

アンドレ・ジャピーは痩せて背が高かった。病室で最初に彼を見たとき、猛禽類のように鋭い目をしていたのは、術後の痛みのせいだったかも知れない。後藤教授や相賀先生には笑顔を向けたが、通訳のブルトン宣教師と話し込むときは険しい目になった。佐賀のブランゲ氏といい福岡のブルトン宣教師といい、宣教師は通訳として大活躍なのだ。ブルトンは久美子のためにフランス語の単語を紙に書いて教えてくれた。患者が伝えたいことは単語だけでとりあえず十分だった。中でも頻繁に使われたのは「痛い」と「水」だった。白人は痛みに弱いと看護長から聞かされていた。すぐに鎮痛剤を持参した。そのときだけは鳥の目から鋭さが消えて一瞬すがりつくような柔らかいまなざしになった。

新聞やラジオでは繰り返し「九州帝国大学医学部第二外科」の名前が出てきた。東京からもフランス大使や日本の航空関係の人がやってきて、そのたび後藤教授や相賀先生が説明し、久美子も傍らに控えていたが、後藤教授や相賀先生はその都度緊張しながら二外科の手術を誇らしげに宣伝していた。一外科に勤務していた寄宿舎の同僚は、トンビに油揚をさらわれたのだと、悔しそうに言った。本当なら一外科の手柄だったのに。

そんな状態だったので、久美子は嫉妬を買わないように注意して行動した。寄宿舎に戻ると、フランス人の相手は大変でしょ？　などと同僚からも探りが入ったが、日本人と同じよ、と逃げた。看護長から余計なことは他言しないようにと釘を刺されていたからだ。それに久美子自身も、日々アンドレ・ジャピーに専従していると身内のような感情が湧いてきて、この不自由さから一刻も早く解放してあげたい気持ちになる。アンドレ・ジャピーも身の回りの世話をしてくれる久美子を頼りにした。それが嬉しくてまた脈を診る、という具合。

ブルトンが見舞いに来ると部屋から出されるけれど、昼間はアンドレの声が届くところにいるよう言われていたし、夜間も寄宿舎に電話が入り、ローテーションで詰め所にいる看護婦では不満なことが発生して、久美子が呼ばれることもあった。左脚の固定を外して手術跡を消毒し再度固定するのは相賀先生が行ったが、固定した足が痒いと言って子供のように甘える相手は久美子だった。身体の清拭や髭剃り、爪切りは、久美子でなくてはならなかった。陰部の清拭だけはアンドレ自身が不自由な右手で時間をかけて行った。

言葉は十分に通じなかったが、アンドレが求めていることを察知するのは難しくなかったし、目を見れば判断出来るようになった。彼は火傷を心配するほど熱いタオルで全身を拭かれるのが好きだったし、真冬なのに冷たい水を欲しがった。久美子の手がいつも温かいのを喜んだし、部屋の温度を調整するスチームバルブの開け閉めも、他の看護婦では満足しなかった。

最初の数日は味噌汁やご飯を半分残していたが、次第に日本食に慣れてきて、漬け物以外は完食した。白菜の漬け物を久美子が箸で持ち上げると、子供がお化けから逃げるように首を振り、久美子の箸が追いかける。降参の素振りのあと久美子に、自分の口に入れるように右手で指図する。仕方なく久美子が白菜を食べると、ご飯も口に入れるように言う。相賀先生に見られたらお目玉を食うので、急いで呑み込むと、それを面白がって、もっと食べるように言うのだ。久美子が怒ると、ごめんなさい、と日本語で謝り、久美子の手を撫でた。長い指と筋張った手の甲が、ぽってりと丸い久美子の手を包み込み、ごめんなさい、ごめんなさい、と悪戯をとがめられた少年のようにだらしなく笑った。

ごめんなさいと、ありがとう。この言葉は日に何度も使われた。久美子もアンドレの手をしげしげと見た。この手が飛行機の操縦桿を握り、数千メートルの上空をパリからインド、ハノイ、ノルウェー、アフリカへと縦横無尽に飛ばしたのだ。新聞によるとアンドレは飛行機の修理も一人で出来るそうだ。この指一本一本はとても精密な機械。けれど指の内側はすべすべとして柔らかい。焼き上がったパンのようだ。

食事の介助が必要なくなっても、アンドレは久美子が傍にいるよう希望したし、久美子も上半身を起こして食事するアンドレを見ているのが嬉しい。パンやチーズを希望していると配膳部に伝えると、翌日の朝食はパンとチーズと牛乳になった。やがてコーヒーも加わり、アンドレはコーヒーと牛乳を半々に混ぜて飲んだ。パンは薄く切ってカリカリに焼いたものを好んだ。

年末年始は看護婦の多くが家に戻る。寄宿舎に残るのは半分で、昼夜続けての勤務も増えた。新聞やラジオの取材、ブルトンや領事の来訪もなく、アンドレは退屈していた。頻繁にフランスに手紙を書いていたが、家族宛はわずかで、パリの他の住所だった。ポストに投函するのは久美子の役目だが、宛先が男性か女性かも解らない。結婚はしていないと聞いていたので、恋人かも知れないと想像した。この手紙が何十日か後、見知らぬフランス人の手に渡るのだ。

アンドレは端がすり切れた鞄に大事なものを入れて、ベッドの足下の敷き布団の下に入れていた。墜落した三日後二十二日の朝、墜落機の解体指揮をとったルノー社のシュバリエ技師が、現場から回収したという。アンドレは自作の航空地図を大事にしているとブルトンから聞いた。

いつの間にベッドの下に鞄を入れたのか久美子は知らなかったが、ブルトンのアイデアだろう。起き上がって自分で取り出すことが出来るまでは、久美子が頼まれてベッドの下から引き出して手渡した。薄い鞄だが中には現金の他に書類のような紙や手帳、地図が入っているらしかったし、郵便物の宛名も、手帳を見ながら書き写していた。病室に金庫が無いので、大事なものをそこに入れるしか無かったのだろうが、どこかで日本人を信用していない気がして、その鞄だけは気にいらない。中身を知りたいけれど、どうせフランス語なのだから解らない。

配膳部がアンドレ用に用意する食事はおおよそ決まっていたが、珍しくお雑煮や筑前煮が出された。半分食べて残りを久美子に食べさせ、相賀先生の回診もないことだしラジオを聞いてくつろいでいると、アンドレは突然歩きたいと言い出した。相賀先生の許可が無くては無理なことで、必死で説明するけれど、そんなことは判っていてそれでも諦めず、ベッドの端にようやく腰掛けることができた状態なのに、松葉杖を持ってきて欲しいと哀願する。相賀先生の名前を繰り返しても、解った解ったという素振りをするだけで諦めない。

久美子は用具部屋に行き、一番長い松葉杖を二本持ってきた。病棟は閑散としている。松葉杖をベッドに立てかけた久美子を、アンドレはありがとうと抱きしめた。それから久美子の頰と唇にキスした。不意打ちだったので呆然となった。これまでキスなどしたことがなかった。アンドレはただ松葉杖が嬉しくてたまらない様子。呆然となった自分がおかしいのかと久美子は俯いた。

ありがとう、ごめんなさい。

相手が日本人なら久美子も怒ったかもしれない。随分年上とは言え、いきなりキスされたのだ。けれどフランス人は、喜びと感謝の気持ちをこうして表すのだろう。動揺を隠して、悪戯をとがめるときの表情で久美子は睨み返した。けれどアンドレはもう、松葉杖の持ち手の調整に夢中になっている。ネジを外して付け直す。とんとんと床に当てて感覚を確かめると、そのまま立ち上がろうとした。けれど松葉杖は自分の脚のようには体重を支えてくれない。ベッドにお尻から落ちた。

ほらごらんなさい。久美子が睨み笑いすると、もう一度挑戦する。左脚は体重を支えられないので、右脚が使えなくては松葉杖も役に立たない。そのことをアンドレに教える必要がある。

久美子は松葉杖を取り上げて、自分でやって見せた。骨折して固定されている左脚を使わず、右脚と松葉杖に体重をかけて立ち上がる。久美子には造作もないことだが、右脚が痛めばアンドレには無理なこと。

アンドレはすぐに呑み込んで、右脚と杖でヨロヨロと立ち上がった。右脚に痛みは無いのか。骨折こそしていなかったが数ヵ所の打撲がある。骨盤への負荷も心配だ。アンドレの顔が歪んだ。ストップ、ストップ、と久美子は言う。けれどアンドレは、ベッドから身体が離れて床に立っていることが嬉しくてならない様子。

今日はここで止めましょう。

久美子の言葉は通じなかったか、通じても無視したのか。一歩前へ進もうとしたとき、右脚への体重移動が上手く行かなくてぐらりと上体がのめった。松葉杖を上手く使いこなすにはコツが要る。リハビリの先生の役目だ。ここでアンドレが倒れて骨折部分に影響が出たら元も子も無い。久美子は捨て身のようにアンドレの前に身体を投げ出した。アンドレは小さな悲鳴をあげて久美子に覆い被さってきた。

だから言ったでしょ？　の言葉はともかく、意味は伝わった。ここでも、ごめんなさい。ごめんなさい、と言えば何をしても大丈夫と思っている。

松葉杖から手を放して、アンドレは久美子を抱くようにもたれかかる。だから言ったでしょ？　だからだから、とつぶやきながら久美子はアンドレの胸に顔を押しつけた格好で、ベッドに押し戻そうとした。右脚だけでかろうじて立つアンドレは、けれど腰を落とそうとせず、久美子にもたれかかり上から抱きしめている。寝巻がはだけたアンドレの胸は久美子の鼻や唇をふさぎ、息を遮り、頭をくらくらさせた。

アンドレはゆっくりと腰をベッドに下ろす。そのまま仰向けに倒れると、久美子がアンドレの胸にのしかかる格好になった。アンドレが久美子の上体を放さなかったからだ。

この時の久美子は、なぜそうしたのか判らないほど大胆だった。アンドレの腕が背中に回っているのをほどくのをやめて、そのままじっと大きな胸に顔を押しつけていたのだ。

何分もそうした時間があって顔を上げると、アンドレは久美子の頭部を左右から手で挟み、久美子の目を凝視した。久美子もアンドレの窪んだ眼窩一杯に膨らんだ目を真正面から見下ろした。眼球に自分が映るほどの近さだ。

引き寄せたのはアンドレだが、久美子も自分の重さに耐えられず落ちた。アンドレの顔の上に落ちた。落ちたところにアンドレの唇があった。唇の底に舌があり、顔全体もそこから吐き出される息も熱かった。火口に墜落する鳥のように全身が硬直した。

顔を離したとき、久美子は自分の目玉がアンドレの口の中にとろりと落ちて行きそうな気がして、慌てて目を閉じた。

心臓が激しく鳴り始めたのはそのときだ。呼吸も鼓動も、それまではナリを潜めていた。ここが病室でなかったなら、久美子は叫び出しただろう。叫ぶかわりに床にくずおれた。目の前にアンドレの手が伸びてきたが、摑む力もなく、しばらく蹲って息を整える。耳を澄ますと、風が窓を揺さぶる音だけがして、廊下はしんと静まっていた。頭部を覆っていた帽子が首までずれて、髪の毛が耳の前に落ちていた。耳から前に髪の毛が出てはならなかった。急いで掻き上げ、ヘアピンで留めて帽子を被り直した。喉にゴム紐が食い込んだ。それからアンドレの手を握って立ち上がった。

ベッドに腰掛けたアンドレの顔は、ちょうど久美子の胸の高さにあり、久美子が深呼吸するとアンドレの目の前を胸の膨らみが上下した。アンドレの顔が久美子の胸に沈み込むのを、久美子はごく当然の成り行きのように受け止め、その頭を抱きしめると、久美子がされたように、強く腕に力を入れた。もしもこの瞬間を誰かに見られて、これまでの人生と未来をすべて失っても、腕をほどきたくなかった。やがてアンドレも息苦しくなって顔を外そうとしたが、久美子は容赦しなかった。患者から苦痛を取り除き慰め労るという、看護婦の久美子は消えて、荒々しく攻撃的で切羽詰まった、けれど自分にも何かが出来る、いま出来ることがある、したいことがある、いましたいことがある、という願望が体内から膨らみ破裂した。

全身が充血した久美子。

白い看護着から二の腕を出して汗が匂う男の頭を抱えているけれど、いましたいことが何なのか判らなくて、ただ途方にくれ、途方にくれているのを知られたくなくて、腕に力を入れる。力を入れて入れて、でも全身は虚脱して気持ちも抜け出して、ただ、ああ、と情けない声を上げた。

無理矢理腕を外されたとき、久美子は初めて自分のやったことに気づいた。そのまま後ずさり、病室から走り出す。リノリウムの床がキキキと鳴る。背後でアンドレの声がするが、何を言っているのか判らない。

病棟の入り口まで走った。靴脱ぎ場に人の姿があった。腰が砕け膝が折れた。抱きかかえてくれたのはツヤ子だ。

「どうしたの？」

久美子が寄宿舎で食事するあいだ、ツヤ子が交代してくれることになっていたのを、そのとき思い出した。

「車椅子」

「車椅子がどうしたの」

「持ってきて」

息せき切って言う久美子に、後輩はとんでもないことが起きていると察したらしく、用具部屋に走った。その後ろ姿が、海の底をゆらめく白い巻き貝に見えた。巻き貝の尖った先が左右に動いている。久美子は息を整え、これからどうすれば良いのかを必死で考えた。ツヤ子が車椅子を押して戻ってきたとき、久美子は看護婦に戻っていた。

「交代は要らない。アンドレさんは私でないと言うこと聞かない人だから」

ツヤ子は怪訝な目で、けれど頷いた。

「大丈夫、私がやります」

「桐谷さん、目が赤い」

「そう？　寝不足かも」

「泣いたの？」

「まさか、泣くわけありません」

車椅子を引き取り、自分は泣いていたのかも知れない、泣いていることにも気づかないほど動転していたのだと、ツヤ子から顔を背けた。

ツヤ子を追い返し、車椅子を押してアンドレの病室に向かいながら、なぜ車椅子なのか判らなくなった。とっさに言ったまでで、病人はまだベッドから半身を起こすのが精一杯のはず。けれど廊下の角を曲がり、突き当たりのアンドレの病室に目をやって驚いた。ドアの外にアンドレが松葉杖をついて立っていた。その顔は床のリノリウムの緑を映して青ざめていたが、久美子を見て安堵した様子。

近づくにつれて表情が緩み、目の縁の赤みがはっきりと浮かび上がり、やがて眉間に困惑の筋が刻まれる。久美子が何か言いかけたがその声を待たずに、ごめんなさい、の一言。けれどその声は頼りなく湿って緑のリノリウムを漂っている。

久美子は車椅子を指し示し、ここに座るように言う。なぜ車椅子なのか判らなかったが、これは正しかったのだ。自分に出来ることはこれだけなのだと、必死で何度も指し示した。あの一瞬、したいと思ったこととは違う。けれど、これだけしか出来ないのだ。だから車椅子という叫び声が出た。

久美子が怒っていると思ったのかアンドレは神妙な顔になり、背後に車椅子を回すと、ゆっくりと上手に腰を下ろした。そして身体を縮めてみせた。背は高いけれど車椅子の幅にはまだ余裕がある。相賀先生の許可なく、松葉杖と車椅子を与えてしまったのだ。足置きに左脚を載せるとき、アンドレは初めて痛がった。けれどもう遅かった。久美子の中で細いレースの糸が切れて、ひらりと風に乗ってしまったのだ。

久美子が押す車椅子に乗せられたアンドレは何か言いたそうだったがすべての運命は久美子が握っていた。放り出すことも横倒しにすることも出来る。止まってその頭を抱え込むことも出来る。もちろんキスすることも。

不思議な沈黙を乗せて、病棟の長い廊下を端から端まで三度往復した。

病室に戻ると涙が流れた。看護婦としてこんなルール違反をしでかした、という後悔と、こんなことでは済まない感情との狭間を、ぽろぽろと涙が流れ落ちた。

ベッドに戻ったアンドレも、久美子と同じほど動揺していた。けれどきっと、久美子の動揺に感動したか怯えたか、それとも慌てたかのどれかのはず。看護員養成科と二外科の看護婦生活しか知らない久美子。これまでの十八年間の体験だけでその日の出来事を整理整頓することなど出来ず、大きすぎて呑み込むこともならず、かといってアンドレの部屋から出るのも嫌で、ベッドに横になったアンドレの胸にもう一度顔を埋めて、泣きながら匂いを嗅いだ。この世にこんな凄い匂いがあるのだと、何度も鼻を押しつけた。アンドレの手が、久美子の頭を撫でた。撫でられながら、その手の意味が判らず、途方にくれた。ずっとこうしていたいことだけは確かだった。

7

一良が最小限度のネットスキルを身につけたのは、自分を時代に合わそうなどと殊勝に考えたからではない。彼は何事につけてもそうだったが、周りから強く言われると、断る面倒より周囲の希望を受け入れる方がラクだと判断して、とぼとぼと前へ進んだ。つまりパソコンでの検索とメールの仕方だけを体得したに過ぎない。

最初は容子がネットに馴染んだ。自分の肺がんについて、自ら専門的な知識を得ようとした。その時点での一良は、ただ背後から見ているだけだった。容子が入退院を繰り返す状態になり、東京の娘と息子からメールのやりとりを求められた。その必要性と便利さを実感したものの、やりとりする内容は妻の病状ばかりで、書くのも読むのも辛いメールになった。一良は長いメールを書いたことがなかった。妻に関する溢れ出てくる思いを、実の子供ではない二人に吐露するのも躊躇われた。だからせいぜい二百文字程度のメールになった。幸いなことに子供たちも一良の性格を知っていたし、短い文面の中に苦しい息づかいを感じ取る力を持っていた。

さて、そういうわけなので、一良があやめに書いたメールは、その長さにおいて、彼にとっては新世界への挑戦だったし、もちろん長さだけでなく、その長さを必要とした心の活動量に於いても、めざましい出来事だったと言える。

あやめさん

確かにこれは、苦しく切ない恋ですな。あやめさんもその血筋を引いているので、あやめさんから想像する桐谷久美子さんは、何事においても、いえとりわけ看護に関しては一所懸命で、心のキレイな看護婦さんだったに違いありません。

けれど私の歳まで生きて来ると、そんなキレイで誠実な人間が必ずしも幸せにはならず、知らないうちに狡猾な輩に利用されたり、結果として本人が望む方向とは逆に周囲を不幸せにすることも在ると知るわけです。

あやめさんは、久美子さんの日記やメモなどに目を通すとき、心のフィルターに映るものだけを取り込み、不要なものが目に入ったとしても無視する、いやいや心のフィルターからふるい落とす、なんてことをやっているのではありませんか?

折角の夢を壊すのは大人気ないと思いますが、私にはとても危険な気がするのです。アンドレさんと久美子さんの関係もですが、その関係にロマンティックな花束を捧げ、切ない思いを久美子さんに仮託するあやめさんも、かなり危険ですぞ。

確かに、恋愛は危険に決まっています。危険だからこそ、激しく燃える。そういうことを知らないわけではない。私も若いころがありましたから解るのです。恋など無縁なまま年取った老人、そう思っているのでしょうが、それこそ若さの無知というものです。もう少し自分に自信があれば、私だっていろんな花を摘み取ることが出来た。まあ、出来たけれどそうしなかった、ということにしておきましょう。

桐谷久美子さんのその後については、続きを聞かせてもらえるのを待つとして、正月の病棟で起きたことは、かなりなまめかしい。

言葉が通じないというのは恋には最大の障害です。それはもう成立不可能であります。私の世代では、言葉を交わしながら男と女は近づき合うもの、それが恋の作法であり楽しみでもあった。言葉が通じない男女の間に起きるのは、ただの性愛と言いますか、ま、動物的な営みであります。世の中には言葉よりお金の方が沢山の愛を語ってくれる、などという世界もありますがね。私のこの歳になればもう、いずれも縁の無いことではあります。

無論アンドレさんと久美子さんの病室での出来事を、動物の営みレベルと見下すことは出来ない。そんなつもりはありませんが、しかしです、恋として祭り上げるのもどうかな、という気がしています。それほどの出来事ですかね。今は当時と違い、結婚前の男女がお付き合いするのも自由ですし、一緒に旅行にも行くようです。そんな時代に生きているあやめさんが、八十年も昔の古くさい病棟で起きたことをロマンティックな恋にしてしまうのが、私にとっては何とも不思議なのです。危険なのは久美子さんより、久美子さんに同化するあやめさんの方ではありませんか。

もちろん十八歳の久美子さんは世間から隔離され無菌室に閉じ込められて育った娘さんです。おまけに養女に出されて親の愛にも飢えていた。寄宿舎生活は、まさにあの通りの厳格潔癖な日々だったでしょう。アンドレさんとの不祥事が、権威ある九州帝国大学医学部の教授たちに見つかれば、人生を棒に振ることになる。恋物語のヒロインは大体、そういう免疫のない若い女性なんですね。

しかし相手の男性は、聞けば当時三十二歳だったというではありませんか。世界を飛び回り、フランスにおいては冒険家としての知名度もあり、経済力ももちろんかなりのものだったでしょう。さぞかし女性にもモテていたのではないだろうか。私がひがんで言うわけではありませんが、女性関係は相当華やかだったはずです。何しろフランス人ですからね。フランス人は昔も今も不埒です。事故で傷ついていたとはいえ、若い日本女性を手玉に取るぐらいお茶の子サイサイです。

けれど私がここに書きたいのは、もう一つ深刻な疑問なのです。あやめさんが目にした日記やメモで、不注意なまま捨ててしまった事柄に、私は引っかかっているんだな。そういう目でこの病室での成り行きを見ると、うかうかロマンスに酔ってなどいられなくなる。もっと重大なことが浮かび上がってきてしまうわけで。

まあ、とりあえず私の目になって再度あの病室を覗いてみませんか。

まず最初の疑問は、第二外科の看護長という立場の人が、桐谷久美子さんをアンドレの専任看護婦として大丈夫かどうか確かめたことです。あやめさんはきっと、久美子さんが美人だから適任だったと想像しているはずだ。誠実で勤勉でもあったでしょう。たしかに大事な患者を看護する女性は、誠実で勤勉で美人に越したことはない。彼女が選ばれた理由はそんなところでしょう。

けれど看護長は、久美子さんに近しい身内がいないことを確かめている。なぜですかね。正月に親元に戻らなくて良いから？　何か別の理由があるのではと私は想像します。

次に怪しいのはブルトンだ。宣教師などというのは、まともな職業ではない。神に仕えるなどとんでもない。あれはカモフラージュですよ。

太平洋の島々にキリスト教を広めた宣教師たちが良い例です。あの男たちの多くはスパイだったのです。タペストリーに織り込んだキリストの肖像を持ち歩くとき、ぐるぐる巻きにした中に西欧のクスリを挟み、未開人たちが怪我をしたり病気になったときに使用し、あたかもキリストが起こした奇蹟のように宣伝した。宣教師は医者であり西欧諸国の密偵でもあったわけだ。サマセット・モームのスパイ説なんぞ耳タコです。しかも、現地人が怪我をしたり病気になった原因の多くは、西欧人のせいだったそうだしね。無菌の島々に細菌を持ち込み、現地人コミュニティーに波風を立てて殺人や傷害事件を起こさせた。そこへキリスト様が救済にやってくる、という仕組みだ。それに比べてキャプテン・クックの船がポリネシアのどこかの島に着いて大歓迎をうけた、という話はまだ救われる。乗組員を休息のために島に上陸させた。けれどいざ出航となると帆船の支柱が次々に倒れて航行不能になったとか。その理由がなかなか面白い。あやめさんに理解できるかどうか。島へ上陸するとき、乗組員たちは船の支柱から鉄の釘を抜いて島の女たちにプレゼントしたというんだ。何のためだか解りますか？　鉄の釘五つで交渉成立、というわけだ。鉄の釘はヨーロッパのコインより役に立つ。溶かして武器にもできる。彼らが出航したあと、島には西欧人の子供と鉄の文化が残された。ハッピーな取引だったわけです。その後無事支柱を立てて航海を続けられたかどうかは解らないが、私は密偵モームよりこっちの逸話が好きですね。

アンドレはモームでもクックでもないし、確かに時代が違う。けれど本質は変わらないのではないか。一九三〇年代のアジアはヨーロッパから見てどう見えていたかです。日本は近代化を進めていたけれど、一等下に見られていたのは確かだ。アンドレが背振山で救出されたときも、最初は野蛮人が鉈や鎌を持って襲ってきたと思ったそうだし、アジアへの認識はその程度だった。

だから第二外科の看護長も警戒したんだ。何があっても外部に漏れない看護婦として、桐谷久美子さんが選ばれた。

ブルトン宣教師が病室に現れたとき、久美子さんは部屋から出されたのだったね。日記にそう記されていたんだっけ。変じゃないか。フランス語が解らないのにわざわざ彼女を遠ざけなくてはならないなんて。ブルトンと二人きりになる理由は何だ?

まだまだありますよ。病床から手紙を書いた相手を、友人や恋人や家族だと考えるのは単純すぎませんか。

手術に立ち会ったフランス人がいたようですね。領事だとしたらこれも怪しい。なぜそこまでするのか。麻酔を打たれて何かを喋られては困る。それにです、墜落したシムーン機の解体と搬出のために、慌ただしくルノー社のシュバリエ技師がやってきて、さっさとやってのけたのも気になる。アンドレの鞄を木樵たちより前に回収したかったのではないのか。背振山の山頂付近は急斜面ですよ。これは大変な作業でしょう。しかも回収した機体をそそくさと福岡の倉庫に収納したというのだから怪しい怪しい。

ベッドの敷き布団の下に隠したという鞄の中身を見たなら、大変なことが記されていたのでは無いだろうか。

あやめさんが思い描く美しくも切ない恋に水を差して大変申し訳ないが、私はアンドレを信じていない。日本人は当時も今も人が良すぎる。一九三六年と言えば世界中が戦争の準備をしていた時代だ。もちろん表向きは極東アジアに定期航路を拓くという大義名分があったし、事実冒険飛行はその役に立ったに違いないが、それだけだろうか。

物事には表と裏があり、裏の真実は永遠に隠されてしまうんだ。

そろそろ寝ます。こんなに長いメールを書いたのは初めてだ。

一良

一良からのメールを読んだあやめは、そろそろ寝ます、の一言に腹を立てた。こんなに長いメールというけれど、あやめなら十分もかけずに書ける分量だ。恩着せがましく読めるし、アンドレと久美子のことを知らせたのも、別に一良の感想を期待したからではない。

確かに書かれている内容について、今すぐ反論出来ない。反論は出来ないけれど、一良は間違っている、という思いだけは激しく噴き上がってくる。だから、そろそろ寝ます、なんてのんびり言われるのは不愉快なのだ。この人、意地悪で天邪鬼で疑り深く、おまけにそういう悪い性格を、年齢を重ねた知恵だと思っている。

一良は書き疲れて眠りについたかも知れないけれど、このままではあやめは眠れそうになかった。自分の恋の相手に、いちゃもんをつけられた気がする。いちゃもんはあやめを否定するものだ。

けれど一良も実は、眠るどころか目が冴えて暗い天井を睨んでいた。

なぜ自分は、遠い昔に起きたことであんなメールを書いてしまったのか。今の自分には何も関係の無いことである。あやめから預かった時計を修理すれば良いだけのこと。自分は時計の修理屋なのだから。

とは言えあの時計の修理はかなりの難題で、七十から八十のパーツを無事取り出すだけでも神経戦になりそうだ。そのメカニズムを記憶しておいてそれぞれのパーツを洗浄して組み立て直しても、時計がうまく生き返るかどうか自信がなかった。だから取りかかることが躊躇われる。ゼンマイが入っている香箱だけでも取り出してみようと思いつつ、まだ手を着けることが出来ない。しばらく金庫で眠っていたドライバーとピンセットが、一ミリのパーツに対して上手く使えるかどうか、いや、工具は大丈夫でもそれを使う腕や目が昔と同じかどうか解らない。一度分解してパーツを広げたら、それらの洗浄と不純物の除去の後、分解した順で正確に組み立て直す。呼吸を制御しながらの作業になる。風邪を引いていてもダメで、咳一つで作業が無駄になる。無駄になっただけではすまない。時計が生き返るチャンスも永遠に失われる。

そこまでの集中力と神経が保つかどうか。一連の作業が滞りなく出来る自信がなくては、あの時計を解体できないのだ。

やるべき本業を横に措いたまま、あやめが夢想する戦前の出来事に、余計な詮索をしてメールを送った自分が解らなかった。自分こそ怪しい人間ではないか。まんまとアンドレの罠にかかったのかも知れない。

それでもあやめの目を覚まさせたくて仕方ない。この妙な執心が自分でも鬱陶しく、だから気分が悪い。そもそも自分らしくないと、暗い天井に視線を這わせながら睨んでいる。すると動かしようのない六十数年の人生が、案外簡単に、ひっくり返って裏側を見せてくる予感がして、しかしそれは困る、大変困る、なにしろ折角ここまで生きてきたのだから、ひっくり返ってはならない、と思い、大きく息を吐いたところで、ようやく闇の中に潜んでいた眠気が、一良の瞼の上に落ちてきた。一良は妙な夢を見た。妙な夢という以上の覚えはないけれど、そんなことでは困る、という事態に追い詰められる夢だった。

朝早く、あやめはスフレチーズケーキを焼いている。泡雪のような舌触りを目指して材料を掻き混ぜ空気を送り込む。

最近は、ちょっとレベルの高いスフレケーキに挑戦していた。朝から作り置きできるものではなく、お客からの注文がありそこからオーブンに入れる。何度か試しているがまだ上手く行かない。東京の専門店では、用意したカップの倍の高さまでケーキの背丈が伸びるのだ。ネットの情報でしかないが、写真ではまるでカップが大きなコック帽を被ったような高さに盛り上がっていて、温かいうちにテーブルに運ぶと、お客は盛り上がった上部に穴を開けて用意されたソースを注ぎ込み、ゆっくりと帽子を壊しながら食べるのだとか。同じスフレケーキと呼んでいても、あやめが午前中に作り置きし、ディナーのデザートに出すものとは別次元のケーキがあるのだ。

もし上手く出来たら、メニューボードに載せてもらうつもりだ。スペシャルデザート、本日のスフレケーキ。ご注文頂いてから三十分のお時間を頂きます。そういう高級な一品。

試してみるが、なかなか膨らみが保てない。膨らむ前に焦げてしまう。溜息をつきながら、何が足りないのかを考える。パウダーの分量を按配しながら挑戦する。

あやめはスフレケーキと格闘しながら、一良のメールで萎みかけた物語を、もっと大きく確かなものにするために、肩が凝るほど想いの力を注ぎ込んでもいたのだ。

スフレケーキと桐谷久美子の恋は、どうこじつけても別物なのだが、追い詰められると人間は、目の前の出来事の成否から自分の正しさや天の意思を読み取ろうとする。想いを注いで良い結果が出れば、自分の考えや想像は正しかったことになる。

だから必死でスフレケーキを焼く。一良の意地悪な想像を否定するためにも、力一杯手を動かす。大きく膨らみ、形を保ち、舌をとろけさせるしなやかさと甘い匂い。けれど戦争の時代を超えてあの恋を今に届けるには、まだまだ力不足なのだ。

気を抜くと、簡単に萎んで見る影もなくなった。萎むなアンドレ！　口に出して言うとスフレケーキの表面が、瞬間固くなる。

あやめは自分を分析する力こそ無かったが、危なっかしい感覚は日々育った。大事なことを証明して見せたい衝動と、そのための矢も盾もたまらない気持ちの渦。最近のあやめの顔は、本人は気づいていないけれど、急に大人びて見えた。

8

アンドレ・ジャピーと桐谷久美子の親密さは、医師たちにも看護婦たちにも看護の情熱に見えた。実際久美子の看護は微に入り細に入り徹底していたし、年が明けてからは休日のローテーションでも他の看護婦への交代を拒み、寄宿舎には食事と睡眠のために戻るだけで、ほとんどの時間をアンドレの病室で過ごした。

久美子は生まれて初めて、自分を犠牲にしても良い相手を見つけることが出来た喜びを嚙みしめていた。けれど同時に、日々アンドレが回復に向かうにつれて、矛盾に苦しむことにもなった。アンドレは回復すれば退院する。そしてフランスに帰国する。そうなればもうアンドレの身体に触れることができなくなる。手を握り、その手の力が強まれば顔を近づけ、病室の扉を気にしながら唇を重ね、アンドレの腕が久美子の上体を引き寄せるのを拒まず、ベッドの上では自分が覆い被さる格好になるが、アンドレがベッドに腰を下ろした状態では固定された左脚を避けながら胸を合わせる。アンドレの手が久美子のお尻を抱え上げることはあったが、それ以上は無理で、物足りなさを感じながら身体を離す。日に何度も抱き合う。アンドレの手がお尻から胸に上がってきたときも、久美子は拒まなかった。最初は冷たい手だと感じたのに、それが心地よくなった。

そうしたすべてが、アンドレの退院とともに消えてしまうのだ。回復しなければ良い。このまま入院していて欲しい。けれどアンドレの顔色は色つやも良くなり、後藤教授や相賀先生の回診でも、めざましい回復が確認されている。相賀先生から、よくやってくれてるね、と褒められると、久美子は頬に血が上り、涙が出そうになる。取り乱しそうになり、恐縮して下を向いた。その理由は誰にも知られていないはずだ。

久美子は他の人間がいる前では、アンドレと目を合わさないようにした。アンドレの目にも久美子の目にも、特別の熱が顕れ、熟れた果物のような匂いを発散するのが解っていたからだ。相賀先生の前で確認しなくてはならないことがあれば、アンドレの鼻先を見詰めて、大丈夫ですか、と声を出す。大丈夫ですか。アンドレは頷く。アンドレは外した視線を引き寄せようと久美子を覗き込み、悪戯っぽく濃い空気を送り返してきた。

回診のときの相賀先生や看護長は気がつかなかったけれど、島地ツヤ子だけは、美しい先輩の異変に気がついていた。週末のツヤ子の担当を、久美子は自分がやると言い張った。今が大事な時なので、リハビリのコツがあるのだと。ツヤ子は先輩の希望通りに振る舞った。こうしたことを看護長に言わなかったのは、病室の中に立ちこめている空気に、自分が吸い込んではならない匂いを感じていたからだ。けれど久美子よりさらに若いツヤ子は、その匂いが何なのかは解らず、想像するのも恐ろしい気がした。

二月に入り、アンドレは松葉杖を使いこなして病棟の廊下を自由に歩けるようになった。車椅子で病棟の外へ出て、構内を散歩することもあった。もちろん、車椅子を押すのは久美子だったが、ときには手の空いた他の看護婦が押した。けれど久美子はいつもアンドレを見守っていた。

二月に入ったある朝、久美子がアンドレの病室に行くと、彼はスーツ姿でベッドに腰を下ろしていた。その傍には、ブルトンと見知らぬフランス人が立っていた。

数日前にアンドレは雁ノ巣飛行場へ行きたいと言いだし、後藤教授ほか医師たちが困惑しながらも、入院生活の退屈を慰めるためにやむを得ない、と希望を叶えることになった。当初は後藤教授が専用の車で案内する予定だったし、万一に備えて久美子も同行することになっていた。久美子はピクニック気分で、二人の男性と一緒にドライブ出来るのを喜んでいた。

けれどブルトンと見知らぬ男が一緒に行くことになったと告げられた。男は東京から来たフランス航空武官のブリエールだと紹介された。

久美子は病室から出され、後藤教授が彼らと話している。後藤教授にしても予定外の成り行きで、話し合っている中身は、二人の飛び入りを連れて行くかどうかだと見当がついた。後藤教授はアンドレと久美子の三人で準備をしていたのだ。

二人を連れて行くなら久美子は残されることになるだろう。雁ノ巣飛行場では飛行場長が後藤教授とアンドレを案内する手はずになっていた。

結局午前中の出発は取りやめになり、二人の男がアンドレの部屋から出たあと久美子が入ると、アンドレは険しい顔で俯いていた。彼は午前中に出発するつもりで着替えていたのだ。

何が起きたの？　と手振りで質問してもアンドレは俯いている。やがて後藤教授に呼ばれて、アンドレとブリエールと教授の三人で行くことになったと告げられた。出発は午後に変更されたが、いろいろ面倒なことがある様子で、後藤教授の顔も冴えない。もちろん久美子もがっかりした。後藤教授はフランス語がある程度出来るけれど、案内のためには通訳のブルトンがふさわしく、なぜブルトンでなくブリエール航空武官なのだろう。ブリエールは背振山の墜落現場にも急ぎやって来たと聞いている。日本も大刀洗航空隊員や警察部長、特高課長などが現場に駆けつけたのだから、両国の関係者が関心をもっているのは解るけれど、ドライブにまで付いてくるなんて。

一行が戻ってきたのは外が暗くなってからで、アンドレも疲れた様子で遅い食事をとると眠りについた。

その日の行動を久美子が知ったのは、翌朝の新聞記事だった。新聞記者たちはアンドレの動向を追っていた。

見出しは「陽光をあびて鬱を晴らす散策」「退院近き仏国鳥人」

……九大医学部付属医院後藤外科で創痍を癒やしているフランス飛行家アンドレ・ジャピー氏は四日の麗らかな日和をピクニック気分で自動車に乗り午後三時福岡雁ノ巣飛行場を訪問、案内役は後藤博士、法文学部能見山講師……

そこにブリエールの名前は無く、なぜ法文学部の講師が車に同乗したのかと、久美子は不思議な気がした。もしかしたら後藤教授のフランス語が充分でなく、けれどブルトンは行かせたくなくて、日本人のフランス語が出来る法文学部の講師にしたのかも知れない。久美子には解らないことながら、後藤教授は様々なせめぎ合いの苦労をされている気がした。

現地では石田飛行場長、中山空輸支部長の出迎えがあり、アンドレは博多湾に臨む雁ノ巣飛行場を感慨深げに眺めた。この飛行場まであとわずかだった。背振山を越えれば、眼下に福岡の街を見て、やがて博多湾の先に滑走路が見えてくるはずだった。ここまで来たかった、その感慨は久美子にも解る。けれどそれだけでなく、飛行場の面積、夜間飛行設備、無線局の位置、航空無線ラジオビーコンの有無などを、詳しく質問し、日本の気流についても専門家から科学的な説明を求めたと記されている。

半日のドライブがアンドレの回復を証明した。そののち、久美子の耳に退院の計画が伝わってきた。

久美子の毎日は苦しく切なく、気持ちも身体も混乱していた。けれど看護婦の仕事としては最後の仕上げだ。気を抜いて転倒させては後藤外科のこれまでの努力が水の泡になる。けれど回復が遅れれば、もっと長くアンドレといることが出来る。

アンドレは松葉杖を使えばかなりの距離を動けるし、松葉杖無しの歩行訓練も始まっていた。左脚の骨折部分はまだ包帯が取れないけれど固定から解放されて随分心地よさそうだ。アンドレの明るい表情が久美子には痛い。アンドレはもう、退院してフランスに帰ることしか考えてないのだろうか。帰国の前に東京へ行くと聞いている。そのスケジュールが次第に固められている様子。

ベッドから離れられなかった頃と較べて、訪問者も増えたので、久美子との接触の機会は少なくなった。夜勤はなるべく久美子が引き受けた。消灯時間になると、入眠を確かめるために病室を覗く。後ろ手に扉を閉めると、

「クミコさん」

低い声がベッドから流れる。

久美子が真っ直ぐベッドに向かうと、薄闇のなかに手が伸びてきて摑まれた。そのまま抱きしめられキスをする。アンドレのキスは柔らかく始まり次第に強く力ずくになり、まるで海の底でようやく命綱に触れたように、久美子の首に腕を絡めて放さなくなる。アンドレの身体の奥にもう一つの生きものが隠れていて、鋼のような力で締め付けてくる。

ベッドの横に立つ久美子は苦しい姿勢から逃れるために腰半分をベッドに上げるしかない。けれどベッドに全身を乗せることは出来なくて、唇を離した瞬間に生まれる咳き込みと、溜息か吐息か判らない呼吸音で、必死にアンドレの腕を首から剝ぎ取らなくてはならなかった。そのキスは文字通り胸がつぶれた。白衣の下の乳房がアンドレの骨張った肋骨にぶつかり痛み、その下にある心臓が破れそうになる。さらに胸全体に深く広がっている心まで、行き場を無くすほどの圧迫を受けて悲鳴をあげた。

ある夜、心も心臓も乳房も久美子からこぼれ落ちた。久美子のすべてが涙と声になり顔から溢れ出た。アンドレの上にぽたぽたと落ちた。

「どうして、どうして、どうして」

久美子の言葉は通じなかったが、涙は劇薬のようにアンドレに衝撃を与え、静かにさせ、心音を高めた。

ようやく解放された頭をずらして、久美子はいつもそうするように、アンドレの心臓に耳を当てる。アンドレの心は心臓に在るはず。その強さと高まりを聴きたい。アンドレの言葉は解らない。言葉が頭から出てくるのなら、心は頭になんか無い。

アンドレの手が久美子の横向きの頭を上から押さえる。もっとちゃんと聴いて欲しい、ドクドクと鳴っているだろう。押さえる手に力が加わる。耳が痛くなる。どうしてこんなに身体のあちこちが痛むのだろう。

アンドレは久美子の上体を抱え上げるように起き上がる。二人は並んでベッドに腰を下ろす。言葉が通じるなら沢山のことを話すだろう。けれど久美子から込み上げてくるのは日本語だけだ。もどかしさがぜいぜいと激しい息に変わる。

どうしてこんなことになったのか。あなたはもうすぐ居なくなる。自分は残される。初めて好きになった人。初めてキスした人。もう会えないのは死ぬほど苦しい。こんな経験をしたのだからもう、結婚は出来ない、したくない。これからどうやって生きていけば良いの?

次々に突き上げてくる言葉は、声に出来ない。声にすれば叫びになってしまう。出て行く道が見つからない気持ちは久美子の肩を何度も持ち上げた。途切れて震える息になった。押さえようとする力が全身を余計激しく揺すった。

アンドレの右腕が抱き寄せ、鎮めようとするが、久美子の上体は揺れ続ける。ときどき胸の底から湧いてきた湯玉のような吐息が押さえつけた声になるのを、アンドレは腕の締め付けで押さえ込もうとする。

胃袋のあたりでヒクヒクとした痙攣が治まったとき、アンドレは右腕をほどき、久美子の左手を持ち上げた。左手は顔と同じほど濡れていた。

アンドレは不思議なことをした。四本の指を固く握らせ、その上から自分の右掌を被せて包み込んだ。久美子の手指は小さく、アンドレの掌は筋張って大きかったので、久美子の掌は屈強な容器に収まった。久美子の親指とアンドレの親指は交差した。薄闇の中で小さな人間が斜めに重なっているようにもXの文字にも見える。

アンドレはそのXを口まで運んできて、丁寧に強くキスをし、そのまま久美子の唇に押し当て、そしてまた自分の唇に付けて何分も動かなかった。交差しているのは親指だけでなく、手首もまたXの字を作っているのに気づいたとき、久美子ははっと正気に戻ることが出来た。

「エックス」

アンドレは頷いて、けれどすぐに訂正する。

「イクス」

久美子は頷いた。イクス、と何度か声にした。それからゆっくりと立ち上がり、病室を出た。イクスの声が後ろから付いて来た。消したくなくて久美子も、イクスイクスと言い続ける。

寄宿舎に戻り、空が山梔子《くちなし》色に白んできても、その音は鳥の鳴き声のように終わらない。寝入りばなにようやく、あと三時間、アンドレの傍に居なくてはならなかったことに気がつき、看護婦としては落第だと思った。すべてイクスのせいだ、と切なく反省した。

二月六日、福岡は朝から小糠の雨が降っていた。傘をささなくてはならないほどの雨量ではないけれど、医学部の建物も松の林も煙霧を纏って濡れている。

久美子は前夜遅くまでアンドレの病室で片付けを手伝った。それから寄宿舎に戻り、久美子も旅の仕度をした。相賀先生からアンドレの退院と退院したのち別府《べっぷ》の九大温泉治療学研究所で湯治することを告げられ、併せて久美子に同行の命令があった。久美子には知らされてなかったが、少し前からスケジュールは組まれていたようだ。

雁ノ巣飛行場訪問は久美子の同行が叶わなかったが、今度こそ一緒に出かけられる。相賀先生の命令を聞いたとき、胸の芯が期待で震えた。湯治の期間はどの程度か判らないけれど、あと少しアンドレと一緒にいることが出来るのだ。

久美子の付き添いを後藤教授や相賀先生に頼んだのはアンドレに違いない。病室に戻り手を差し出すと壊れ物のようにそっと握り返してきたが、その表情は複雑だった。アンドレの気持ちは読み解けない。嬉しいに違いないと久美子は思うが、何か別の思いがあるのだろうか。そしてそれは自分と関係があるのだろうかと、久美子はたじろぐ。

「別府」

と久美子が言うと、アンドレも頷き、別府、と正確に答えて目を潤ませた。最初は鳥のように鋭い目だったが、最近はいつも何層もの意思が張り付いて内面を隠していた。久美子だけがその奥を見ている。相賀先生や後藤教授に対するアンドレには、周囲の親切にひたすら感謝する強靱で朗らかな飛行士、という明快さがあった。

寄宿舎で眠ったのは三時間、夜がまだ明ける前にボストンバッグを抱えて病室に戻ってきた。朝靄が小雨に変わる中を歩いているうち、看護帽が濡れてしまった。

時計を見るとまだ六時だ。アンドレは眠っているだろう。この病室での最後の目覚めのとき、まず最初に自分の顔を見て欲しい。その場面に自分が居たい。だから疲れている身体を布団から剝ぎ取るように起きた。

けれど久美子の願いは叶わなかった。アンドレはもう、ベッドに腰を下ろしていたのだ。

「おはようございます」

と声を掛けると、アンドレは久美子の手を唇に引き寄せた。この病室は最後だが、これから一緒に別府へ行くのだ。

「忘れないでくださいね、この部屋」

身振りと言葉の両方で、思いは通じたはずだ。久美子から目を逸らさず、アンドレは頷く。おでこが広く、いつもより耳が大きく見えた。

アンドレの身体が前のめりになりかかるのを、両手で押し戻し、お着替え、と言う。アンドレはお着替えの言葉も覚えた。看護や身辺の世話の単語はほぼすべて身に付いている。起き上がる、靴下、髭、シャワー、横向き、それから、目を閉じる。目を閉じて、と久美子が言うと、微笑のまま唇を突きだした。

着替えは前日ブルトンが持ってきたパリ仕立てのダブルのスーツ。ワイシャツもネクタイもブルトンが準備した。

広い襟は軍人のような威厳があり、アンドレの細い首を鋼に見せる。スーツの左襟には、すでにシュバリエ勲章の略章が付けられていた。

久美子は誇らしげな心地と気圧されて自分が小さくなったような心細さに見舞われる。アンドレの長身を際立たせるダブルのスーツと勲章は、白衣の自分を一瞬惨めにした。自分はただの付き添い看護婦なのだと、アンドレの目を見ずに後ずさる。誤解してはならない。自分に言い聞かせた。

ブルトンの家から朝食が運び込まれた。手伝いの女性が車から広い盆に載せたパンやミルク、オムレツなどを運び込みベッドに置いた。病棟の厨房からも味噌汁やご飯が届いた。そちらは久美子が食べるように言われ、久美子は箸を持ち上げたが味噌汁が喉を通らない。寄宿舎を出るときはまだ食事時間前だったので、何も食べていなかったが、空腹を感じなかった。これまでとは違うアンドレとの時間がやって来たのだ。この病室での出来事はもう、すべて過去になる。

アンドレはときどき久美子を見ながら、美味しそうにフランスパンを頬張る。ご飯よりパンの方が好きなのだ。きっと女性もフランス女性の方が良いに決まっている。久美子は喉に張り付いたワカメを必死で呑み込んだ。

ブルトン本人が姿を現したのは八時半で、それからは旅の忙しさに取り紛れて、アンドレの目を見ることもなかった。後藤教授と相賀先生の最後の診察が行われ、眼科学博士の庄司教授が挨拶に見えた。入院当初は、医局総出で診察したので、第二外科の久美子が知らない教授たちの姿もある。

八田医局長以下医局員もぞろぞろと玄関に集まってきた。看護長と看護婦たちもいつの間にか玄関横に並んでいた。

アンドレは両脇に松葉杖を挟んだ格好で、それでも右手を自由に動かして一人一人と握手をしている。

車はブルトンが用意したのだろう、靄の中に黒い昆虫のように身を縮め、ドアを開いて待っている。

同乗するのは相賀先生とブルトンそして久美子だ。温泉治療学研究所で指示を出し、一泊したあと相賀先生は、福岡に戻ることになっている。ブルトンもきっとそうだ。久美子は多分、アンドレが九州を離れるまでは付き添うことになる。それを考えれば、この騒々しい騒ぎからは離れていようと思った。

新聞記者たちがカメラを向けてきた。朝だというのにフラッシュを焚いているのは小雨のせいだ。

助手席に相賀先生が乗り込んだ。後部座席の右端にブルトン、真ん中に久美子、そして最後にアンドレが腰から乗ってきた。アンドレの松葉杖は久美子が受け取り、右脇に抱えるように置いた。

久美子は白衣の上に紺色のカーディガンを羽織っている。相賀先生から預かった薬類と包帯や固定ベルト、また予期せぬ事態のための点滴装置一式も持っていく。すべて久美子のボストンバッグと一緒に、後部のトランクに詰め込んであった。

この生暖かい小雨は春の先触れだろうと、窓の外の水墨画のような景色に目をやっていると、突然法文学部の能見山講師が駆けつけて、窓から手を差し出したアンドレと握手した。最後に後藤教授も満面の笑みでアンドレの手を握りしめ、それに向かってフラッシュが焚かれた。

「さようなら。ありがとう」

「ジャピーさん、ご機嫌よろしゅう」

アンドレは小雨の中に身を乗り出して、ありがとうを繰り返した。額が濡れて光った。

9

松の茂る中を走る車は、喧噪を抜け出して一息つきながら道を滑った。

出発は九時五十分。しばらくは無言だったが、相賀先生がぽつんと、みなさんご苦労さま、と呟いた。

久美子はアンドレの右脚が、自分の左脚に触れたままなのを敏感に感じていた。アンドレの左大腿骨は、順調に回復してはいるもののまだ体重を支えることができない。右脚もそのせいで弱っている。細い脚が触れるたび、助けを求められているような哀願されているような心地がする。ブルトンには見えない。ブルトンとのあいだに置いた松葉杖が、カタカタと鳴った。車が揺れるたび息苦しくなるのは、昨夜の眠りが足りなかったからだろうか。

別府への道は安全を見て小倉回りにしたらしい。相賀先生と運転手との会話から、山道となる日田《ひた》をやめて、海沿いの豊前路《ぶぜんじ》を行くという。

「新田原《しんでんばる》で昼ご飯だ。ゆっくり行っても、夕方までには別府に着きますね」

前のシートで運転手と話している声を聞き、このままアンドレの脚に触れ続けての数時間は耐えられない気がした。イヤなのではない、心地よいというのでもない。ただ耐えられない。切羽詰まって火傷のような熱さだ。

久美子がときどき大きく息を吸い、深く吐くのに気づいて、アンドレはそっと久美子の横顔を見た。それから何かに気づいた風に、脚を離した。ごめんなさい、と耳元で小さく言った。

その日は久しぶりのドライブで、アンドレ以外の誰もが解放的になっていた。とりわけ相賀先生は運転手に語り続けている。

行橋《ゆくはし》から別府にかけて、車の左手に海が望める。アンドレは窓を開けて身を乗り出すようにして曇天の海を見ていた。福岡より弱まって霧雨になった。それでも顔が濡れる。構わず真珠色の風を受けている。飛行家としての本能が目覚めたかのように、じっと海と雲の境目を見詰めていた。

久美子は新聞などで知っていた。背振に墜落する前は台風の激しい風雨の中を、ひたすら日本を目指して超低空で飛んで来たのだ。野母崎を確認するまでは、東シナ海に低く垂れ込めた雲とうねる海面の隙間を、エンジン音に祈り縋り付く心地で、操縦桿を握りしめていた。野母崎の灯台が目に入ったとき、生きている、死なずに済む、と神に感謝したとも話していた。

その低空飛行がアダになって背振山を越えることが出来なかった。

アンドレは豊前の灰色の海を見ながら、九大病院での二ヵ月半あまりを思い出している様子。頬は青白く引き締まり、わずかに鳥肌立ち、そこに久美子の存在は無かった。

久美子はアンドレの横顔を見ながら、アンドレがその精神も含めて、完全な回復をしつつあるのを感じた。傷ついた鷲の羽はもうすぐ空を飛べるようになる。鷲の羽は久美子が想像する以上に大きい。

いま自分が預かっている松葉杖も、この別府で必要なくなるだろう。何か動作を始めるときに必要とした久美子の肩も、要らなくなる。それは久美子自身が必要とされなくなることでもある。

九大温泉治療学研究所へ着いたのは夕方の五時だった。相賀先生もブルトンも疲れていたけれど、アンドレだけは元気そうだった。彼はほとんど睡眠も取らずに、何十時間も未知の空を飛ぶことの出来る人間なのだ。

アンドレのために離れの一階が用意されていた。

研究施設ではあるけれど、保養所としての設備も備えていて、各部屋には温泉が引かれている。和風の造りだがアンドレのために畳の上にベッドが入れられ、広い縁側には籐椅子が置かれていた。

この離れには二階があり、本来は二階に寝泊まりするらしく押し入れや床の間もしつらえてあるけれど、アンドレは足が悪いので一階の部屋を居室にしたのだと管理人が説明した。

まずアンドレの荷物をほどき、浴衣に着替えさせてスーツをハンガーに掛けた。それから入り口に置いたままの久美子のボストンバッグを持ち、自分の部屋はどこかと訊ねると、アンドレはすかさず二階を指さした。

アンドレは手を三回叩いて見せた。この音が聞こえなくては困る、という意思表示だ。管理人も納得する。白衣を着たままの久美子はバッグを持って二階に上がった。管理人は別の部屋を準備していたのだろうか。けれどそこでは手を叩く音は聞こえない。何も不自然なことではない。自分は看護婦なのだから。

久美子の中では、病室での触れあいが重たくのしかかっていた。その事実への負い目を隠すためには看護婦として堂々と振る舞う必要があった。

夕食は本館の広間に用意されていた。和室に座卓や座布団が置かれて、豊前の海からあがった魚や鍋が準備されている。久美子は床の間を背にしたアンドレの席に座布団を三枚重ねてその上に腰をかけさせた。両脚を前へ投げ出す姿勢を取らせる。アンドレは宴席に恐縮して、大丈夫、を繰り返すが、まだかなり無理な姿勢だ。だからと言って椅子にすれば同席者を高い場所から見下ろす格好になってしまう。

久美子はアンドレが止めるのも構わず、玄関の入り口近くにあったソファーの座面から厚いシートを剝がしてきた。そしてアンドレをその上に座りなおさせた。

この一連の仕事を見て、管理人は準備不足に恐縮し、相賀先生もブルトンも満足げに頷いた。アンドレの世話は自分にしか出来ない。その場の全員に周知させることに成功した久美子は、松葉杖をアンドレの手の近くに置き、末席に動いた。

相賀先生と温泉治療学研究所所長が杯をとって酒宴となった。研究所の温泉療養指導士や他のスタッフだけでなく、別府市長や大刀洗航空隊の人間も加わり、十人を超える食事会となった。アンドレは終始上機嫌で、良く喋り、それをブルトンが通訳すると、笑い声が湧いた。

コードロン・シムーン機の優秀さについて話題が盛り上がったとき、アンドレは、日本も素晴らしい国産機を成功させたようですね、と訊ねた。そこに居る人間はその話題に詳しくなかったので、ただ頷くしかなかった。大刀洗航空隊から来た男だけが胸を張り、咳をした。

「神風号のことですか」

久美子は入院中、アンドレがどこからその話を聞いたのか不思議だった。おそらくブルトンかブランゲだろうが、日本でも飛行機が作られているのだと驚いた。

「カミカゼ号ですか。それはどういう意味ですか」

ブルトンが訊ねると、皆がざわつき、神が吹かす風だと市長が説明する。

「コードロン・シムーン、というのはどういう意味ですか」

市長に問い返されたアンドレは、首を横に振り、意味は無いと答えた。ブルトンは、

「会社の名前です」

と付け加える。

「日本は夢がありますね。神の風ですか」

と素直に感心していた。

大刀洗航空隊の男が身を乗り出した。

「壊れた機体を集めるために、ルノー社のシュバリエさんは、事故の知らせを聞いてパリから駆けつけて来られたのですか」

ブルトンが代わりに答えた。

「たまたま香港かハノイに居たのだと思います」

素早い対応だと誰かが囁いた。

「フランスの方たちは、とても優秀ですな。結束も固い。それに万事素早い。ブリエール航空武官は、税関倉庫に運んだ機体をすべて本国に運ぶのだと言っておられた」

ブルトンに通訳されて、それまで静かにしていたアンドレが口を開く。

「全部ではありません。尾翼は背振の皆さんに残して行きます」

宴が終わり、それぞれの部屋に引き上げる。久美子のところへ、翌日からの温泉治療のスケジュール表が届いた。それによると、日に三回の入浴と足や腰の屈伸から始まり、二週間ほどの予定が組まれている。後半は歩行訓練が加わり、歩行訓練の成果によっては、福岡への戻りが早まるとある。最後の一週間の予定は空白になっていた。

なるべく早く、松葉杖を必要としないで歩けるようにしなくてはならない。温泉と歩行訓練。それがほとんどだった。日に一度はマッサージの専門家が来る。すべて研究所所長と相賀先生と療養指導士で策定された予定表だった。

アンドレの離れに戻ると、シャワーを浴びたアンドレが浴衣に着替えてベッドに腰掛けていた。

「一人に?」

「ウイ」

と頷く。

「何か、必要なものは?」

久美子の問いかけに、視線を外さず真剣な顔で首を横に振った。

「では、おやすみなさい」

「おやすみなさい」

久美子は階段を上がる。ぎしぎしと鳴る階段が、一日の疲れと緊張を何倍にもした。これから始まる日々への、胸が締め付けられるほどの興奮と不安が、心音と重なる。

階段途中で、アンドレに水の用意をし忘れていたのに気づき、急いで下りると、アンドレはまだベッドに腰をかけたままだった。

「お水、ここです」

ベッドサイドの小テーブルに水差しとグラスを置き、もう一度、おやすみなさいと言う。アンドレはじっと久美子をみているだけで何も言わなかった。

翌日から予定通りリハビリが始まった。食事を終えて散歩する。両脇の松葉杖が痛いのか、アンドレは緩い坂道で立ち止まる。

「休憩」

と短く言い、道ばたの石垣に久美子がまず腰をかけると、アンドレも傍に来て休む。弱音を吐かないアンドレなので、久美子が疲れた素振りを見せて彼に腰を掛けさせる。ウグイスが鳴いている。視界の遠くに湯煙が上がっていた。久美子は幸せを感じる。このひとときが幸せでなくてこの世に幸せがあるものか。アンドレも久美子では無く遠くを見ている。これまでずっと遠くを見て来た人なのだ。見知らぬ国の、降り立ったことのない街。言葉が通じるかどうか判らない異国の人間が待っている。

久美子はアンドレの世話をするようになって、ときどき空を飛ぶ夢を見た。何処にも下りる場所のない空は、そのまま飛べば死ぬしかない。墜落の場所が砂漠か海であれば幸運なこと。岩山や火を噴く山かも知れない。実際久美子の夢では、何度も火山の火口に突っ込んだ。海底火山の場合もあった。少しもロマンティックではなく、ただ恐ろしかった。

「休憩終わり」

再び立ち上がって歩き出した。遥か遠方に水平線が見える。水平線の手前の海が、朝日を反射して白い帯になっていた。あの海より遠くからやってきて、あの海を越えて帰っていく人なのだ。久美子は涙が出そうになった。

アンドレは日本語の単語をかなり覚えたけれど、そのほとんどは日常に必要なものばかりで、風呂、食事、休憩、散歩、石けん、包帯、散髪、髭剃り、などだ。ご飯、ミルク、パン、サラダ、おひたし、刺身も、大丈夫。

けれどいま久美子の中で駆け巡っているものについては、ほとんどその言葉を知らない。好き嫌い、嬉しい悲しい、ぐらいはアンドレも判っているけれど、久美子が必要な言葉はもっと別のものだ。久美子自身も上手く言い表すことができない。

隣に腰を下ろすアンドレの膝の丸みに目を落としていると、突然その言葉が湧き上がってきた。

切ない。

そのまま口にした。

「……切ない」

「なに？」

アンドレが久美子の顔を覗き込んだ。目が合う。

「セ・ツ・ナ・イ」

と一音ずつ口からこぼした。

「……ナ・イ」

「いいえ違う。セツナイ」

堂々と言った。言えた。アンドレには判らない。だから言えた。

少し切なさが減った。けれどまだ、ものすごくセツナイ。

「なに？　それ」

久美子に説明など出来なかった。仕方なく、空を指さした。アンドレも久美子の指先を見た。偶然にも雲を透かして飛行機が南を目指して飛んでいた。薄い紙のような影が見る間に消えた。けれど、セツナイとは、飛行機の事では無い。それはアンドレも判ったようだ。困った顔を再び久美子に向ける。

久美子は指さした機影の次に、アンドレの胸にその指を当てる。それをまた、消えた飛行機に向けた。あなたはあの飛行機に乗る。

それから自分の胸に指を持ってきて、また空を指さし、胸の前で両手をクロスしてバツ印を作った。でも私は、あの飛行機には乗らない。乗れないのだと、バツ印を何度も繰り返した。

「セツナイ」

アンドレが息を止めている。

「イクス？」

「いえ、イクスではないの」

「イクスですね」

とアンドレは久美子の手を取り、包み込んだ。

あのときベッドに並んで腰を下ろして作ったイクスと同じだった。大きな掌で包まれると親指がXに交差する。手首もXを作る。あのイクスと同じだと伝えるために、アンドレは掌で包み込んだまま、唇に当てた。そして久美子の目を、そうでしょ？　と言うように覗き込む。

けれどそれは違う。久美子が胸の前で交差して出来たものは、アンドレにキスされたイクスとは違う。アンドレのキスは暖かくてやさしくて強くて前へ前へと進むイクスだが、久美子の胸の前に出来た両手のカタチは、深く沈み込み、どうやっても浮かびあがることが出来ず、ただ苦しくもがき、けれどそれが誰にも解ってもらえないしろもの。それがセツナイの中身だ。

久美子はそのことに気がつき、急に腹が立った。なぜ自分だけがセツナイのか。アンドレはイクスなのに、自分はセツナイなのか。

「アンドレ」

久美子は初めて呼び捨てにした。アンドレは驚いたが、彼の悦びは目の周りを赤く艶やかにした。

「クミコ」

と言い返して久美子の肩を抱き寄せる。けれど久美子は腹を立てているのだ。なぜ自分だけがセツナイ目に遭うのか。

「アンドレ」

「はい」

「セツナイは、イクスではなくて、だからキスできなくて、胸の中がぐちゃぐちゃになって……」

通じてなどいないのを知りながら、言わないでは居られなかった。どうしても伝えたかった。

石垣と道のあいだに生え出た草をむしった。オオイヌフグリの柔らかくてしっとりした手触り。しかも昨日の雨でまだ濡れている。さらに足下から小石を片手一杯に掬い上げた。柔らかい草と小石を両手で握り、掻き混ぜ握りつぶす。思いのすべて、セツナイの何もかもを掌の力に変えて、揉む。草の汁のように涙が出てくる。手の中が緑色になる。それでも揉み潰す。

アンドレはただ久美子の両手を見ている。何をしているのか、自分に何が出来るのか解らないまま、草の汁と涙がこぼれる久美子を見ていた。

疲れた。涙もとりあえず切れた。

久美子は両手ですり潰した草と小石を、白衣の胸に近づけた。汁が一滴、白衣の胸に落ちる。

その姿勢でアンドレを見た。

「これが、セツナイ」

伝わったとは思わなかったが、それしか伝える方法がなく、だからそうした。

「これが、セ・ツ・ナ・イ、です。私の胸の中は、こんなになっています」

明るさ以外は涙で見えなくなったところにアンドレの顔が近づいてきた。視界が薄い灰色の膜で包まれ、両目に順番に唇が触れ、最後に唇にキスされる。恥ずかしくなって久美子は俯いた。顎が持ち上げられ、もう一度キスされる。久美子も同じようにキスを返した。すると恥ずかしさが倍になった。

誰にも見られていないのを確認して、久美子の方から歩き出した。アンドレは速く歩けない。久美子を追いかけるために、松葉杖をつく音が忙しくなる。

両目をぬぐうと、海と雲とが膨張して近くなった。松葉杖の音が背後で止まる。顔を上げながら雲めがけて走ると、松葉杖の音も走った。蝶と昆虫になったようで嬉しい。

セツナイ、と口にしたことで、切なさが和らぎ、ラクになったのが不思議でたまらない。やはり何かをすり潰したらしい。

胸に一滴草の汁が付いたけれど、これ以上白衣を汚さないために、久美子は両手を広げて歩く。草や石ころが掌から落ちた。アンドレも後ろから付いてきた。二人とも何も言わない。

さっきも幸せだと感じたけれど、今はもっと幸せだった。両手をはたくと、もう半分乾いていた。振り向き、顔の横で両方の掌をひらひらと振った。道の片側は雑木林でもう片側には家が続いている。腰の高さの石垣の上に、槙の生け垣が続いていた。通行人は温泉治療学研究所のスタッフや厨房の人だけだろう。彼らが通る時間帯ではなかった。

余裕の笑みを返しながら、この方法があるのだと久美子は悟る。切なさについて行動で示せば、切なさが少し軽くなるのだから、好きだという気持ちも、キスして欲しいということも、抱きしめて欲しいなども、行動で示せば、たとえ叶わなくても苦しさが半分になるのだ。それだけでなく、とても敵わぬ大きな存在を前に、自分の背丈が伸びたような心地がする。

散歩から戻ったあと、この経験は久美子をおおらかにした。好き、はセツナイほどには難しくはなかった。両腕を差し出し、アンドレの目を必死で見詰める。そうして唇を動かす。キスして欲しいときはもっとはっきりと唇を前に出して近づく。抱きしめて欲しいなら、ぶつかって行けばよかった。アンドレがよろめかない程度の強さで。ときどき、抱きしめて欲しいのにキスされたり、それは違うという反応もあった。アンドレの両手が久美子のお尻を抱え込み、全身がぴったりとくっついた。それは病室でも経験したことだ。その手の感触が心地よく、久美子に新たな欲求が芽生えたが、欲求は激しい身じろぎと溜息と、身体を引き離す行動になるだけで、他のことはすべて叶えられたのに、これ以上はどうして良いか判らない。

幸せだと感じるのは、久美子自身の望みが叶ったときだけに限られ、判らないことは判らないままだった。

後ずさると、アンドレは悲痛な表情になり、仕方なく両手で草と小石を揉む格好で、セ・ツ・ナ・イ、と言った。

実際に草をすり潰すのはもうこりごりだった。白衣をこれ以上よごしてはならない。両手の青い色を消すのも大変だった。相賀先生もブルトンも福岡に戻っていき、九大病院関係の人間はこの施設には居なくなったけれど、自分は九大病院の看護婦なのだ。白衣の草の染みは、久美子を何度か申し訳無い心地にさせた。

一日のスケジュールは、午前中にほぼ終わり、午後からはのんびりと過ごす。相賀先生から電話がかかってくるのも、午後遅くだった。九大病院は午前中、手術や外来患者の診察でいそがしい。久美子は毎日の体温や脈拍、傷口の状態や左脚の可動域の報告をする。食事は完食で、散歩は三十分が一時間になったこと、立った状態で体重を掛けるだけなら痛みも無く、傷口の化膿も見られず、化膿のときに飲むクスリも必要ないと伝えると、うん、よろしく頼みます、と短く言って切れた。

夕食後の時間は長かった。けれど久美子にとってはもっとも緊張して疲れる時間でもあった。夜の闇は久美子を混乱させる。何を望んで良いのか、いけないのか、自分の考えが決められないのに、突き動かしてくる衝動は日増しに強くなる。行く先もわからないのに、その方向に運ばれていく心地がする。アンドレも夕闇とともに、むくむくと湧いてくるものがあるようで、そのせいで無口になった。セッナイ、の意味が少し解ってきたのかも知れない。セッナイ、は人を無表情で無口にするらしい。湧いてくるものを押し殺すためには、無表情も無口も仕方ないことなのだ。

息苦しくなると、離れから遠い洗濯場に行き、セーターの腕をまくり、タライに湯を張って石けんの泡に夢中になる。洗濯板に全体重をかけてこする。ここ数日は好天に恵まれていた。夜の物干し場に立つと雲の合間に星が出ている。

久美子はいまだに、簡単なフランス語しか解らない。アンドレも日本語の単語だけだ。それでも必要な用事を済ますことは出来た。

久美子はフランス語のある単語を知りたいと思った。イクスのもっと先にあるアレだ。二人が向き合って身体を重ねて、その次にするアレを、フランス語では何というのだろう。それがわかっても、どうすれば良いのか答えは無い。アレのあと、どうなるのかもわからないし、アレを避けることが出来るかどうかも。

それでも知りたい。けれどアンドレにも他の誰にも訊ねることはできないのだ。

もう一つ知りたい言葉は、愛だ。病院では患者への愛情が必要だと、折々に看護長から言われる。フランス語では、患者への愛情と、男と女の愛とは、別の言葉なのだろうか。これも知りたいけれど、その前に、男女がするアレの方が、早急に必要な気がした。言葉を知らないまま、そうなっても良いのか良くないのかの判断も、今のままではわからない。

星を見ていると、もう一つの大問題が見えてきた。久美子の心の底に横たわっている重たい石の塊。砕いてふるいに掛ければ、黒い小石と白い小石がはっきりするのに、砕くことなんて出来ない。夜空の星がそこに確かに在るのと同じに、間違いなく身体の底に在るのだから。

アンドレには一日も早く自分の足で歩いて欲しい。そのためには散歩もリハビリも一所懸命やる。アンドレがいやがっても励まし、時には叱ってでも歩かせる。日に何度も温泉に浸かり、マッサージし、散歩をする、そのすべてはアンドレが松葉杖を必要としないところまで回復するためだ。それが出来たら、その後のスケジュールが整う。相賀先生の話だと、福岡に戻り背振の人たちに会いに行く。背振の人たちも村をあげての快気祝いを楽しみにしているのだとか。そしてその後は、東京へと出発し、東京での予定を済ませたあとはフランスへと帰国する。

すべてのスケジュールは、アンドレの左脚にかかっていた。少なくとも松葉杖をついた姿では東京へは行きたくないのだと聞いているし、後藤教授も相賀先生も、九大での完治が目標なのは判っていた。松葉杖無しでの自立歩行が出来なくては、完治とは言えない。相賀先生からの電話でも、もはや傷口のことは訊ねられず、歩行訓練の進み具合ばかり聞かれる。

散歩の坂道で、久美子が意地悪をして先を歩き、アンドレが急ぎ足に追いついてくるとき、背後の松葉杖の音が突然消えて、アンドレが前のめりに倒れる。その左脚は、九大病院に運び込まれたときのように、大腿骨が折れて曲がっている。

そうなれば責任はすべて自分だ。看護職は首になるかもしれない。それでも良い。もう一度アンドレと二ヵ月半を過ごせるならば、何を犠牲にしても良い。さらに悪魔はほほえんだ。アンドレが永遠に自力で歩けなくなればもっと良い。歩けなければずっと自分が必要だ。傍に居てたすける。アンドレは自分を手放すことが出来ない。

振り返ると、アンドレは松葉杖の使い方もすっかり馴れて、予想以上の速さで追いかけてきた。カツカツという音が背中にぶつかってくるとき、久美子は自分に絶望し、アンドレはもう松葉杖など要らないかも知れないと歓喜し、その両方の強い感情で涙ぐんだ。

久美子は自分の涙の意味が判らない。もちろんアンドレにも想像できない。だから一瞬、途方にくれた顔になるしかない。

10

別府に来て二週間が経った。最初は二週間の療養予定だったが、この三ヵ月のベッドでの生活で両脚の筋肉量が減り、歩行を試しても部屋の中を数歩歩くだけで久美子の肩が必要になった。久美子は喜んでアンドレの体重を支えた。手術の傷は赤味も薄らいできたけれど、脚は青白く、久美子は自分の脚より細いのではないかと思った。

筋肉が衰えているのは骨折の無かった右脚も同じで、左脚を庇うせいで腰痛まで出て来た。温泉で背中を流しているとき、アンドレは前の方をタオルで隠している。久美子も見ないようにしたが、太腿は目に入った。腰から太腿にかけても、細くなっていた。

けれど一番の問題は、アンドレが一刻も早くこの温泉治療学研究所から出たいと思わないことだった。それはまた、久美子も同じで、ここでの毎日を、切羽詰まった甘苦しさに責められながらも、愉しんでいた。やがてこの愉しみは終わる。けれどそれは今日ではないし、多分明日も大丈夫。

そしてついに喜びと悲しみの両方が、明け方の東の空からやってきた。

久美子が職員用の洗面所から離れに戻ってくるとベッドの横に、アンドレが松葉杖を持たずに両足を踏ん張って立っていたのだ。アンドレは、ほら、と言い両手を肩の高さに挙げて威張って見せた。

立つだけならこれまでも可能だったし、数歩なら歩いても大丈夫だったが、すぐ傍に久美子が居なくてはアンドレも不安だった。それがいま、両手を広げたままゆっくりと前へ歩いてみせた。久美子は反射的にその前へ身を差し出そうと動くが、アンドレはノンと言い、部屋の隅まで両手を挙げたまま辿り着く。部屋の隅まで来ると待っていた久美子に覆い被さり、抱きしめた。けれどアンドレの体重は、これまでのように久美子の肩に加わることはなく、上体は引き寄せられ、久美子の方がアンドレに寄りかかる恰好になった。

久美子は抱きしめられたまま、ビヤンビヤンと言った。素晴らしい、了解、嬉しい、何でもアンドレはビヤンと言った。同じようにアンドレを褒めるとき、久美子もビヤンと言った。そしていま、確かに胸の中をビヤンが渦巻いている。けれどそれはあまり嬉しい言葉ではなくなっていた。晴れがましくもなく、流れの底の小石が川床から離れて転がり出すような、諦めの明るさを纏っていた。

久美子はもっと喜ばなくてはならなかった。力一杯抱きしめて、大きな声でビ・ヤ・ン、と叫んだ。早く目が覚めたとき、アンドレは密かに練習をしていたのだろう。東に向いた縁側にオレンジ色の光が差し込んでいる。この光はアンドレを迎えに来たのだ。

身体を離して、久しぶりに「セツナイ」素振りをする。草と小石を胸の前で揉む。アンドレは「セ・ツ・ナ・イ」を覚えていて発音したが、その意味を理解しているとは思えないほど、明るい達成感で輝いていた。久美子のビ・ヤ・ンも、アンドレのセ・ツ・ナ・イも、きっと間違ってはいないけれど、その一瞬の気持ちとはズレていた。このズレを整えることなど出来ない。ビヤンはアンドレにとっては、「素晴らしい」それ以上でも以下でもないに違いないけれど、久美子が目を伏せて声にすれば、いくらか違う翳が伝わる。ビヤンは「素晴らしい」だけでは無いことが、解ってもらえるかも知れない。

散歩はまだ松葉杖が必要だった。足下の道は舗装されていなくて、あちこちに泥濘もあった。途中でアンドレは、遠く白濁して見える海を指さし、海に行きたいと言い出した。

「ラ・メーア」

アンドレの指が無ければ、ラ・メーアがフランス語でラ・メール、海とは解らなかった。海に行こうよ、と久美子の肩に手を置いた。バランスを失ったときの加重ではなく、大きい身体が腕を伸ばしてきたのだ。

久美子はここでも、ビヤンと答えた。ビヤンはとりあえずの反応として便利だ。けれどビヤンと言えば、躊躇いは後に残される。久美子はビヤンビヤンと口の中で呟きながら、温泉療養指導士が許可するだろうかと、考えていた。

一度研究所に戻り、指導士を探したが見つからず、アンドレに急かされてタクシーを呼んだ。すでに白濁した海が脳裏に広がっている。

運転手に海へ行ってくれるように頼んだ。

別府は海沿いに道路が走っているけれど、砂浜に草がはびこる海岸が、道路まではみ出している。運転手は怪訝な様子で、このあたりですか、と聞いてきたので、止めてくださいと言う。松葉杖の外国人が新聞に出ていた有名人と知らないのか、本当にここで良いのかと、久美子が犯罪に巻き込まれる心配までしている様子。アンドレがお札を出すと、仏頂面でおつりを返した。

砂浜は粗い小石で出来ていた。その上を蔓性の草が這い回っている。水際まで歩くのはひと苦労だったが、アンドレは靴底の感覚を面白がり、ゆっくりとだが確実に歩いた。松葉杖がかえって邪魔になった。小石が滑り杖の先を受け止めてくれない。

ようやく砂地にやってきて、遠く水平線を望む余裕が出来た。アンドレは両脇が痛そうだった。脇の下で体重を受け止めてはならない。身体を支えるのは両腕の筋肉なのだが、疲れてくると脇で松葉杖に寄りかかった。

左右に湾が広がっている。囲い込まれた弓状の水は、遠くから見たほどには白くなく、波もあった。久美子は研究所の誰にも言わないで来たことを後悔し、やむを得なかったけれど、まずいことをしたのかも知れないと考えた。けれどそれがまた痛快で愉しく、離れ小島に取り残された感覚になった。海と波と水平線のおかげで二人は孤立していた。久美子は九大病院の看護婦の資格を無くし、もう元には戻れない。白衣を身につける資格が無い。嬉しくなって思い切り背伸びをする。ついでに白衣を脱いでみた。セーターに海風はまだ冷たく当たり、それでも心地よかった。

白衣を濡れないように大岩に載せ、アンドレとその岩陰に腰を下ろした。それからむさぼるようにキスした。アンドレの手が久美子のセーターの胸を摑み、その痛さに声が出たけれどアンドレは離さず、胸を摑んだまま久美子の首の周りに唇を押しつけ、ときどき歯で噛んだ。痛みだけではない反応で声を荒らげると、アンドレは嬉しそうに喉の奥で笑い声を上げる。セ・ツ・ナ・イとうめきながら、久美子の乳房を揉む。久美子が小石と若草を両手で揉んだのとそっくりのことをした。セツナイの意味がわからないまま、久美子の真似をしている。久美子の反応を面白がっている。

久美子の痛みは特別の感覚になり、耳元をくすぐるセツナイも全く見当外れだったが、アンドレは見当外れのままセツナイに夢中になる。これは困ったことだと途方にくれたもののどうすることも出来なかった。やがて久美子も本当に切なくなってきて、酸っぱい感覚がしんしんと湧いてきた。これがきっと、正しくセツナイのだと思った。

久美子の顔の前に覆い被さり世界をふさいでいるアンドレの頭を、押し戻し息をすると、初めて水平線が見えた。水平線の手前に海があり、その手前に波打ち際があり、真ん中に自分たちがいる。他には何もない。岩の後ろには海岸があり道路があり街があるけれど、何も見えなかった。

このまま岩の下敷きになって埋もれてしまいたい。

背中が砂に押しつけられ、胸の上にアンドレの上半身が乗ってくる。アンドレの手が久美子のスカートの裾から真っ直ぐに入ってきたとき、波音が急に高まり、海からの侵入者が太腿の間に押し入った気がした。海からの侵入者であれば仕方が無い。諦めた。

けれどアンドレの手だと気づいたとき、久美子は頭を持ち上げた。首を大きく横に振る。左右の岩の陰から、誰かに覗かれている気がして、ダメです、と叫んだ。ざああ、と音を立てて波が引いた。太腿の手も足首に戻り、アンドレの溜息が波を追いかけていく。それからまた、深く重い抱擁が始まった。

ときどきアンドレの顔、赤く膨らんだかたまりを下から見上げ、その零れ落ちそうな眼球を久美子は、視線を泳がせながら支える。砂漠の中に不時着したアンドレは、きっとこんな困り果てた目で自分の影を見詰めたのだろう。どこかで自分に怒っている目だ。必死なアンドレを見上げていると、久美子に余裕が出てきた。

私はもう、白衣を脱いでしまった。捨てた。けれどアンドレはどうして良いかわからないのだ。

久美子が笑いかけると、アンドレも歪んだ笑顔になった。噎《む》せるほどの潮の匂いが襲ってきた。息を止めたあとゆっくり空気を吸い込むと、頬のすぐ近くに白く干からびたホンダワラがあった。

アンドレがようやく久美子を放したのは、乾いた海藻の臭いが息苦しかったからだろう。

夕食を終えて離れに戻り、アンドレは一日の最後のスケジュールである入浴の時間を迎えた。

白衣を腕まくりしてアンドレの背中を流している久美子は、背骨の左右に真っ直ぐ伸びた背筋を指で撫で下ろす。毎日の作業では、マッサージを兼ねて事務的に手を動かしていたけれど、その夜初めて、手を休めて筋肉を眺めることをした。縦に窪んだ背骨の谷は、その左右に弾力のある美しい丘が作られていた。背骨の一つ一つが数えられる。別府に来た当初は、平たい背中だったのに、いまは松葉杖を使うことで筋肉が出来上がっていた。

背骨を首から順に一つ一つ数えながら下りていった。一つと言えばアンドレはアンと言い添える。二つ。ドゥ。三つ。トロア。四つ。クアトル。五つ。サンク。腰まで下がった。

こんな数字も知らないのだと思ったが、知らないのだからどうしようもない。知らなくても出来ることはある。

久美子は背骨に唇を這わせる。アンドレの背中がくるりと返り、久美子の顔はアンドレの胸に押しつけられた。苦しくなり額を押しつけて息をする。久美子の目の前に、これまで何度となく想像したけれど想像とはまるで違う、胡桃の殻に似た色の、先が尖った仰々しいモノがあった。アンドレの身体から生え出たキノコのように、湿って痛ましい顔をしている。

久美子は背骨を数えたように、その先端に指を載せて一つ、と言った。

「一つ……です」

「……アン」

無理矢理言わせた。

「二つ」

「……ドゥ」

「三つ」

アンドレは黙る。三つでまだ真ん中ぐらいだ。どんどん伸びていた。

「三つ！」

「……トロア」

「……四つは？」

アンドレは白衣ごと久美子を抱えて立ち上がる。久美子の白衣がアンドレの身体で濡れた。

「ダメです、ほら」

と白衣の胸あたりを指さし、腕を振りほどいて、

「脱いできます」

浴室から走り逃げて、二階に駆け上がった。

二階の部屋にどっかりと膝をついた。ついにここまで来てしまったのだ。

脱いだ白衣を押し入れに掛けた。何をどうすれば良いのだろう。見てしまったものは、圧倒的な力を持っていた。一瞬でも触れると、あの胡桃色のモノも触れた自分も爆発しそうだ。これまで入院患者の陰部洗浄や手術前の処置で何度も目にして触れた男性の性器なのに、あれは別の生きものだ。あのピンと張ったものが自分の中に入るのだろうか。入るとどうなるのか。そうなったあとはもう、アンドレに抗えなくなる。けれどあれは、アンドレの切実な願いのような気もした。願いなら叶えてあげたい。

アンドレは自分で身体をぬぐい、浴衣に着替えたのだろうか。久美子の手を借りなくても出来るようになった。その様子は想像出来たが、アンドレの心中はどうなっているのだろう。あの突起物をどうやって浴衣に納めたのだろう。

アンドレもまた、ベッドに腰を下ろして、混乱しているに違いなかった。久美子は成り行きとはいえ、酷いことをしたのかも知れないと身体の奥が痛んだ。身体というよりお腹の底がぐらぐら揺れた。

そのときだった。久美子ははっきりと音を聞いた。階段を上ってくる足音だ。手摺りにつかまり、ゆっくりとだが確実に近づいてくる。

久美子は起き上がり、押し入れから敷き布団を引っぱり出した。なぜそんなことをするのかと呆然となり、慌ててまた押し入れに押し込む。叫び出しそうな口を押さえる。

足音が止まる。

「クミコさん」

「はい」

大きな声で元気に返事した。先生に呼ばれて起立したときの真っ直ぐな声だ。

「イイですか」

「ダメです」

階段を上がっても良いか、と聞かれたなら、良いと答えたけれど、何を訊ねられたのかわからないので、ダメです、となった。

「ハイ」

アンドレは困っている。ダメだと言われれば、上がっては来られない。

短い沈黙があり、ひんやりと夜気が通り抜けて、突然、激しい物音がした。何かが転がった。音が消えてアンドレの呻き声が届いた。

久美子は飛び出し階段を見下ろした。アンドレが右手で手摺りにぶら下がっていた。下半身は数段下にあり、長い棒に引っかかった深海魚のように壁にへばり付き、久美子を見上げている。

「大丈夫ですか？」

久美子は駆け下り、アンドレの左脚を両手で持ち上げる。アンドレの顔には情けなさと怒りが膨れ上がっていた。

「階段はダメです」

「クミコは、ダメです、ダメです、ダメばかりです」

「階段はダメです。でも、階段だけです」

通じたかどうかは判らないが、その一言が口から出てみると、階段以外のことはすべてダメでは無かった。自分の中でダメとダメでは無いものが、その瞬間、はっきりした。

久美子は手摺りからアンドレの手を離させ、ゆっくりと立たせると、アンドレのベッドまで運んだ。そのときにはもう、気持ちに迷いは無かった。

アンドレをベッドに横たえ、浴衣の帯をといた。アンドレも無表情で久美子に任せる。久美子はセーターを脱ぎ、下着を取り、アンドレの身体の上に重なった。太腿の間にあの胡桃色のモノが起き上がってくる。アンドレは久美子を下から見上げていたが、低く喉の奥を鳴らしながら上体を起こし、久美子の上になり、そしてさらに鋭い悲鳴のような声を出しかけては呑み込み、一息ついてまた久美子の唇を吸い、次に久美子の胸に顔を埋めた。

久美子の胸の中でも、アンドレは不思議な声を発した。瀕死の巨きな鳥が、夕空に向かって助けを求めているような悲しげな声で、それは不穏だが暖かみもあった。久美子はその声を胸の奥に呼び込むために、強く両腕に力を込めた。

アンドレの唇が乳首に触れたとき、久美子も吐く息が、はあ！　と震え、喉の奥に異物が挟まったような掠れた音になった。その音がしてからはもう、真っ直ぐだった。とはいえ、久美子のしたことは限られていた。アンドレが為すままに両足を開き、願望のかたまりを受け入れる。痛かった。痛いけれど痛いのは全身のうちのわずかな部分だけで、ここまで繋がってきた時間のすべて、生きてきたすべてが、満足している。これはトンネルだ、トンネルの出口は見えないし出口は無くてもよいし、けれどもう、この暗闇を真っ直ぐ進めばよい、それだけのことだ。とわかってみると、アンドレの胸とお腹の体温は何て心地よいのだろう。

久美子はアンドレの背中に手を回し、締め付けた。締め付け、くくりつけ、動かないようにする。動かれると開かれたばかりの傷口が痛む。それでもアンドレはゆっくり探るように動いた。ダメ、とは言えなかった。ダメと言っても無駄だ。アンドレはもう、久美子の中で生きものとして呼吸を始めたのだから。呼吸が大きくなると、痛みも増した。

それからしばらくして、少しずつだが痛みと同じほどの大きさで、不思議な感覚が湧いてきた。久美子は声を出したが、痛みに耐える声なのか心地よさを呼び込むための声なのか自分でも判らないままに、何度も繰り返し、あああ、と全身を波打たせて叫んだ。痛い痛いと叫んだかも知れないけれど、アンドレの耳にはどんな意味に伝わったのだろう。痛い、という日本語は、自分の傷について良く口にしたので、アンドレが知らないわけは無かったはずだ。

春まだ浅い宵だというのに、全身汗にまみれて、ようやく終わった。

久美子は浴室の入り口に鍵をかけて、アンドレ用の風呂に浸かった。自分は毎日、泳げるほどの大きな湯船のある職員用浴室を使ってきたけれど、いまはアンドレ専用の風呂に入る資格があるような気がした。

思えば、誰も離れに入ってこなかったのは幸運だった。相賀先生から電話が入れば、施設の人間が連絡に来るし、厨房の人も時に顔を出す。見つからなかった。けれど本当に見つからなかったのだろうか。誰かが部屋の外に居て、そっと立ち去っただけだったのではないのか。

湯船の中で身を縮めていたけれど、すぐに飛び出した。脚の付け根がひりひりと熱さで痛んだ。壁の鏡に自分の身体が白く映っている。赤の他人の裸だ。いやこれが自分なのだ。誇らしく情けなく、何かが決定的に変わったのである。しかも、久美子の中、つまり腹部の下の方で、アンドレの胡桃色のモノはまだ生きていた。ときどき、肉の壁にぶつかりながらひくひくと息をしていた。その頭の部分が、窒息寸前のウナギのように、苦しげにぐるぐる回転しているのが解る。

アンドレの顔を見ないようにして二階に上がり、すぐに電気を消した。もう階段から足音がすることはない。今夜は終わったのだ。

永遠に終わったのかも知れない。今夜から始まったのかも知れないが、そんなことはどうでも良かった。ともかく闇がある。闇は階下からはみ出して、どこまでも広がっていく。湯船からあふれ出した湯のように、暴力的に世界を濡らしていく。アンドレも今夜、湯に溺れて喘いでいるような気がした。

そのようにして夜も明けてみれば、いつもの朝だった。格別のことも無かった、と言いたいけれど、とんでもない事が起きていた。アンドレが前夜、階段を上がろうとして足を踏み外したとき、右の腰を打撲し、ほぼ完治していた左脚にも、痛みが再発していたのだ。

その訴えは、朝食のあと、温泉療養指導士の到着を待って本人から告げられた。

アンドレは指導士に、夜中の風呂場で足を滑らせた、と説明した。

「桐谷さんは、気が付かなかったのですか」

久美子は指導士に、申し訳ありませんと頭を下げた。アンドレはすぐに、自分の責任だと伝える。

いつもマッサージを受ける施療室のベッドで、腰を診察すると、右の腰骨のあたりが十センチほどの大きさで紫色に内出血して腫れていた。明らかに階段から落ちて右手で手摺りを摑んだときの打撲だった。

「湯船の縁にぶつけたのでしょう」

と指導士は自分の推理を口にして、そういうことになった。

久美子は冷や汗を覚えながら成り行きを見守った。久美子にもショックだった。腰の痛みを我慢して、昨夜のベッドでの行為が行われたのだ。それが出来たのだから大したことはないという気もしたが、かなり痛みがあったに違いない。自分も痛かったがアンドレも同じだった。そう考えると、アンドレの奇妙な呻き声、時々発した鳥のような叫び声が、少し納得できた。

指導士は相賀先生に電話して、腰の状態を報告した。その間、アンドレはじっと久美子の目を覗き込んでいた。とろりとした、けれどしたたかな意思が伝わってきて、それは共犯者となった甘さを帯びてもいた。

これで予定より長くアンドレと一緒にいることが出来る。

目を伏せた久美子の心中をアンドレがどの程度想像できたかは判らなかった。

相賀先生とアンドレは、電話で直接話をした。相賀先生は幾つかの質問をして、アンドレはそれに答えた。その結果を相賀先生は指導士に伝えた。松葉杖を使用して様子を見ること。左脚に痛みが出たら、左脚の固定具を再度装着すること。

マッサージは中止になり、一週間後に相賀先生が温泉治療学研究所に来て診察することになった。別府にも相賀先生の教え子が居ることも判った。この時期、九大医学部は忙しそうだった。

アンドレを支えながら部屋に戻ると後ろ手に扉を閉め、鍵を掛けようかと考えてやめた。久美子は神様など信じてはいないけれど、神様は居られる。神様はアンドレに罰を与え、自分には時間という褒美をくださった。アンドレは罰を与えられるほどの悪事をしたのだろうか。久美子とこうした関係を作るために階段を上がって来ようとしたのか。昨夜は聞きそびれた。訊ねてもきっと、アンドレのフランス語は理解できなかっただろう。

そんな曖昧さが部屋中に漂っていたせいか、松葉杖をしげしげと手にとって見るアンドレが、一体何を考えているのか判らなくなった。

すると急に、アンドレが遠くなった。もう一度昨夜のように裸で抱き合うことなど出来ない気がした。激しい反省と後悔がやってきて、久美子はアンドレをベッドに腰掛けさせたあと俯いた。ベッドに突いた手の甲が筋張って老人のようだった。昨夜自分の下半身に入ってきた固くて柔らかいモノが、この男の一部だったとはとても思えない。棒立ちになったままで涙が流れる。自分への哀れみなのか怒りなのかは判らず、ただこの事態に対して申し訳なく、それでも神様はこんなふうに采配されたのだという安堵も少しあった。

久美子にとって確かなことは、目の前で困っているアンドレより、昨夜の胡桃色の性器の方が好きだということだけだ。あの痛みをもう一度感じたい。痛いのはいやだけれど欲しい。ということはあまり痛く無いのだとも言える。だからアンドレがベッドに腰掛けたまま久美子を抱き寄せたとき、久美子は顔をうつむけたままで唇を拒み、その実、下半身にぬるりとした熱を覚えていた。

相賀先生は別府の教え子の病院で撮ったレントゲン写真を、研究所の狭い診察室で光にかざして言った。

「打撲だけですね」

それをフランス語で伝えてから久美子に振り向き、

「桐谷君は付いていたのかね？」

と訊くので、申し訳ありません、と頭を垂れる。

「こういうことが起きないように、君を付けているんだ」

久美子の様子に、アンドレが何か弁解をしているようだが、相賀先生の視線は久美子に厳しかった。久美子が特別にそう感じたのかも知れないが、久美子が自分の役目を果たさなかったのは事実。

アンドレが部屋に戻ったのち、相賀先生は久美子を呼んだ。玄関に車を待たせてあり、慌ただしい様子だった。福岡にこのまま戻るのだ。

もしや施設の誰かがあの夜の事を知っていて、告げ口したのかも知れないと、ただ目を伏せ身を固くして立っていると、相賀先生は意外なことを言った。

「アンドレ・ジャピーを訪ねて来た人物は居るのかね」

覚悟を決めた身体が、わずかに緩む。

「この研究所にですか」

「そうです」

「居ません。いえ、ブルトンさんは一度いらっしゃいました。二度かも知れません」

短い時間、アンドレを見舞って帰っていった。

「他には」

「居ないと思います」

「電話はどうかね？」

「相賀先生からだけだと思います。でも、私が知らない電話もあったかも知れません」

玄関横の受付に置かれた電話に出るときは、大抵久美子が付き添った。勿論就寝後は判らない。

「ジャピー氏が電話を掛けることもあるのかな？」

「無いと思います。交換手はフランス語が解りません」

「……もう少し様子を見ないと、完治とはならないから、頑張ってください」

「はい」

安堵と放心で全身が浮き上がる。相賀先生に励まされたのが、嬉しく心苦しい。

「……君もいろいろ大変かも知れんが、大事な人だから、それなりに注意を怠らないように頼みます」

車が出るとき、ちらと交わった相賀先生の視線が久美子に刺さった。

去って行くテールランプを見送り、残された言葉を反芻した。これまでどおりの励ましなのか、何か別の意味があるのか。注意を怠らないように頼みます、の一言が強い語調のまま夜気に漂っている。看護婦としての仕事以上のことを言っているのか。そんなはずはない。

もしかしたらアンドレとの関係を知っているのかも知れず、そうであれば胸がつぶれるほどの苦しさと恥ずかしさを覚えるところだが、アンドレに会いに来た人間や電話のことを訊ねたのだから、思い過ごしだろう。

別府でアンドレと過ごす時間が予定より長くなったのは確かだ。嬉しかったが素直に喜べないしこりのようなものもある。しこりの正体は解らない。


さらに一週間が経ったころ、アンドレは再び松葉杖を手放して歩くことが出来るまでになった。

二人は研究所の裏山に上った。緩やかな山道だ。春めく午後の日差しが、生え出た雑草の上に円形に落ちている場所まで来た。周りを低木に囲まれた窪地は、そこだけ直に空と接している。視界の大半は空が占めていたけれど、低い位置に水平線が白く帯になって光り、薄紫の霧が立ちこめているのが判る。

アンドレは紺色のカーディガンを羽織り、久美子も白衣の上に厚手のコートを着ていた。研究所から下っても海は見えたが、徒歩でわずか十分裏山に上れば、海はもっと低く身近に捉えられた。

厨房で用意してもらった熱いお茶を水筒に入れてきた。傍らにそれを置き、毛布を敷いた。まばらな草のせいで、毛布はでこぼこになった。腰を下ろし、お茶を飲む。アンドレはあまりお茶を飲まない。飛行家としてそういう体質になったのかも知れず、口を付けた水筒をすぐに久美子に渡した。

階段で打撲する前ほどには回復していなかったが、ほぼ以前どおりに歩ける。

イクスの時間は、水筒を置いたとたん始まった。こんな場所で、と思ったが、久美子は大胆になっている。イクスは研究所のすべてが寝静まった深夜だけでなく、久美子とアンドレが望めば、いつでも可能だった。

久美子が仰向いて寝そべり空を見上げると、まるで合図のようにアンドレの顔が白濁する空を押しのけて視界を覆う。下から見上げるアンドレの顔は、部屋ではいつも陰になって黒いだけだが、今は昼間で頬の盛り上がりも眉と額の間のわずかな窪みもはっきりとわかった。全体が草の反射で緑色を帯びている。

久美子は必死で覚える。この瞬間のこの緑色に翳ったアンドレの顔を、記憶に焼き付ける。死ぬまで忘れまいと思う。けれどたちまち、明日にはもう、思い出せなくなりそうな気もして、それが辛くて怖い。

記憶を長持ちさせるためには、やはりイクスが必要なのだと思い、コートのボタンを外し、アンドレの手を導き入れた。覚えておきたいのは、顔だけでなくこの手と、この手が自分に触った感覚もである。

けれど。

久美子はその瞬間に、自分が死ねば全部が消えてしまうのだと気がついた。恐ろしい発見だった。記憶は目や肌ではなく脳の役目だから、脳がダメになればすべてが消える。アンドレの指の外側は外気で冷たいけれど、久美子の身体に触れれば熱を吸い取って暖かくなることも、そのときに漂ってくる匂いがアンドレからのものか自分のものか判らないまま二人を息苦しくさせ、息苦しさが何かもっと強い接触を必要とし、必要としただけで狂ったように迫り上がってくる感覚があることも。その全部が消えるのだ。

覚えるしかない。覚えてさえいれば、この先も生きていける、と久美子は必死に全身の感覚を研ぎ澄ませた。覚えられそうにないと思ったら、もう一度、と同じ動作をせがんだ。アンドレの手や指を摑んで、もう一度と日本語で言う。必死で頼むと、自分の必死さで涙が流れる。覚えるときは何か新しいものが入ってくるので、その分放出しなくてはならない。それが涙なのだ。

息を吐くと、次に吸う息で記憶が強くなった。捨てれば入る。記憶はそのようにしか定着しない。

久美子の反応をアンドレはどのように思っているのか、久美子はどうでも良かった。自分がアンドレを覚えていることの方が、何倍も大事なのだ。

久美子のコートの前のボタンはすべて外され、アンドレも敷いた毛布を下半身に巻き付ける。そうやって久美子の足の間に身体を差し入れ、いつものようにゆっくりと動き出す。

久美子の首に埋めた顔を、不意に上げた。

「なに」

アンドレの視線を追うと、ニワトリが一羽草をつついていた。上がってくる途中の農家の庭にニワトリが放し飼いにされていたのを思い出した。ニワトリの他には誰も見ていない。空と海と薄雲の上にある三月の太陽だけ。

けれどアンドレは動きを止め、そっと身体を離した。

「ニ・ワ・ト・リ」

と教えた。アンドレはすこし苦い笑顔になった。その苦い笑顔も、久美子は穴をこじ開ける強さで見て記憶した。引き出しを開ければいつでも、その笑顔が取り出せるように、アンドレの顔面に貼り付いた何層もの早春の空気を、丁寧に一枚一枚剝がして、胸の一番底の、決して誰も手を出せないところに、丁寧に保存した。

夜のイクスでは暗くて上手く行かないことも、この明るみの中では可能なのだ。久美子は永遠の幸せを手に入れたような気がして、満足のあまりアンドレの首を抱きしめる。これでもう大丈夫、会えなくなっても会える。死ぬまで好きなときに会い続けることが出来る。

あまりの満足でまたもや涙が溢れる。

アンドレが何かフランス語で言う。良く泣くね。そういう意味だということは解った。

「そうです、泣きます。覚えておくためには、涙が必要なの。涙が全部無くなれば、あなたが私の中で一杯になります。生きて居る限り、少しずつ取り出して味わえます。これで一生涯生きていけます」

久美子の日本語は、アンドレの耳には滝の音のようでしか無かっただろう。だから久美子は、構わず滝の音で話し続けた。声を止めるのを恐れるばかりの勢いだった。

久美子の声がようやく静まったとき、ごめんなさい、と小さく言ったアンドレ。出遅れて方向を見失った子供のように、途方に暮れた声を、久美子はくすぐったいとだけ感じ、意味など無いのだと思った。

大事なものは、この胸の奥に仕舞った。

11

このところあやめは、毎晩のように「ルッコラ」の厨房に立っている。以前は作り置きしていたスフレケーキを、今はお客のタイミングに合わせて、三十分前から準備する。お客は丸いカップからコック帽のように盛り上がった熱々のスフレケーキを、スプーンで突き崩しながら食べる。崩れたコック帽に季節のフルーツソースを入れるとたちまち香りが膨らんだ。最近はイチジクソースだ。イチジクはあやめがもっとも好きな果物。

他のデザートメニューと違い予約が必要なのだが、毎日のように予約が入るので、あやめも夜まで拘束される。五島さんは、ディナーの前のティータイムに、スフレケーキとお茶だけのセットメニューも考えているらしい。

部屋に戻り、冷たい風を浴びた心地のままパソコンを開けた。パソコンの中からも風が吹き出してきた。

一良からのメールだ。このところ、夜になると毎晩のようにメールのやり取りをしている。またあの話か、と憂鬱になりながらメールを開いた。

あやめさん
昨日のメールですが、桐谷久美子さんの日記に、イクスのときにニワトリが現れたと、本当に書かれていたのですね？　そのニワトリにアンドレは驚いた様子だったと、久美子さんは書いているのですか？　よほど印象的だったのでしょうね。

なぜ私がニワトリにこだわるかと言えば、あの時計なのです。修理はまだ本格的な部分は手つかずです。私の体調が万全でないことには分解が出来ない。あやめさんには判らないでしょうが、一ミリにも満たない七、八十の部品を記憶しながら、息を詰めて、汗一滴垂らすことなく一気にやり遂げなくては、時計は永遠に死んでしまうんだ。脳外科手術で微かな神経を傷つけずにやり遂げるよりもっと大変だろうな。だって、これまでの経験が全く役に立たないのだからね。

それでも毎日、私はニワトリを見てしまう。まるで時計の裏庭に貼り付いた門番のように、長い足で立っているんだ。このニワトリは何かの使命感を持っていると思えてならない。何の使命感かと言えば、それが良く判らないんだが、ともかく使命感。だからイクスするとき、目の前に現れてアンドレ・ジャピーもはっとなった。そういうことだと思う。どういうことかって？　意味不明だと言って怒っているあやめさんの顔が、目に浮かびます。

私が裏側から見て言う反対意見など、久美子さんとアンドレの関係の本質ではないと、あやめさんは言ったね。ロマンスに酔うと女性は大概そうなる。

けれど男の私は、その時代について考えてしまうんだ。

アンドレ・ジャピーの別府静養は一九三七年の早春だよね。シムーン機が背振山に落ちたのが前の年の十一月だった。別府静養のちょうど一年前、一九三六年の二月に東京では、二・二六事件が起きている。時間のあるときにネットで調べてごらん。陸軍皇道派の影響を受けた青年将校たちがクーデターを起こしたんだ。鎮圧されて首謀者は死刑になったけれど、それだけ軍部は強大な力を持っていたし、そのころにはもう、日本によって満州国が作られ、国際連盟も脱退していたんだ。ということは、その時代の日本は世界からかなり警戒されていたはずだよ。

アンドレ・ジャピーと久美子さんの、言葉が通じない恋愛は、すごく美しいし切ないし、その心情が日記や手紙に綴られていると思うと、溜息が出てくる。でもね、秘められた美しい恋愛、というのが、秘められたままだったかどうかは判らないよね。相賀先生は知っていたかも知れない。アンドレ・ジャピーを訪ねたブルトンはどうだったか。久美子さんは完全に秘密が守られていると信じていただろうが、果たしてそうだっただろうか。

恋愛という全く個人的な関係は、世間に出ることなくやがて消滅してしまう運命だ。けれどこんな不穏な時代の話だよ。私は意地悪でも何でもなく、密かに二人のことを利用しようとした輩が居たかも知れないと思うんだ。軍部などの触手もアンドレや九大医学部に伸びていたのではないかと。

というのも、それから十年も経たない、戦争の末期の一九四五年には、同じ医学部でとんでもない事件が起きている。これもあやめさんは知らないだろうが、ウィキペディアのお世話になれば、おおよそのことは判るはずだ。特別攻撃という体当たりの飛行機で撃墜され、大分と熊本の県境に落ちたB29の八人の乗組員が捕虜になって、九大医学部で生体実験の材料にされたというおぞましい事件。

もちろん、戦争はもうそのころには本土決戦を覚悟しなくてはならないほどの負け戦で、捕虜となったアメリカ兵への憎しみは凄まじかっただろうし、その攻撃では特攻兵が命を犠牲にしている。日本中に狂気が渦巻いていた。生体実験は軍部の監視のもとで行われたということだが、生命を守る、という医学の基本的な良心さえ捨てた行為だった。

もちろん、アンドレ・ジャピーと久美子さんの出会いはそれより九年前で、太平洋戦争の開戦前だったとはいえ、日本は戦闘モードに入っていたし、軍部はどんどん増長していた時期で、フランスの在京航空武官ブリエールも接触してきているし、日本は日本で大刀洗航空隊から探りが入ったりしているよね。背振墜落時から、地元の軍関係者がそれとなく関わっていたはずだ。

アンドレ・ジャピーがフランスの要人だからという理由だけでは無いと思うんだ。となると、桐谷久美子の立場は、彼女が自覚している以上に微妙で複雑だったと考えられる。

あやめさんのお父さんが、桐谷久美子さんには子供が居たとか、そういう噂があったとか、そんなことを言っていたそうだね。まあ、お祖父さんの姉さんとは言え、余所の家に養女に出た人だし、お祖父さんから詳しい話を聞いていたわけでもないだろうし、その話にどの程度信憑性があるのか判らないが、弱い立場には違いない。一番の弱者だなあ。九大医学部からだけでなく、社会から抹殺されかねない弱者だ。

それだけに、弱者を都合良く利用する人間も居たに違いなく、それがブルトンやブリエールだったかも知れず、九大医学部やそこに繋がる軍部などの連中だった可能性もある。

もちろん、アンドレ・ジャピー自身や、久美子さん自身は、もっと単純に男と女としての世界に溺れていたのかも知れないし、多分そうなんだろう。いや、本当にそうなのか、ちょっとそこにも疑問が湧いてくる。

いずれにしても愛するということは、弱みを持つことなんだ。二人が本当に愛し合っていたなら尚更、他の立場の人間にその弱みを握られると苦しくなる。外部に公表出来ない関係は、秘密を嗅ぎつけたオオカミに、しつこく狙われてしまうんだ。

いま、それ以上のことは判らないけど、これはね、美しいだけの悲恋というわけではないね。

またまたあやめさんを怒らせてしまったに違いない。

それでも私の中に、二人の恋愛がどうなったかの心配というか興味というか、すでにもう、戦前のセピア色に褪せた写真から男女が飛び出してきて、この老いつつある私の心に棲みついてしまった。愛するということは弱みを持つこと、なんて言葉を、この私がこの歳になって発見したなんてね、不思議というか、何だろうな、老いたということかそれとも、一皮剝けたのか。それだけでもちょっと参る。ずっと同じ暮らしをしてきた時計屋なのにね。

見せてもらった写真では、確かに桐谷久美子は美人でセクシーだなあ。それに無邪気な可愛さが笑顔の中に見える。あんな女性に看護されれば、男なら誰だって気持ちが動くだろうな。

ということは、つまり久美子をその仕事に就かせたとき、ある種の意図がはたらいたかも知れない。あらん限りの想像で胸がときめいています。

一良

あやめと一良、どちらに味方すれば良いのか。

どこかで自分を壊してでも先に進まなくてはならない時がある。その結果惨めな失敗に終わり、人生でもっとも大事なものを失うことになったとしても……。

とまあ、この二人に鑑みつつ、勇気をふりしぼり、このような青ぐさくて懐しい言葉を呟いてみることにしましょう。

いまここで言えることは、桐谷久美子とそのDNAをほんの少々受け継ぐあやめ、そして全く恋愛と無縁な世界の住人となって久しい時計屋一良の三人は、自分が変わるリスクに直面している、させられている、いやいや、自分を壊すとどうなるのかを漠然と夢想しているわけです。もちろん当人はそれにはっきりとは気づいてはいないのでしょうが、人生の節目とはそうやって忍び寄って来るものなのです。

あやめも一良も、恋愛に関しては大した体験をしていない。一良は妻や子供との融和を図りながらそこそこ安定した暮らしをしてきたたし、恋愛の苦しさに搦めとられることも無かった。

それともかつて自分の中に在った感情を、忘れているだけなのかも知れない。

あやめと言えば、人並みに機能してくれない股関節のせいで、生涯バージンで生きることを覚悟していた。だから、これ一回きりのつもりで、無謀にも恥多きセックスをした。あんなものは恋愛ではないとうすうす気づいていながら、あの決意と申し出が出来たのは、もしや恋愛感情があったのかも知れない、きっと恋愛だったのだと、人生体験のリストを、無意識のうちに満たしていた。恋愛でなかったなら自分の挑戦は薄汚れているし、恋愛であったなら、こんな惨めな結果をどうやって受け入れればよいのか。

どっちにしても、恋愛について考えるのは面倒くさいし、考えてもろくな結果にならないのが解っていた。

情けないがこれが二人の真実。

いまあやめと一良が、遠い昔の、言葉の通じないアンドレ・ジャピーと久美子に心引かれるのは、それが未知の感情世界だからだろう。

謎の男、アンドレ・ジャピーを除けば、登場人物の中で一番恋愛に染まって苦しんでいるのは、もちろん桐谷久美子だが、彼女が切羽詰まった孤独の中で、先に書いたように、どこかで自分を壊してでも先に進まなくてはならない、と考えたとしたら、それは今現代に生きるすべての老若男女に通じることでもある。

けれどそのためにも、まずはあやめと一良、いやさらにその前に、桐谷久美子が、どうやって自分を壊してでも先に進んだのかが、物語の教訓を先導するはずだ。

12

年若いとは言え、生きることに諦念を持っているあやめは、ある意味でコワいものが無かった、というか、ダメで元々の精神に貫かれていたとも言える。これは実に悲しいことだが、悲しいと感じる感性も、日々の中で摩耗してしまうものだ。これは年齢の若さとは関係ない。痛みも歓喜も、経験しなくてはどんなものか知る術がないわけで、思い出すことも出来はしない。上手く行った成功体験が無いものだから、何をやってもソコソコの失望を受け入れて傷つかない防具が、気持ちの底に備わっていた。

それが最近、変化している。桐谷久美子の心情に寄り添った日々を過ごしているせいもあるだろうが、なんと言ってもスフレの力。福岡でこんなスフレを出す店は無いと五島さんに褒められてから、何をやってもダメで当たり前という、失意の落ち着きというか薄暗く安定していた平安が、崩れかかっている。頑張ってもダメだ、というあやめの中の意識が、頑張ればいろんなことが違ってくるかも知れない、という意識に入れ替わりつつあり、これはこれで、オッパイの先がどんどん尖って行くような不安をもたらした。事実、あやめのオッパイは、最近成長している。

オッパイのせいでは無いだろうが、あやめは一良のメールに書かれている疑惑について、これまでとは違う想像を抱き始めた。というのも、久美子の日記の記述が少なくなっていき、自分だけが解るメモのような短い文章が書き残されている。アンドレとの思い出が短い文章の箱に納められ、自分以外の人が箱を開けても、意味不明の中身が入っているか、何も発見出来ないか、そんな感じなので。

たとえば三月十九日の日記はこうだ。セツナイ、などの言葉は無い。

「いよいよこの日が来た。私の存在が消える日が来た。私はもう迷わない。相賀先生は優しい。ブルトンも優しい。ブリエールさんも一所懸命だ。フランス料理の美味しいこと。これには別府のお魚も負ける。今日から新たな時間が始まる。すべての人々に幸あれ」

最初の一行で、遺書だろうかとドキリとさせられるけれど、筆跡はこれまでになくしっかりしていて、なにか清潔な決心が感じられる。一言で言えば、久美子は強く居直った印象。アンドレとの性愛で久美子を苦しめていた動揺や、秘密を抱えた女の小さく弱々しい哀れさが消えている。

何があったのかしら。あやめでなくとも心騒ぐ。

日記の他に存在するいくつかの新聞記事をチェックすると、三月十九日の出来事がはっきりした。その日、アンドレ・ジャピーは、別府の療養所を出て、福岡に戻っている。となると、この日記はアンドレを福岡に見送ったあと、別府で書かれたのだろうか。それともアンドレに同行して福岡まで戻ったあとの心情なのだろうか。

福岡の新聞記事には、十九日はブルトン宅に泊まり、背振再訪や東京行きの準備をしたと記されている。

別府での療養が終わり、福岡に戻った時点で、九大医学部としての仕事は終わっているはずで、通常なら相賀先生に慰労の言葉をかけられ、久美子は看護婦寄宿舎に帰るはずだ。けれど、フランス料理の美味しさが記されている。ということは、ブルトン宅でアンドレと一緒に食事をしたのだろう。九大医学部の看護婦としては不自然なことだ。何か特別な扱いを受ける事情があったのか。二人の仲が露見したのだろうか。それに、ブリエールの名前もある。この人物は東京のフランス大使館付きの航空武官だ。別府から福岡に戻ってきたとき、アンドレを待っていたのだろう。ブルトン共々、アンドレの付き人のような存在だ。

久美子が自分の心情を書き綴るのを止めたので、あやめには久美子の内心も解らなくなった。短いメモ以外、何も書かれていない日々が続いている。次にアンドレとのことが記されているのは三月三十一日だった。ほぼ十日間、久美子はどんな気持ちで暮らしていたのだろう。ただ、久美子の心情の記述は途絶えても、その分、アンドレ・ジャピーに関する新聞記事は、ラジオで話した内容を文章にまとめたものも含めて、かなりの数が残されていた。

三月二十二日、アンドレは背振山で救出の世話になった人たちを訪ねている。

その折の写真が沢山残っているので、背振の人たちの歓迎とお祝いムードが伝わってきて、十一月の墜落からおよそ四ヵ月間、背振の人たちがアンドレの回復を願い続けてきたことが解る。

「颯爽たるパリジャンとしてアンドレ・ジャピー氏を迎えた背振山付近一帯には全く空前の劇

的歓迎絵巻が繰り広げられた。この日、日本晴れの空に聳ゆる背振の山には春霞たなびき肥筑野には春色一入濃く山も村人もなごやかに真心を込めて、異国の勇士を迎えた。ジャピー氏、カトリック教福岡司教ブルトン氏、フランス大使館付航空武官ブリュイエール少佐をはじめ九大医学部後藤外科医員らおよび各新聞社の一行が自動車を連ねて午前九時四十五分佐賀県神埼町に到着すれば同町では県立神埼高女校庭に町民有志、神埼高女生、神陽実践高女生、農業学校、小学校各生徒五百名整列し、校庭に特設された演壇にジャピー氏を迎え……記念品として有田焼が贈られジャピー氏も拡声器を通じてお礼の挨拶を述べ……それより山道をドライブして背振山に至り……日章旗を打ち振りつつ同村郵便局前に整列した村民たちの歓迎に終始顔をほころばせて〝ありがとう〟を繰り返し……」

地元新聞の記事はまだまだ続く。

正午からの歓迎の宴は背振村の助役のスピーチから始まり、背振処女会員による背振音頭の披露や美妓連や花柳会の女性たちによる歌や踊りと続く。白いテーブルクロスを広げ、シャンパンを注ぎ合う風景のなかに、ざっと数えても百五十人の人間が写っているが、そのほとんどは男性だ。

別の写真には、校庭のようなところで、日章旗の中で日の丸の扇子を掲げた和服女性たちの踊りの輪と、それを眺めるジャピー氏が腕組みした姿で写っている。

ジャピー氏はひたすら感謝の気持ちを表し、義理堅い性格を強調しているし、またこの催しで日仏の友好を印象付けようとする双方の狙いも見えてくる。

九大医学部から後藤外科のメンバーが随行しているのだから、久美子も一緒に行っているはずだが、久美子の日記には何も記されていない。宴席にもエンターテインメントを提供する女性以外にはテーブルに着く女性の姿はない。背振処女会員と、美妓連や花柳会の女性たちの区分けも現代から思えば奇妙なことだが、ともかく全員総出のお祭りだったのは確か。

墜落の夜、救出してくれた炭焼きの人たちや消防組員、久保山診療所の牛島医師にもお礼の挨拶を済ませて、夕方福岡に戻る。

アンドレは見事全快、ということになっているけれど、ステッキを近くに置いている。久美子を必要としたはずだ。

同行していなかったのか。叶わなかったのか、それとも久美子が断ったのか。

翌二十三日、アンドレは九州帝国大学工学部で講演を行い、その足で雁ノ巣飛行場から大阪へ飛び立った。この日の久美子の日記も空欄だ。

雁ノ巣飛行場はアンドレが着陸する予定だった。九大に入院中にも視察を行っている。もちろんブリエール航空武官も一緒だ。大阪経由で当日東京に着く予定が、何らかの事情で大阪から東京までは鉄道になった。天候が理由だったと書かれている記事もあるが、日本側が空路ではなく鉄道に切り替えたという説もあって、アンドレとしてはやはり、当初の目的地である羽田空港に降り立ちたかったと思われるがそれは叶わなかった。

大阪に一泊して東京駅に着いたのは、二十四日午後八時五十分だった。制服制帽姿のブリエール少佐が、アンドレのすぐ後ろに従っている。

このときのアンドレはもう杖を手放し、痩身をクリーム色のレザーコートに包んでいて映画俳優のような颯爽とした姿だが、額にはまだ傷が痛々しく、片足を引きずっていた。

出迎えたのはフランスのアンリ大使ほか、関係者大勢だが、「あの壮途を決行した勇士とも思えない若干の感傷が浮かんでいる」と新聞記事にあり、人波をかき分けるようにして用意された車に乗り込むと、麻布のブリエール邸に消え去った。

アンドレはもう、久美子からは遠く離れた人になったのだ。

翌日からは過密なスケジュールをこなしたことが判る。

まず二十五日は午前十一時から帝国飛行協会総裁の梨本宮殿下を訪ねた。同宮家は渋谷にあり、殿下の特別の思し召しで伺候が許された。

この伺候は善意と祝意だけだったろうか。さまざまな意見があるのは、それよりわずか六日前の三月十九日つまりアンドレが別府から福岡に戻って来た日、日本で初めての純国産飛行機「神風号」が完成していたからだ。もちろん、殿下はアンドレの快癒を喜び、アンドレは神風号完成を祝っただろう。それ以上のことは新聞記事からは窺いしれない。

二十七日、これから神風号で欧州に飛び立つ予定の東京朝日新聞社の飯沼飛行士、塚越機関士と会っている。両名は欧州への挑戦を前に、国内で試験飛行を繰り返している最中だった。二十五日つまりアンドレが東京に着いた翌日は一時間の試験飛行に成功し、翌二十六日は岐阜県各務原《かかみがはら》から大阪経由で東京羽田まで飛んだ。この大阪—東京間の記録は五十九分だと記録されているけれど、もしこの数字が本当ならとんでもない航空技術だ。そして二十八日つまりアンドレと会った翌日には両名は東京―台北間を日帰り飛行する予定だった。結局それは止めて、立川飛行場―福岡雁ノ巣飛行場間を飛び、二時間二分の記録を作っている。

この記録を支える技術を、フランス側がどの程度摑んでいたのかは解らないが、「神風号」はルノー社が誇るシムーン機に劣らない性能を持っている、あるいは今後シムーン機を脅かす機種になるのではないかと、怯えていたかも知れない。もちろんこれは軍事的な興味でもある。

すでにシムーン機は何度も改良を重ねて、通信用だけでなく軍用機としても進化していた。すべてにおいて日本より先行していたのは確か。その後ドイツ戦線に使われる精鋭機にもなるわけだが、すでにこの時期、空域戦争は始まっていた。

となると、日本も自国の技術を極秘として伏せておかねばならない。一方フランス側は、「日本の奇蹟」について、知りたがって当然だ。

二人にとってアンドレから得られる情報は、アンドレが冒険飛行に失敗したとはいえ参考になることは多い。とりわけ給油地の状況や天候などは、安全な飛行に直結する情報だ。のちにこの欧州飛行に成功したとき、アンドレのアドバイスが大いに参考になったと二人は語っているのだから、それは間違いないし、アンドレも飛行家同士、立場を越えた感情を二人に抱いていたはずだ。

しかしそれ以上に、この会談ではフランス側も日本の「神風号」の実力について、情報を得たかったはず。この数日、東京朝日新聞をはじめメディアは、「神風号」の試験飛行の大成功を報じ、日本中が沸き立っていたのだから。

そんな背景の中で、アンドレは飯沼飛行士、塚越機関士と会った。そしてその場には、フランス大使館員のほかにロザッティ海軍武官とマスト陸軍武官、そしてもちろんあのブリエール航空武官も同席した。

「アア貴君が飯沼さん、随分若いですね、私も日本式に言うと三十三歳、まだ若いんですが……一体ロンドンまで何時間で行くつもりですか？」

とアンドレが問うと、

「さあそれは僕達にも解りません。方針としては夜間飛行は避けるつもりです」

飯沼飛行士は答えた。東京朝日新聞によると、ラジオは短波より中波の方が確かだと、アンドレは教えてくれたようだ。

日本側もまた、海軍航空本部大佐や陸軍航空本部の少将などが同席した。他にも航空局の技術課長や帝国飛行協会の中将らが同席している。飯沼、塚越両氏には、正直に答えられることとそうでない部分があっただろう。会談の後、東京朝日新聞の招待で築地の料亭新喜楽で宴席が持たれたが、その場もまた、華やかな探り合いが繰り広げられたに違いない。

三月三十日、東京駅を午前九時発の燕号で、アンドレは神戸に向かう。神戸を三十一日の早朝に出航する「ドゥメルグ号」で、仏領インドシナのサイゴンまで行き、そこから旅客機に乗り換えてパリに戻るためだ。

さて桐谷久美子だが、別府から福岡に戻って来て以来、日記には白紙か白紙に近い沈黙が続いていたけれど、三十一日のページには、およそ十日ぶりに気持ちを溢れさせている。それを読めば、帰国のルートとして、横浜ではなくあえて神戸から出航する船を選んだのはアンドレ自身であることが想像できるし、その理由も見えてくる。

13

一九三七年当時の神戸駅周辺が、どのようになっていたかだが、実は二十一世紀の今から想像する以上に、近代化されていた。

その数年前に鉄筋コンクリート造りの駅舎が完成したばかりで、駅の南側広場も整備され、四階建てのビルが散見された。もちろん、平屋や二階建ての木造民家がビルの間を埋めていたし、空を見上げれば蜘蛛の巣のように電線が走っていたけれど、太平洋戦争に入る前の神戸には、時代の最先端の技術と文化が目に見えるかたちで存在していた。

この近代都市には、すでに幾つもの異人館と呼ばれる建物が建っていた。外国人とりわけ貿易関係のヨーロッパ人やアメリカ人、もちろん中国人もだが、山の手を中心に、家族共々居住していた。満州では血生臭い戦闘が繰り広げられていたけれど、ここ神戸にはまだ、砲火の煙は届いていなかった。

太平洋戦争に突入したあとの、空襲で灰燼《かいじん》と化した神戸の風景ばかりが人々の記憶に焼き付いているけれど、それ以前は世界に豊かさを見せつける街だったのである。

汗ばむ額を夕陽に向けて、一歩一歩坂道を上がっていたのは桐谷久美子だ。その手にはメモが握りしめられている。坂道は想像した以上に長く険しかった。時々立ち止まり肩で息を整えた。

夕陽が真っ直ぐ目に入った。あの夕陽を追いかけ続けることは出来ないのに、自分はいま、それをやろうとしているのだ。不可能なことだと解っていながら、追いかける。やがて夕陽は落ちて、暗い闇に包まれてしまう。けれど今、目の前には強烈な輝きを放つ太陽が在る。そこに在るからには、ひたすらそれに向かって足を運ぶしかなかった。

二十分以上かけて、久美子はある家を探した。木造の二階建ての洋館だ。表札には「アドルフ・ポール」という名前が書かれているはず。その家はチョコレート色の窓枠とベージュ色の壁で出来ていて、周りの洋館の中でもとりわけ美しいと聞いていた。

アドルフ・ポールという家主はドイツ人だが、日本語が解る。彼が居れば、久美子が目指す場所を教えてくれるはずだった。けれど、留守の可能性もあった。そうなれば、久美子は目的の場所まで辿りつくことが出来ない。アドルフが戻ってくるまで、その家で待つしかなかった。

坂道からさらに高い場所に、チョコレート色の窓枠とベージュ色の壁の家が見つかった。確かにアドルフと表札が出ている。これで半分は目的地に着くことが出来た。全身から力が抜けそうになる。

久美子は自分を励まし、祈るような気持ちで門扉を押し開いた。アドルフに会えず、目指す場所に辿り着けなければ、すべてが終わってしまう。今夜一晩しか、時間が残されていないのだ。明日の早朝、アンドレは神戸港から船に乗る。東京から鉄道で神戸に到着するのは深夜になると聞いた。それからの数時間しか、与えられた時間は無い。

アドルフ・ポールは、しっかりした足取りで久美子の前に現れた。

「アドルフさんですか？」

彼が頷いたとき、煮詰まった気持ちがほどけて、蹲りそうになった。

フランス人は何人か知っている久美子だが、ドイツ人には一人も会ったことがなく、厳しく恐ろしいイメージしか持っていなかった。けれど目の前のアドルフは灰色に沈み込んだ穏やかな目をしていた。

久美子が差し出した紙切れを受け取ったアドルフは、ああ、と納得顔になる。久美子を哀れむような目で見て、それから奥の方へ声をかけた。家政婦の日本人女性を呼び出し、

「ドレウェル・ヴィラに、案内してあげなさい」

と日本語で言った。

ドレウェル・ヴィラ。汽車で神戸まで運ばれてくるあいだ、久美子はこの名前を祈りの言葉のように繰り返していた。繰り返してさえいれば、必ずその場所に辿り着けるような気がした。

久美子にとってはただ縋り付くだけのドレウェルという名前だが、彼はフランスの貿易商として大阪から神戸に移り住んだ人物。ドレウェル夫人によって神戸に建てられた家は大小二つ

あった。

その大きな方をドイツ人アドルフ・ポールが買い取り、小さなもう一つを夫人は隠れ家として残した。それがドレウェル・ヴィラだ。

ドレウェル夫人は大きな家に長く住むことなく世を去った。隠れ家の方は、夫人の係累の人間が住み続けているそうだが、まさに隠れ家なので表向きはアドルフ・ポールの所有とされていた。いつも扉を閉ざしているので、アドルフ・ポールの倉庫だと近所では思われていた。

ヴィラの管理人女性についても、アドルフ・ポールの愛人に違いないなどと囁かれたが、それも謎のまま残された。のちに戦争犯罪でアドルフ・ポールがナチズムの嫌疑に問われたとき、商人である彼は地元民の嘆願で疑いが晴れたが、ドレウェル・ヴィラについては、証言できる近隣の人間は居なかった。

アドルフ・ポールはそのとき、法廷で断言したと言う。

「あの小屋は、わが邸宅を建てたドレウェル夫人が残した小さなバラです。ドイツ人であっても、フランスのバラの美しさは理解できるのです」

案内の女性はカモシカのような小さなお尻を振りながら、無言で坂道を上っていく。チョコレート色とベージュ色の大きな家の背後に、隠れるように目的のヴィラがあった。カモシカ女性は鍵を開けて中に入ると、外見からの想像を裏切って低い濁声で久美子に言った。

「お待ちの方がお見えになるのは、深夜になります。それまでどうぞごゆっくりおくつろぎください。お食事やワインはキッチンに用意してありますので、お好きなときにお召し上がりください。何かございましたら、入り口にあります電話で私を呼び出してください。私に繋がるようになっております。ああ、それから、申し上げるまでもございませんが、お待ちの方以外の訪問は、入り口をお開けにならず、私に電話を頂きますよう、お願いいたします」

目を合わさずぼそぼそと呟くように言うカモシカ女の無表情に、久美子はわずかに戦慄のようなものを覚えた。ひたすら会いたいだけのアンドレ。けれどこのヴィラを用意出来たのは、アンドレの背後に久美子の知らない人たちが蠢いているということでもある。

「……ジャピー様のお車のお迎えは四時ちょうどでございます」

慇懃で丁寧な、感情を押し殺した彼女の声は質問の機会を封じていたので、久美子はただ、はいと頷くしかなかった。

白い応接セットと艶のある木製のテーブル、その上の丸い銀のお盆には名前の読めない洋酒のボトルとキラキラ光るグラスが二個載っている。光の源はと天井を見上げると、葡萄の葉と実を模したシャンデリアが下がっていて、久美子はその美しさに見とれた。応接セットの後ろに彫刻を施したアールの手摺りと階段があり、見上げるとベッドの端が見えた。

狭いけれどすべてが豪華な部屋の奥に小さなキッチンがあり、すぐ横のガラス扉の向こうがシャワールームになっている。入り口に金色の糸で刺繍が施された分厚いバスタオルが、重ねて置いてあった。

久美子は応接セットに身体を沈め、ようやくここに辿り着いた安堵と、離れ小島に流れ着いたような不安を同時に覚え、これからの数時間、それも朝四時までの限られた時間に自分の人生が決まってしまうのだと、壁の時計を睨んだ。しずかに滑るように、問答無用の確かさで秒針が動いている。

長時間の汽車の旅で汗をかいた身体を洗いたかった。久美子はシャワールームに入り、丁寧に自分の全身を洗う。目の前の鏡に映る身体に、高い窓から夕暮れの明るみが落ちて、胸を薄紫に染めた。シャボンの泡も同じ色に盛り上がっている。丁寧に丁寧に股間を洗うと、涙が盛り上がってきた。今夜、アンドレは自分を抱くだろうか。このまま生涯会えないかも知れず、であればいよいよ最後のイクスになる。多分、これが最後のイクスなのだ。涙がシャワーの湯に溶けて、足下に落ちていった。

それからキッチンに戻り、用意されていたサンドイッチを食べた。ソファーに戻り、アンドレは今どのあたりだろうかと想像した。京都まで来ているのか、それとももう大阪に着いている頃か。身体には汽車の音が染みこんでいた。ガタン、ガタンと鳴る重い音。やがて心音に重なり、瞼を開けていられなくなった。久美子は眠気に全身を委ねた。

ひそひそ声で目が覚めた。入り口の外で男と女の話し声がする。

飛び起きて時計を見ると十一時を過ぎていた。

慌てて立ち上がり目をこする。入り口の扉を開ける音の背後で、女が立ち去る足音。あのカモシカ女だろう。

しまった、化粧もきちんと整えていない。

扉に鍵が掛けられ、背の高い人影が居間に入ってきた。クリーム色のコート姿のアンドレだ。久美子は歩み寄ることも出来ず、ぼんやりと立っている。アンドレは見馴れた鞄を足下に落とし久美子に近づくと、久美子を包むように抱きしめた。一度身体を離し、久美子の顔を確かめ、もう一度前より強く腕に力を込める。アンドレは何か言ったけれど、久美子にはアンドレの息と体臭以外には何も伝わらず、けれどそれだけで充分にアンドレを感じることが出来た。

ああ、ここに今、アンドレの身体がある。その奇蹟のような瞬間を、ただ確かめ味わう。唇にキスされたけれどその数秒は息苦しいだけだったので、アンドレの首の窪みに顔を押しつけて深い呼吸を繰り返した。幸福のすべてがその窪みにあった。酔いに似た実感を手放したくなくて、お腹の底まで深く吸う。吸った息を吐きたくない。

「良かった、会えた」

アンドレは日本語で短く言った。

「良かった、会えた」

久美子も同じ言葉を返した。アンドレが発した日本語だから、アンドレにも倍の力で伝わった。アンドレはクリーム色のコートを脱ぐと久美子の頬を両手で持ち上げ、白い光をまぶすように唇を這わせた。

久美子は耐えている。幸福感に必死で耐えていなくては、この後の長い不幸に立ち向かえない。アンドレは久美子の瞼を左右順番に吸った。そうしなければ、溢れてくる涙が零れてしまうのだ。久美子は泣きながら笑った。アンドレの唇はまるで母親の乳を吸う赤子に似ていて、一滴もこぼさないように必死だったから。

ようやく両手を放してアンドレは言う。

「今は夜。でもすぐに朝が来ます」

時間が無いということか、それとももっと別の意味か解らず、久美子は言い返せない。愛している、と言ってもらう期待は壊されて、唐突に理屈をこねられた気がした。幼稚な日本語に思えてきた。威張って堂々と言われてみると、夜とか朝などという言葉は遠すぎて邪魔なのだ。

「わかる?」

久美子は首を横に振った。

「わかるですね?」

「わからない」

わからないけれど説明なんかして欲しくないのだ。

「ヘンな日本語だから? ブルトンが日本語を教えてくれた。もっと沢山話せる」

「話さなくていいです」

久美子はきっぱり言った。アンドレは途方にくれて身体を離した。

「日本語を話さないでください」

困って無表情になったアンドレを、久美子は強い眼差しで睨んだ。

「どうして」

「日本語を話さないで」

「もっと勉強する」

「しないでください」

「どうして」

その答えをアンドレに言っても、解ってもらえるはずが無かった。アンドレが日本語を上手に話せたなら、久美子の心はまるで蔦かずらでこの長身の男に縛り付けられる。その蔦かずらをもがきながら切り捨てるのは簡単ではない。締め付けられて死んでしまうかも知れない。しかも久美子には予感があった。どれほど縛り付ける力があっても、アンドレは日本人にはなれないし、この蔦かずらはフランスの強靭な植物なのだ。

このままならアンドレは異人のままだ。神戸の異人街に住んだ外国人のように、異人は異人のまま故国に戻って行く。それしか未来は無い。未来はたった一つなのだ。別れしかないのだ。

苦しさの元はアンドレの身体が残した性の感覚や匂いや手触りだけにしておきたかった。言葉が残されたなら、永遠に逃れられないだろう。その苦しさをアンドレは想像もせず、日本語で何かを伝えようとしていた。

「……何も解っていない。アンドレは私のことを何も解っていない」

その抗議を、久美子は行動で示した。着ているものを次々に脱いでいった。久美子の行動を無表情で見ているアンドレは、やがて困ったように目の周りを赤らめた。久美子がセックスを求めていると考えたのだ。アンドレは久美子の欲求に添おうと、セーターを脱ぎ始める。それを見た久美子は、少しだけアンドレに失望することに成功した。フランスの女は、限られた数時間を、セックスで埋めようとするのかも知れないが、日本の女はそんなことをしない。もっと大事な触れあいに身を沈めたいと考える。身体を可能な限りの面積で触れあわせ、体温を交流させ、短くてどうでも良い言葉を、けれど呼吸のように交わす。それは生きものとして一つになること。

こうした時の日本の女について、いや女全部の願望について、アンドレは何を知っているのだろう。置き去りにされれば、花であればゆっくり萎れるけれど、人であれば思い切り強引に花弁を引きちぎって散らす。力ずくで。それが出来る強さが自分にはある。久美子は肌着をすべて脱いだ背中と腰でそう考えた。

セックスでの接触なんて、わずかな面積でしかないのよと自分に言う。快楽の坂を駆け上がれば、それも終わるのです。快楽の記憶は残るけれどやがてきっと忘れるのだわ。頭で覚えていても身体が忘れていく。毎日食べて寝て、足を動かして歩き働くなかで、身体が思い出す回数は限られていく。きっと多分それは逃れられない真実。

だから久美子はセックスなんてしたくなかった。やがて忘れるのだと思えば、快楽など欲しく無い。けれどアンドレと決別するためにはイクスをするしか無い。それ以外この部屋で何をすれば良いのかしら。今夜ベッドの中で何をしようと、快楽なんて感じるはずがなかった。欲しいと思わなければ快楽など湧かないし、ましてこれが最後と思えば、甘い感覚が兆しても押しのけてくるものがある。アンドレの性器が奥深くに押し込まれれば、ただしんしんと悲しみが溢れてくるだろう。そんなイクスに失望し、アンドレも久美子に失望する。そうやって区切りをつける。そのために神戸に来たのだ。

それでもアンドレは男だから、自分の身体で最後の喜びを覚えるだろう。久美子は悲しみに濡れるだけでも、アンドレは全身を震わせて一瞬の愉悦を得ることが出来る。男だからそうなる。その愉悦は、久美子がアンドレに渡すことの出来る、今となればたった一つの餞別だ。

苦しさから逃れる細い道が見つかりそうな気がした。久美子は裸の背中をすっくと伸ばし、深く息を吸い込んだ。灰色の夜気が内側から身体を支える。

アンドレも全裸になり、久美子を抱き寄せた。やはりこんなに背が高かったのだと、あらためて確かめ、喉のところに額をこすりつけた。発情なんてしていないし快楽も欲しく無いけれど、たどたどしく心のこもった日本語を胸に埋め込まれるより、この方がマシだ。この感覚だってやがて忘れる、多分言葉よりこの感覚の方が早く消える。きっとそうだ。忘れる事が可能なものだけで、この数時間を埋め尽くさなくてはならない。自分への厳命。そうすれば明日からも生きていける。喉の下の鎖骨の上にも、久美子が呼吸できる窪みがあった。そこに溜まった空気はアンドレの体臭を集めて濃く甘い。久美子はたちまち酩酊した。

久美子はアンドレの手を引いて階段を上がる。コンプレックスがこびりついた太い脚、仕事がら猫背になってしまった背中も、もう恥ずかしくなかった。軽々とベッドに抱え上げられた。

こうしていつものイクスが始まり、最後のセレモニーが終わるのだと、久美子は白濁した絶望感に自分を包んで全身を投げ出した。あとはアンドレに任す。ここまで来れば迷いはなかった。けれどそうは行かなかった。予想しない事態が待っていた。アンドレの下半身はアンドレの意思を裏切るかのように、柔らかな肉の塊になったまま、胸部の波を伝えてくるだけだった。

アンドレは性器の代わりに、強い視線を久美子に注ぎ込む。

「出来ない」

怒ったような切ない声に、久美子はまた泣き出した。あれほど覚悟が出来ていたのに。

出来ない、とまたアンドレは言い重ねた。

「今度また、イクスをする……今は出来ないけれど次に必ず……ごめんなさい」

そのひと言の残酷さに、アンドレは気づいていなかった。久美子が求めたのに、応じることができない申し訳なさで顔を歪めている。求めに応じられないから謝っている。それは違うのだと、久美子は泣きながらアンドレの身体に抱き付いた。

「……次に必ず……ごめんなさい」

「次に?」

「次には必ず」

押しつぶされた身体の中で、悲しみというより行く手を遮られた苛立たしさの渦が、激しく巻き上げていた。

「どうしてそんな日本語を覚えたの? 次に、だなんて」

「大事な日本語」

口にして欲しくなかったひと言だ。けれどもう遅かった。次に、のひと言が胸の奥に真っ直ぐ落ち込んだ。久美子は黙ってアンドレの背中を撫でた。アンドレも萎えた身体を久美子にこすりつけ、首や胸に唇を這わせた。

一番困った成り行きだった。快楽は達成されず、ただ熱くたぎる水を、体の表面の苔が深々とした場所へと吸い取っていくだけで、きっと何十年先でも、この水は身体の底を流れ続けるだろう、不完全な焦慮とともに。

「忘れないために、これが……」

「なに?」

「忘れないから、これで……」

「日本語はダメ。アンドレの日本語はダメです。もう何も言ってはダメ」

アンドレはけれど久美子の懇願を無視して、ゆっくりと言い直した。

「忘れないために、これで良い、のです」

ああ、この人は、自分と同じだ。イクス以上のものを残そうとしているのだ。

久美子の企ては失敗した。アンドレはイクス以上のものを久美子に埋め込むことが出来た。久美子は受け取ってしまったのだ。それは花の棘に触れたような、ひりひりする希望と、その何十倍もの、焼けた原を素足で歩かねばならない苦痛を想像させた。

沈黙の数分とともに宇宙と世界とそのすべてが落ち着いてくると、アンドレの性器が固くなってきた。彼はそっと下半身を離した。長い溜息がアンドレを縛る。久美子はふと、アンドレが夜空を飛んでいるような気がした。あらゆる欲望を抑えて、目的の場所に辿り着く。久美子は意思だけで支えられた男の、大きく固く引き締まった身体を神々しいと感じ、それに触れていられる幸福を感じた。アンドレは世界中が認める冒険飛行家だったことを思い出し、もしかしたらこの身体にしがみついていれば、自分も空を飛べるかも知れないと夢想した。振り払われて落下しても良い。それが今夜であっても構いはしない。

アンドレが出発前の一夜を用意したのは、もう一度会って最後のイクスをしたいからだと久美子は考えていたし、そうであればラクだったのに、アンドレは久美子の想像を超えた高さで、人生を飛行しているらしかった。長い人生のわずかな時間でも、自分はそんな男と触れあえたのだと久美子は考えた。思いがけなく崇高で穏やかな心地が全身に溢れた。次、が無くても、自分は前を向き姿勢良く歩いて行けるだろう。

限られた時間がゆっくりとだが確実に目減りしていき、ついにその時が来た。長いキスをして、二人は衣服を身につける。アンドレがクリーム色のコートを着れば、もう自分にキスをしないだろうと考えたので、丸首のセーターを被り終えたとき、久美子は大声でアンドレと叫んで抱きついた。目を閉じ、数秒間一緒に空を飛んだ。唇と頬を重ね、むさぼり合い、それから最後に頬の感触を味わい、一秒を永遠の記憶に出来たので、安心して身体を離した。

「次に……」

というアンドレの声を手で塞いだ。それを受け止めるかどうかの自由は、自分にあるのだとアンドレに解ってもらうために、そしてそのひと言の鋭く持続する力に気づいてもらうために、久美子は、次に、の言葉をアンドレの身体の奥に押し戻した。

迎えの車に久美子は手を引かれて乗り込んだ。ヴィラの玄関で別れるつもりだったのに、久美子はハンドバッグも持たないまま車に押し込まれる。

埠頭まではわずかな時間で着いた。暗い紫色の湿気が低く溜まる路面を、白いライトが搔き分けて進み、気が付くと目の前に波が光っている。波の光は、ビルのように海岸に立ち上がった客船から長い帯となって伸びてきて、ちりぢりに揺らめいていた。

車は乗船客が集まる場所から離れて停まった。運転手は無言でトランクからアンドレの荷物を出して運んで行く。アンドレは座席から動かず、運転手の背中を見ている。その様子から乗船時間が迫っているのが判った。

ボンボヤージと、久美子はようやく言った。カタカナを並べたようなヘンなフランス語だが、アンドレの日本語よりマシだろう。ボの発音が子供じみてかわいいと思う。幼い子供になったような気分で、数回ボンボヤージと言った。早く行ってください。みんな船に上って行きますよ。乗り遅れますよ。

波は静かに見えた。久美子の心も穏やかだ。下半身の熱さがときどきぶり返し、胸のあたりまで押し寄せるけれど、全身を揺さぶるほどではない。それどころか、アンドレが早く自分から離れてくれれば、この車の窓をあけて、ひんやりとした空気を吸うことが出来るのにと、その清涼感を想像する。次に……それはやはり無い。これで終わり。終わりを受け入れる。受け入れられないけれど、受け入れる。出来ないことがあるものか。

けれど一瞬の油断で、何か獰猛なものが身体を駆け上ってきた。吐き出すために久美子は声をあげた。顔を両手で覆い、シートの上にこれ以上何も零さないように、全身を固く締め付けた。

アンドレが久美子の上半身を抱いてくれた。残酷な両手だが、今はそれが必要だった。その手がきつく締め付けてくれないと、震えが止まらない。

アンドレが久美子の身体を残して、車のドアを開いた。久美子も反対側のドアを開こうと手を伸ばしたけれど、アンドレがそれをさせなかった。このままここに居るようにと、久美子の身体をシートに押しつける。

アンドレの手が久美子から離れ、ドアが開き、そして閉じられた。迷いの無い姿勢で、真っ直ぐ船に向かって歩いていくアンドレ。車から船の乗り場までかなり距離がある。ゆっくりとアンドレは去って行き、やがて一本の釘のように細くなった。細い釘はぼうと明るんだあたりで荷物を受け取り、待っていた誰かと話し、そして今度は糸くずのようになって乗船客らしい塊の中に消えた。

それから間もなく、船が岸壁から離れた。汽笛は鳴らず、かすかに白んできた海に向かっての重々しく静かな船出だった。

それを確かめた久美子は、もう良いだろう、すべてが終わったのだから外に出ることが許されるだろうと、車から出て真っ直ぐ立った。アンドレが甲板に居るなら、岸壁の外れにぽつんと停車した車の傍に、人影が立っているのに気付くはずだ。

久美子は両手を振った。アンドレがどんなに優れた視力を持っていても見える可能性が無くなるまで、手を振り続けた。両手が疲れ、全身がぐったりと弱り切った。もう手を振ることも立っていることも出来なくなって、車に寄りかかる。出来ることはすべてやった。船はしばらく行ってから、ボウボウと二度汽笛を鳴らした。

そのとき、久美子に向かって男の影が近づいてきた。アンドレの細い身体に較べて丸くがっしりしている。運転手が戻ってきたのかと思ったが違った。

すこしだけ薄まった闇のなかに姿を現したのは、ブルトンだった。久美子は見られてはならない姿を見つかったような怯えで固くなった。けれど灰色の夜明けの中でブルトンは、実直な執事が主人の命令に従うような、穏やかで使命感に満ちた眼差しを久美子に向ける。

「……安心してください。私はあなたの味方です。アンドレ・ジャピーの味方です。あなたの力になります」

味方の意味が判らないまま、それでも久美子は夜空の星の一つが、自分に細々と光を注いでくれているような安堵を覚えた。

ブルトンの背後に、運転手が立っていた。海霧が毛羽立つような勢いで、彼らの背後から迫ってきた。

14

三月三十一日の久美子の日記には、最後に一行、意味不明な言葉が記されている。

「夜明けが私を攫《さら》っていく」

さてと。

このまま物語を閉じれば、戦前のある時期、一人の野心に満ちたフランス人冒険飛行家が起こした墜落事故と、その看護に関わった日本女性との、反社会的な秘めたる恋、それも謎多き悲恋として終わることになる。

悲恋かどうかも含めて、桐谷久美子にとっての恋愛にまつわる謎の一つ一つは、解かれるべきだろうか。解く意味があるのだろうか。そもそも解くことが可能なのか。この場合、桐谷久美子というより彼女の恋心に同化した里山あやめにとっての謎なのだが。

たとえば、ときに地面から生え出るように仁王立ちするニワトリだが、あまり優雅とは言えないこの鳥はなぜ懐中時計の裏蓋に象眼されているのか。精巧なる仕掛けの目玉をもつ番兵のように、裏蓋に貼り付いて居るのも謎だし、久美子の日記に記されて居るニワトリ、つまり別府の研究所から散歩と称して出かけた裏山で、情事のさなかにトコトコ現れたことやそれを見たアンドレの反応、久美子の同僚だった老女が残した箱にニワトリのシールが貼り付けてあることも確かに奇妙ではあるけれど、それらは全くの偶然かも知れず、何の意味も無い可能性だってあるわけだし、ニワトリよりもっと因果濃く彼らの人生を繋いでいる何かを、見落としていないとも限らない。ニワトリなんて何処にでも現れる身近なものであり、およそ恋愛や情事に登場するには不似合いなだけに、久美子の視線が捕まってしまっただけなのかも知れず、であれば謎などと大げさに持ち上げる必要などなく、ただの偶然、事象でしかないとも考えられる。この世に起きるありとあらゆる事象は、どの方向から見るかで多様多彩、時には白が黒に、またその逆にも見えるものであり、物語に出現したニワトリも、それを見つけた登場人物がどんな反応を示したか、それこそが謎であり、解かれる価値がありそうに思える。さらに言えば、同じ事象を認めても、それが謎めいて感じられる人間と流れの表面に浮かぶうたかたあるいはせいぜい一枚の枯れ葉でしかないと、見過ごしてしまう人間がいる。見過ごしてしまう人間が、真実を摑まえる能力が無いとは決して言えず、そうなると謎が存在するか否かもまた、どの立場の誰の目で見るかにかかっているわけだ。

一人の人間が、ふとしたことで前の日とは真反対の感情を持つ。その感情が一瞬の追憶や妄想でさらに変化したり、突然我に返り最初の気持ちに戻ったりと、人間なら体内に流動し蠢くモザイクを抱えているという事実も見逃すことが出来ない。ニワトリの謎が解けたとて、それで何か解るというものでもない。そもそもニワトリの謎などどこにも存在しないかも知れないのだ。すべては遠い過去に起きた遠い血筋の恋愛感情に寄り添う里山あやめが、記憶のボードにピンで留めただけのことかも知れない。いやいや、そうさせたのは誰か。

この物語の最初のページに戻ってみよう。初老の男つまり鉢嶺一良と、実際にはそんなに若くもないが若く見える女性里山あやめが、パリからの夜間飛行便で空を飛んでいる。

この二人が座席側のシェードを少しだけ持ち上げて、やがては夜明けへと向かう闇の天空を見ている。

こうした場面を体験した人なら、上下や前後の方向軸が溶けてしまい、地上を移動しているのとは全く別の流動感、漂泊する一つの粒子になったような感覚を思い出すことが出来るはずだ。

そして一良とあやめもそのとき、右半分が宇宙に溶けてしまった月と、その半月が七つの星からなるオライオンの肩から離れて西に去っていく光景を目にした。

もちろんその天体ショーを見ている二人は、同じ感慨を抱えているわけではない。その場面に向かってこれから物語を進めて行くわけだが、これまでの物語つまりアンドレ・ジャピーと桐谷久美子のあり得ないような、けれど確かにあったことが日記などの記録で証明された男女の関係をめぐり、フランスに出向くほど深入りしてしまった一良とあやめの寄り添い方ではあるものの、何か統一された感情や感慨つまり恋愛への認識など、この天体ショーを見ながら二人が同時に溜息をついたにしても、決して存在しないということだ。人間はそんな風に、同一には創られていないのだから。

月やオライオンの七つ星を、天空の平面に置いて眺めるしかないのが人間の限界である。地球からほんの少し離れてこれらを見れば、いずれも恐ろしく無縁な星同士、宇宙の塵があちこちに離れて存在しているだけのことで、それでも人間がなにがしかの物語を紡ぐのを良しとするなら、物語が必要とされるなら、ギリシャ神話の勇士オライオンの右肩から斜めに切り進む半欠けの月に心を深々と波立たせ、それを言い表すだけの言葉こそ持たない未熟な人間同士ではあるけれど、これまで味わったことがない新鮮な啓示のようなもの、あるいは自らの生命の根本を貫くもの、それらを仮想の勇士オライオンと呼応させ、祈りとまでは言えないけれど、祈りによく似た清浄な感情に驚き震える人間を、描くしかないのだ。そこでもしも二人に共通の溜息が湧いたなら、あまりに非力で塵以下の、まさに極小でばらばらの人間が、それでも宇宙に対抗し時間に逆らい、想念で勝利した姿と言ってよいのではないだろうか。

人間は必死に誠実に生きている限り、より良い方向へ飛翔する。より良い場所に着地する。なぜならオライオンが味方してくれるから。オライオンが、彼らの溜息に耳を傾けてくれるから。

本当かと問うなかれ。本当なのだ。

アンドレ・ジャピーと桐谷久美子、そして彼らとは無縁でいることが出来たはずなのにそうはしなかった里山あやめと鉢嶺一良の話を、前に進めることにする。


それはルッコラが休みの日で、あやめは豆柴の散歩をいつもよりゆっくり目に終え、ほらね、今日も世界は平和でした、こうやってまた明日が来て、あんたもうちも毎日少しずつ年取っていくのよ、などと呟きながらドッグフードを与えると、それが愉しい気分とは遠いことに豆柴も気づいたらしく、餌をもらっても嬉しそうにせず、ドッグフードを鼻先であしらいながら食べ始めたので、あやめはやれやれと力の抜けた身体で部屋に戻った。

自分に仏頂面を作っていると、見えない誰かが一喝するように、あやめのケータイが鳴った。

「失礼ですが、そちらは里山あやめさんでしょうか」

あやめはその声に記憶が無かったので、用心しながら、はい、と答える。

「そうですか、良かった。貴女が祖母の施設を訪ねてこられたときの訪問者の記録に、この電話番号があったので……覚えておられるかどうかと思いながら」

声の主に思い当たったあやめは、覚えています、と即座に答えていた。

「島地ツヤ子さんの」

「ええ、島地皮膚科の島地康夫です。二週間前に祖母が亡くなりましてね」

「そうですか」

島地院長の声も、それを聞いたあやめの声も、揺らぎ無く落ち着いている。施設を訪ねたとき、すでに命の炎は吹き消えてしまいそうに危うかった。あのとき逢いに行っておいて良かったと、その瞬間、安堵がやってきた。

「お亡くなりになりましたか……私がお会いしたときはまだ……」

「九十六歳でしたし、眠るように逝きました。その節は見舞ってくださってありがとうございました」

こういう場合の儀礼上の言葉をあやめは知らない。ただ、そうですかと反応し、ケータイを持ったまま少し頭を下げた。世間の人たちは、ご愁傷様、とか言うのだろうが、上手く口から出てこない。

「……あやめさんがお見えになったとき、あやめさんのお祖母様でしたっけ、桐谷久美子さんのことを調べていると仰った」

「はい、桐谷久美子は祖母ではなく、祖父の姉ですけど」

「あのとき、島地ツヤ子が長年持っていた箱をお渡ししましたね」

「はい」

返してくれと言われるのかとあやめは身構える。

た。

「そうです。でもツヤ子さんのお手紙類は入っていませんでした」

ツヤ子の思い出の品なら返さなくてはならないが、あのとき院長はあっさりと渡してくれた。

「……先日のあの箱は、島地家とは関係ない、たまたま祖母が預かっていただけの物だと思っていました。ご子孫の貴女にお返しできて良かった。けれど今回、全く別に久美子さんに関係がありそうな物が出てきましてね……我が家は曹洞宗で、お寺に位牌堂というものがありますですが。お寺が預かって供養する各檀家の仏壇みたいなものですが、その位牌堂を掃除していて見つかったのです……」

「桐谷久美子の手紙ですか？」

ニワトリの箱には、ツヤ子との交流を示すものは全く入っておらず、ツヤ子が自分へ来た手紙を選り分けて、別に持っていたとしても不思議ではない。

「いえそれが、久美子さんからの手紙ではありませんで……自宅から離れた菩提寺の位牌堂に、わざわざ置いているのはよほどのことだろうと思い、遺言だろうかと家族が揃ったところで開封したのですが」

「手紙でないとすると？」

「手紙は手紙なのですが……ブルトンというフランス人が祖母に寄越したものです。祖母が出した手紙は当然先方にあるのでしょうが、いずれにしてもすごく昔に、祖母が位牌堂の仏具の底に入れたのだと思います……そして本人も入れたことを忘れてしまった」

「……ブルトン」

あの宣教師だ。久美子の日記でも神戸港でアンドレを見送ったあと、久美子の前に忽然と現れた。

「……祖母は長く認知症を患ったあと天寿を全うしたことですし、どんな気持ちでこれらの手紙を位牌堂に入れたのか……入れた時期も解らないし、詮索して欲しくない事柄かも知れないと考えて、四十九日の法要の時に他の物と併せて処分しようと一旦は家族で決めたのですが……地元の大学でフランス文学の教鞭を執っている私の妹が、持ち帰って何度も読み返してみると、祖母がわざわざ位牌堂に入れたのにはそれなりの理由があり、これを勝手に処分することは出来ないと言いだしましてね」

「……それなりの理由、とは」

「あの世に持って行くつもりで、位牌堂に入れていたのです」

それはそうかも知れない、とあやめも想像出来た。位牌堂というものをあやめは知らないけれど、家の仏壇と違い、来世に一番近い場所だろう。ニワトリの箱は、誰かの目に触れることがあるかも知れないけれど、位牌堂なら自分の死後だけを考えてのこと。

「……ブルトンという名前は、桐谷久美子の日記にもたびたび出てきます。ブルトンの手紙には、久美子のことが書かれているわけですね」

「そうなんです。それで、どうにかしてあなたに連絡したくて……施設に訪問者の記録があって良かった……ブルトンという人についても、あなたの方が詳しいのではありませんか？　私は箱の中身をきちんと読んでいませんので……」

「はい、久美子の日記に何度か出てきます。島地ツヤ子さんが九大で看護婦をなさっていたころ、つまりアンドレ・ジャピーというフランス人が九州帝国大学病院に入院していたころですが、福岡市内の教会で宣教師をなさっていました。日本語が出来て、通訳などもされていたようです。私も知らなかったのですが、そのころ福岡だけでなく九州各地にフランス人宣教師が居たようです」

それ以上のことは伝えようがない。良く知らないのだ。久美子の日記にも、通り一ぺんのことしか書かれていない。

「……妹に読んでみるように言われて、私もブルトンの手紙を読みました。少々ヘンな日本語ですが、しっかりと気持ちの伝わる手紙です。ブルトンがフランスへ帰国したあとも、パリから来ていましてね、福岡の教会経由で、祖母が受け取っていたようです。確かに妹が言うように、このまま処分してはならないと思いました。島地家や祖母だけのことではありませんので」

あやめは思い切って言った。

「……そのブルトンからの手紙、送ってもらえませんか。すぐにコピーしてお返しします」

久美子だけでなく、後輩の島地ツヤ子にまで、ブルトンは触手を伸ばしていたのかと、あやめは不穏な心地になる。ほらごらん、あの当時日本に来ていた外人は、みんなスパイだったんだよと、鉢嶺一良なら言うだろう。それとも、ブルトンとツヤ子の新たな男女問題の発覚か。

けれどそれなら、ツヤ子の遺族は死者のために見ないふりで処分するだろう。あの世に持って行く、というよりツヤ子は、自分の死後に誰かの目にとまることを望んだのかも知れないと、あやめの想像は二転三転した。

「……それが、郵送するのはちょっと無理なんです。お会いしてお渡しすることなら出来ますが」

島地院長は口ごもる。

「判りました」

とあやめはとりあえず返事し、怪訝な気持ちのまま、島地皮膚科を訪ねる約束をした。

島地皮膚科の場所は一度訪ねているので迷わず行き着くことが出来た。医院が昼休みであやめがスフレケーキを焼いた後の、一時ちょうどが約束の時間。

医院の扉を開くと、リノリウムの床の端がめくれているのが見えた。

院長から電話を貰ったことはすぐに一良に伝えたが、ほらごらん、というものしたり顔の声は届かず、うーん何だろう、と言葉少なに考え込んでいたので、あやめは余計不安にかられた。確かにアンドレと久美子の関係にはかなり深入りしてはいるけれど、島地ツヤ子の存在は一九三六年当時を振り返るとき、全く影が薄かった、というよりほとんど無かった。何らかの事情で、久美子はアンドレとの思い出を閉じ込めたニワトリの箱をツヤ子に預け、ツヤ子も友情からそれを大事に保管していた、という以上のことは想像出来なかった。

一良はあやめに言った。多分、ツヤ子さんにも何か秘密があるんだな。親しい後輩というだけで、久美子さんはニワトリの箱をそっくり渡すだろうか。いつどのような目的で、久美子さんが大事なアンドレ・ジャピーとの記録をツヤ子さんに渡したのかは判らないが、これは絶対に公にはできない秘密なんだし、それも戦争へ突入していく時期の秘密であるし、うん、何だろう、などとぶつぶつ呟いた。

そのツヤ子さんがブルトンと繋がっていたのよ、とあやめが言うと、そうだな、桐谷久美子と島地ツヤ子は、同じ看護婦同士の友情で結ばれた仲、というだけでは無かったかも知れないな、と電話の向こうで気弱に言うのがうとましく、あやめも気分が落ち込んだ。いつもはアンドレ悪人説であやめを不愉快にさせる一良だが、急に慎重になってしまったのだ。あやめは、一良が想像している範囲が自分の想像より広いことを感じるし、老いた獣が何かをじっと見詰めているのは判るけれど、その何かが自分にはまるで見えない苛立ちがあった。島地皮膚科から戻ってきたらまた連絡する、ととりあえず言って電話を切った。あやめが恋愛の切なさを言いつのれば一良はあやめを嗤いスパイ説を言いつのる。あやめは何てロマンの無い男かと軽蔑し、一良もあやめをいい歳をして夢見る少女だと馬鹿にする。それで成り立っていたのに、島地康夫からの電話は、二人のこの緊張関係を壊し、腹立たしいけれど痛快でもあったやり取りを、すっかり失わせてしまった。大きなニュースがテレビに映し出されると、それまでの言い争いが消えてニュースに吸い込まれてしまうけれど、釈然としない気分だけは残っている、あの感じだ。

出て来た島地院長の顔は、前のときより老けて見えた。頭の毛もこんなに薄かったかしら。穏やかな気配を作りながらも、あやめを窺う目は真剣だ。

「こちらへどうぞ」

診察室を通り越して奥に通された。そこには仏壇があり、白い骨箱と老女の写真がある。けれどあやめが施設で会った老女とは別人のようにしっかりした顔付きだ。久美子と一緒にアンドレに付き添っていた写真とはもっとかけ離れていた。

あやめはとりあえず焼香を済ませた。白い箱は母親を思い出させる。母の遺影はもっと若い。わざわざすみませんねと院長は言った。訳もわからず緊張するあやめをあらためて観察し、それからひとつ溜息をついた。あやめの身体を固くさせる溜息だ。

「これなんです」

と仏壇の引き出しから大きめの紙袋を取り出してあやめの前に置いた。あやめが手にとり、中身を確かめると、何通かの封筒と四角い小箱が出てきた。横長の封筒は、国際郵便を想像させた。差出人のサインはすべてブルトンだ。

三センチ四方の小箱を手に取るとき、院長は小さく、あ、と声を出した。

「底が壊れていたので、セロテープを貼っています」

「すみません」

と言い終えた瞬間、あやめの方が息をのんだ。箱の蓋に小さく、「桐谷久美子享年五十五歳」と書かれてある。

「これは」

「そっと開けてみてください」

小箱の角にセロテープが貼ってある部分を指で押さえて、右手でゆっくりと蓋を取ると、珊瑚礁の欠片のようなものが一個入っていた。

「……おそらく久美子さんの遺骨だと思います。医者としての想像で申し上げれば、火葬されたあとの、喉仏の半分でしょう。郵送出来なかったのは、これが入っていたからです」

「ブルトンからの手紙と一緒に入っていたということは……ブルトンの手紙の中に桐谷久美子の遺骨が入っていた、ということでしょうか」

あやめの頭は混乱して筋道が立たなくなっていた。久美子は戦後も看護婦として働き、弟つまりあやめの祖父を大学まで行かせたと聞いている。けれど桐谷家とはずっと昔に、おそらく祖父の時代に絶縁していて、久美子が養女に出された先、という以上の情報は無かった。久美子の墓がどこにあるのかも、聞いたことがない。

「いいえ、ブルトンの手紙と一緒にこの小箱が祖母に届いたわけではないと思います。というのも、消印などを頼りに時系列にそって手紙を読んでみたのですが、最後の手紙は一九四六年、戦後一年目にフランスから届いていますから、久美子さんの没年よりずっと前です。もちろん確実ではありません。その後、つまり久美子さんが亡くなったあと、この遺骨と一緒に手紙が来たのかも知れない。その手紙を祖母が処分した可能性はあります。あくまで可能性があるだけです。祖母がブルトンの手紙と一緒に、久美子さんの遺骨を入れておいた理由は、ブルトンの手紙から想像するしかありませんね。いずれにしても、これは久美子さんのご子孫であるあなたにお渡しするべきだろうと、妹とも相談して決めたというわけで」

あやめは小箱をテーブルに戻し、この小さな骨が久美子のものなら、たしかに自分が引き受けるべきだと思った。ツヤ子は、自分の死と共にあの世に持って行くつもりだったのかも知れないが、こうしてここに久美子の骨がある以上、他の人に処分させるわけには行かない。久美子を追い求めていたあやめの前に、久美子の方から突然姿を現わしたのだ。

「わかりました。ブルトンの手紙とこの箱、私が頂いて行きます」

そう口にしたとたん、身体の中にすがすがしい喜びが湧いた。喜びとともに覚悟が定まった。何の覚悟かははっきりしない。強いて言えば久美子とともに生きる覚悟のようなもの。課せられた運命を真正面から引き受けようと、荒々しい高揚が迫り上がってくる。あやめは背筋を伸ばした。島地院長も、丸めていた両肩を開いて大きく息を吸い込んだ。

「ブルトンの手紙は、妹の考えもあり、一応コピーを取りました。これは妹の名刺です。あなたに渡して欲しいと頼まれた。何かお役に立てることがあるならと言ってました。妹は二十代のころソルボンヌに留学していましたからフランスには知り合いも多いようです。ブルトンの手紙に非常に気持ちを動かされていましてね、あなたにも逢いたがっていましたが、ここ数日学会で福岡に居ませんので、また別の機会に逢ってやってください」

「……もちろんです、ありがとうございます」

いまここでブルトンの手紙を開く余裕は無かった。待合室に患者の気配がある。あやめは紙袋を大事にトートバッグに仕舞い、立ち上がった。来たときの心細さが消えていた。久美子がバッグの中にいる。そのバッグを抱えているのだから百人力だ。

あやめは一良と一緒に、ブルトンの手紙を読んだ。全部で三通。横書きの日本語は、あちこち文章が不正確だが、誠実な力強さが感じられる。時系列にそって重ねられているので、上から順に読めば良かった。最初の手紙の前に、すでに二人には文通があったことが判る。

「ツヤ子さん。その後の久美子さんとの連絡はどうですか。私たちも努力していますが全く連絡がつかないので困っています。さぞ絶望しているはずです。それは大変に胸が痛みます。

時計を久美子さんに渡してくれましたか？　受け取ってくれないのではと心配していますが、ツヤ子さんからであれば受け取ってくれると信じます。あの時計は大変大事です。必ず渡してください。今は役に立たないけれどこの戦争が終わったときにはとても大事になります。この方法しか無かったことを理解してください。アンドレ・ジャピーもそれを強く希望しています。

アドルフ・ポールさんとツヤ子さんのおかげで、美しい女の子が産まれたことを、神様に感謝しましょう。そして併せて、この件では神様の許しを請う必要もあります。私は祈りました。今も毎日、許しを請うために祈っています。

こうしなくては、久美子さんは生きていけない。久美子さんが生きていけなければ、あの子も死んでしまう。

私たちのこの心配を、久美子さんに納得してもらうのは、ツヤ子さんの役目だと考えました。ツヤ子さんでなければ出来ない。出産まで付き合いお腹の中の赤ちゃんを久美子さんと一緒に育てたのはツヤ子さんだから、あなたのやったことを今はどれほど恨んでも、いずれは久美子さんも解るはずです。

この前の手紙にも書きましたが、アドルフ・ポールさんの友人である医師は、大変善良な人間で、産まれたばかりの赤ん坊の世話も充分できます。奥さんは子供が三人います。今はインド洋の上を四人目の子供を大事に抱えて、マルセイユに向かって平和な旅をしているはずです。そしてクリスマスまでには赤ん坊はアンドレ・ジャピーに逢うことができます。すでにもう、名前もあります。神戸のあの花のような部屋で産まれたのでフローランスという名前です。とても美しいです。そしてその名前はアンドレにとっても良い名前で、一七五〇年から始まったジャピー家の歴史の中でも、特別に親しまれた夫人の名前です。

けれどこのところ、日本はどうですか？　私は福岡の教会で毎日恐ろしい気持ちです。満州では砂埃を噴き上げて闘いが始まりました。カントウグンという名前を毎日新聞で見ます。荒々しい空気が日本のどこにも流れています。教会で神の仕事をしている私でも、白い顔と青い目のせいですか、赤黒い目で睨まれます。教会に来る人でも、大きな棒に叩かれたように絶望した笑顔の無い顔です。絶望の顔で無ければ、血走った勢いで大きい声で何かを言う、耳を持たない人たちが、急に増えている気がします。

久美子さんがいまどこに居るのか、ツヤ子さんは知らないそうですが、本当はきっと知っていますね。病気だと聞きましたが、どんな病気ですか？　心が病気なのでしょうか。アンドレはとても心配しています。

久美子さんが神戸の『花の家』から姿を消したとアドルフ・ポールさんが知らせてきたとき、一番恐ろしかったのは自殺でした。産まれて数日の、小さなほかほかの、卵のような蕾が盗まれた。いえ、盗まれたのではなく安全な場所に移されたのですが、久美子さんは狂ってしまって自殺を考えるかも知れないと想像しました。だからポール家の人間が神戸港の水際を毎日捜索しました。自殺するとしたらアンドレ・ジャピーの船が日本を離れたあの岸壁だろうと、誰もがイヤな想像をしたからです。私はあの岸壁で、アンドレ・ジャピーの船を見送った久美子さんと逢っています。まだ赤ん坊が出来たことは、久美子さん自身も知らなかったです。

フローランスが産まれるまでは、私やアドルフ・ポールさんたちみんなを、久美子さんは信じて頼っていた。もちろんツヤ子さんに対しても。赤ん坊がお腹の中にいると判ったとき、彼女の家の人や九州帝国大学医学部の人には言えなくても、私たちには話してくれて、祝福を受けてくれた。アンドレの祝福や喜びも、伝えることが出来た。それが赤ん坊を突然失って、周りの人間すべてへの信頼が消えた。だから『花の家』からの久美子さんの失踪は深刻だった。とことん孤独になったのだから、真っ先に自殺が想像されました。

だからあのあと、久美子さんが生きているとあなたから連絡を貰ったときは、感謝と安堵で胸が一杯になった。けれどそれもつかの間で、ツヤ子さんの前からも姿を消してしまった。二度目の衝撃です。

一番信じていた、ただ一人の味方であったツヤ子さんが赤ん坊を連れ去った張本人だったと判ったのだから、久美子さんの気持ちも良く想像できる。

アンドレ・ジャピーの衝撃も大きかった。彼は最初、母親と娘が一緒に船に乗ることを希望していました。けれど彼は現実的なことが抜け落ちていて、実際の厳しさが理解出来ていません。赤ん坊一人なら夫婦が産んだ子として出国する方法もあるけれど（医者などの協力が必要でした。アドルフ・ポールさんの力が無くては無理でした）日本女性を密かに出国させるのは危険が大きすぎます。それに何より、久美子さん自身がフランスに渡ることをためらった。弟さんが心配だそうで、弟さんが一人前になってからでないと、日本を出ることが出来ないと言った。弟さんのために桐谷家に養女に出たのだとも言っていました。久美子さんの心理は私どもには理解出来ないですが、アンドレ・ジャピーへの愛情とは別に、強い鎖で日本に縛られています。

そうなるとやはり、方法は一つしか残されていなかった。これから日本がどんな状況になり混乱を深めていくのかが解っていたからです。二人を失うか一人だけでも救出するかの判断をしました。

人間として許せないことを、ツヤ子さんに頼んだのは私だ。あなたに久美子さんとの友情を裏切らせてしまった。大変辛いことをさせたけれど、二人を生かすにはこれしか無かった。あなたは理解してくれた。やがて戦争が終わり、すべての混乱が去ったとき、久美子さんとフローランスとアンドレ・ジャピーと、三人が元気で再会出来たなら、久美子さんもあなたのやったことを理解し感謝する。私は今も、そう信じている。

久美子さんの妊娠が解ったとき、九州帝国大学医学部の人たちがどんな態度をとったか。私が知る限り、積極的に引き受けて保護することはしなかった。社会の目は厳しく、新聞などに余計な追及をされたくないし、久美子さんの妊娠は隠した方が賢明だった。フランスの飛行家の墜落事件は、医学部にとってプラスの宣伝にはなるけれど、マイナスの出来事を社会にさらすことはしたくない。とても良質な想像をすれば、見て見ぬふりをするのが、久美子さんと赤ん坊にとっては良いことで、世界的に有名な飛行家のためでもあると、思いやりを働かせたのかも知れない。冷たい思いやりだ。一人の看護婦の姿が消えても困らない。ほっとしたかも知れない。

久美子さんは大学にとってスキャンダルだということを、あなたは感じていたし、アンドレ・ジャピーを精一杯治療した医者たちも、この先、戦火の風が強まれば人道主義を後退させざるを得なくなっていくのが目に見えていたはず。あんな夢のような美しい時間は終わった。産まれてきた子供はきっと酷い差別を受けるだろうし、母親と子供がこの状況の中で生きて行くことは無理だという想像も、あなたを突き動かしたのだと想像しています。だから久美子さんを神戸に隠す協力をしてくださった。

そしてそれは正しい協力でした。どんなに善意の人たちであっても、これから久美子さんと子供に降りかかる困難を取り除くことは出来ない。だから遠くの善のために目の前の悪を為してくださった。二人が日本の混乱の中で行方不明になるという悲劇が起きる前に、日本から子供だけでも連れ出したのは正しい決意でした。

ただ、私は今、自分の手をじっと見て、これで本当に良かったのかと考えます。あなたもきっと同じでしょう。

こうした判断を久美子さんが心から受け入れ、未来への生きる希望にして欲しいという願いは、明らかに失敗しました。その説得をツヤ子さんに頼んだのも、間違っていた。

久美子さんから見て、あのような非道なことをやってのけた友人に、耳を貸すことが出来る『母親』が居るでしょうか。タイタニック号が沈没するとき、母親は抱いていた赤ん坊を海に投げたそうです。わずかな望みに賭けた。けれど赤ん坊を産んだばかりの久美子さんにとっては、赤ん坊だけがたった一つの希望だった。その深刻さを、私たちが充分に想像できるかと言えば、無理だろうし、あなたの説得も力が及ばなくて当然だとも考えます。

だから私は今、ツヤ子さんに謝り、お願いしているのです。

あなたが久美子さんの信頼を取り戻すことが第一で、その次は、私への信頼を取り戻して欲しい。

もう一度あなたに訊ねます。

久美子さんはお元気ですか？　居場所を知っていたら、教えてください。あるいは、私の方に連絡するように、伝えてください。

この手紙に、『神の名において』というひと言は付けません。神の許しもまだ得てはいません。けれど、それに近い気持ちで、書いていることは解ってください。

ブルトン」

夜になってもあやめはブルトンの手紙が脳裏にちらついて眠れなかった。不眠症の経験が無かっただけに、とんでもない不幸を抱え込んだ気がした。眠れない苦しみがこんなにエンドレスの妄想を生み出し、自分が生み出した妄想が次々に襲いかかってくるとは。

ブルトンの手紙はこれまでの自分の限界を嘲笑うように暗い夜空に広がり、その中にぽつんと久美子が浮いて漂い、その久美子はやがて小さな骨片になり、それでも消えてはくれなかった。

久美子の骨片は囁くのだ。今はもう、誰も解ってくれないけれど、それでも一良さんとあやめさんがこうして空に浮かぶ私を見ていてくれるだけで、この世に生まれた甲斐がありました。

夜中に数回起き上がり、机の上の久美子の骨片が入った小箱をじっと見た。逃げても追いかけてくるのであれば、思い切り抱きしめた方がお互い幸せだと思い、起き上がって手に取り、胸にくっつけてみたりしたけれど、眠ろうとすればまた妄想の中に漂う久美子。

闇の中で気が付いたのは、これまで自分は現実に真向かって来なかったということだった。久美子はまるで映画の中のスターのようだった。それが実際に、今この部屋に居るのだ。身体の一部に触れることが出来るのだと知って、興奮と喜びと緊張が、繰り返し溢れてきた。

これらの感情と真反対の辛さも、一緒にやってきた。久美子が味わった苦痛が生な感覚で伝わって来たから。

二十六歳まで自分は現実の中で生きてこなかった。二十六年も何をしていたのだろう。

不眠は辛かったけれど、眠れないことに飽きることは無かった。一晩が短すぎるぐらいだった。

15

大通りは夜の底が深く抉れて、去りそびれた冬の空気が溜っていた。鉢嶺時計店の二階はコタツと空気清浄機とガスヒーターでむっとするほどあつかった。一良が年寄りの証拠だ。一良にはこれが当たり前だが、やってきたあやめには息苦しい暑さだ。何かにつけて、こんな落差がある二人である。

「もうコタツしまったら?」

「……ちょっと熱くなりすぎたかも知れんな」

「そうよ、ガスヒーター切ったら?」

「そうではない。ガスヒーターはこのままでよろしい。結局、骨まで持ってきたのか」

「いいじゃない、金庫に入れといてよ。うちの机の上はアブナイから。それとも、他人の骨は気味悪い?」

「あやめちゃん、私を舐めてはいけないよ。そうじゃないんだ、もう少し冷静になった方が良いと言ってるんだ」

「冷静ですよ。だからあの時計と一緒に金庫に入れてもらって置くのが一番だと考えたんじゃない。安全第一でしょう」

「邪魔になるほどの大きさでもないから、それはまあ良いけれど、預かり料は貰います」

「いくら？」

「毎週三個のスフレケーキ」

あやめのニヤと笑った横顔を一良は睨んだ。年寄りの孤独感を見抜かれている。

「ケーキの失敗作は受け取らない」

「ディール」

「もし万一、明日私が死んだら、金庫の中身はゴミとして処分される」

「死にませんよヨシさんは。あの時計を修理しないまま死んだら、生きている価値もない無責任な男だもの。桐谷久美子のこと、心の始末がつくまでだから、しばしのお願いです。ヨシさんも頑張って、時計を修理して下さいよね」

一良も弱いところを突かれて、コタツの中で両手を揉んだ。この指が頼りなんだが……

あやめは自分で湯沸かしポットからルイボスティーのティーバッグに熱湯を注ぎ、二人分のお茶を淹れた。ルイボスティーはあやめが持ち込んだものだ。南アフリカ産の健康茶で、ノンカフェイン、年寄りの一良にはちょうど良いと考えた。

「……襟をただすとはこのことだなあ」

あやめはコタツの一良を振り返る。

「襟？　ヨシさんの襟はポロシャツだから、どうやってただすのよ」

襟をただす気持ちはあやめも同じだった。けれど出来ることと出来ないことがある。何十年もの昔を取り戻すことが出来ないのは当然だが、そこに思いを馳せるといっても馳せ方が定まらない。

「あやめちゃんが赤ん坊を産めば、男の私にも想像できるかも知れない」

「男には絶対無理だと思うな」

「だからあやめちゃん頼み」

あやめは深く息をした。息は内臓全部を包み込む。

「……赤ん坊を産んですぐにそれを取り上げられた気持ちって、どんな風かって言われても、なかなか想像がね、難しいよ。誰も想像出来ないよ。お腹の中身をそっくり持ち逃げされた感じ？　腸とか胃袋とか腎臓とか」

「肝心かなめの子宮もだろう」

「そう、子宮も一緒に盗まれた」

「多分、心臓もだ」

「だから、死ぬしかない……内臓を全部盗まれたけど、でも自分は息してる、それもきっとショックで、自分が恨めしいかも」

「それだね、一番近いかも、そのあやめちゃんの感覚」

内臓を全部持ち逃げされたらきっと痛いだろう。まずものすごく痛い。息が出来ないほどの激痛。でも息してる。生きている。

「どんなだろうな、自分の身体から出てきた赤ん坊の肌触りって。ふっくらペタペタ、モチモチしてて、抱いてるだけで世界で一番の幸せ感があるよねたぶん。豆柴のふわふわ感だって、その一瞬は他のことはどうでも良いみたいな陶酔があるんだから、その百倍ぐらいの気持ちよさ。ほっぺたに口を付けたらきっと、ホニャって笑ったり。口尖らせて、オッパイ欲しがったり」

「あやめちゃん、早く結婚しなさい」

「お母さんも、赤ん坊のうちを抱いて、そんなふうに溶けた感じしたかなあ」

「本能だから、それはどんな母親でも同じだ」

あやめは、死んだ母親と自分の間にも同じフニャ感が在ったのだと感じた。もう一度、フニャ感を持ってみたい。でも死んだ母親の身体は硬かった。自分が赤ん坊を産んだら、柔らかい塊を抱きしめて潰してしまうかも知れない。初めてその感覚を想像した。

「……恨むよね」

と一良がコタツに肘を突いて言う。

「ツヤ子を殺したくなる」

あやめの実感だ。

「ツヤ子も自分が赤ん坊を産んだとき、久美子にどれだけ酷いことをしたか身に染みて解ったんだろうな」

「久美子さんの骨は、誰を恨めば良いのかなあ」

答えがあれば、復讐できるかも知れないとあやめは思う。そうすれば、今よりすっきり出来るそうだ。

「とりあえず、全員を恨む」

「全員ね。アンドレ、ブルトン、ツヤ子、九大医学部、それにポールというドイツ人。そもそも、日本の久美子さんの元に、赤ん坊をそのまま置いておけなかった、というのは、日本への差別ですよ。アンドレは散々日本人の世話になって命を助けて貰ったし、そういう善意の人たちが一杯いたわけだから」

一良はとりあえず無言、実は反対意見のようだ。

「あやめちゃんはイイ時代に生まれてきたから日本人のイヤなところを知らないだろうが、当時で言うところの外人とのアイノコだよ、爆撃されて家も食べ物も無い時代に、生きのびることが出来たかどうか。親も実家もアテにならない。自分だけなら何とか生きていけても、子供を育てるとなると……母親が死んでアイノコの孤児だけが残された例も多かったようだし……一度見失えば、永遠に途切れてしまう時代だったし、ブルトンの判断は間違っていなかったと思う」

「ヨシさんはいつも人間不信」

「あやめちゃんがその時代を知らないだけだ。想像力が足りない」

またしても対立が戻ってきて、あやめも一良もほっとする。やり合っているのがお互い心地よい。

「島地院長の妹さん、フランス語が解るって言ったよね」

島地康夫から貰った名刺には、地元の女子大文学部教授の肩書きがあった。

「うん、ソルボンヌだって。ソルボンヌってなに？」

「パリの大学」

「そうなんだ。でもどうして？」

「ウォッチペーパーに何が書いてあるか、ソルボンヌの人なら解るかも知れない」

「ああ、ヨシさんは読めないし」

「英語だったら辞書があるが、フランス語の辞書は持ってない」

「その人がブルトンからの手紙を読まなければ、手紙も骨も、処分されてたかも知れない。名刺の電話番号に電話してみようか。その人は多分、赤ん坊を産んでる。想像だけど、ブルトンの手紙を読んで、このまま処分してしまえば、桐谷久美子の赤ん坊への気持ちも処分されてしまう、それは出来ない、って思ったのは、きっと内臓をごっそり盗まれて死にそうな久美子さんに、心が震えたからだよ」

赤ん坊を産まなくても、人間なら震えるよ、と一良は小さく呟いている。

「……でも、しかしだな、あやめちゃん、大人になりつつあるな」

「また喧嘩売る」

「違う。率直な感想だ」

あやめは、険悪な顔をつくり、視線を矢尻のように尖らせた。

まだ学会から戻ってきていないかと思ったけれど、大学の研究室らしい番号にかけると、呼び出し音が鳴ったと同時に受話器を取られた。その素早さ、忙しい気配に怖じ気づいたが、島地康夫先生からお名刺を頂いたので、と話し出すと、すぐにあやめのことが判ったようだった。

「兄から聞きました。手紙など、引き取ってくださったそうで」

「お言葉に甘えて、電話しました」

「はい、大丈夫です。何か私に出来ることがあれば」

どんどん言ってくれ、という気配、急き立てられている心地がして、よほど忙しいのだと思ったが、明るい声からして、先回りをして引っ張って行くタイプのようだ。

「ソルボンヌに行っておられたと聞きました」

「ええ、ブルトンについて調べて欲しいなら、知り合いを紹介しますよ。教会関係なら何とかなるかも知れない」

「あ、ありがとうございます。ブルトンですか。もう亡くなっておられるでしょうね」

「久美子さんの骨については、調べるルートがありませんが」

「いえ、お願いは、小さい紙に書かれたフランス語を翻訳して頂きたいのです」

「小さい紙、とは」

「懐中時計の裏蓋の中に入っているメモみたいなフランス語です」

「懐中時計の中に入っている、というのはウォッチペーパーということですか」

「はい、ウォッチペーパーです」

驚いた、そんな言葉を知っている日本人が居るのだ。

「あなた、何か時計の研究をなさっておられるの？」

「いえ、ブルトンの手紙に出てくる、あの時計です」

「ああ、確かにありましたね、ブルトンは祖母に時計を預けたと。久美子さんに必ず渡して欲しいとありましたが、まさかその時計？」

「はい、ちゃんと久美子に渡されたようで、今は私が持っています。すごくキレイな不思議な懐中時計です」

「戦争が終わったときにはとても大事になると書いてありましたね、ブルトンの手紙には」

「その時計の裏蓋にウォッチペーパーがありました」

一瞬だまり、島地寿子は早口で言う。

「私の名刺にファックス番号があるでしょう？　そこにウォッチペーパーをファックスして頂ければ、今夜中にも何が書いてあるかお知らせできます。ウォッチペーパーはクリアファイルに挟んでコピーした方がいいですね。私もアンティーク時計が好きなんです。大事に扱ってくださいい。これから授業なので切りますが、あなたの電話とファックス番号をお訊ねしても良いかしら」

てきぱきとメモを取られた。

島地寿子から言われたとおりにするために、一良を急き立てて時計の裏蓋を開けてもらい、クリアファイルに挟んでコンビニに行く。コンビニは本当に便利で何でもある。一良も以前メモしていたが、ウォッチペーパーには文章だけでなく数字も記されているので、正確に伝えなくてはならなかった。ファックスはルッコラのを借りた。

あやめに島地寿子から電話があったのは、夜も十時を過ぎていた。押さえつけられた声なのに興奮の勢いは隠せない。

「あやめさん、メモをしてくださる？　あの短いフランス語をそのままお伝えしますとね、こんな文章です。『ジャピー家の大地 AMSTUTZ-KUMIKO は美しい FLORENCE を産んだ』そのあとに続く長い数字は、そちらのウォッチペーパーに在りますよね。１７９９５１７６８８９……ずらっと数字が並んでいて最後が６８２。そしてアンドレのサイン。面白いというより、これ不思議ですね。私がウォッチペーパーというものを知って興味を持ったのは、詩人が愛人に秘めた言葉を書いて時計を贈ったり、作家が同性愛者であることを告白した一文が死後見つかったりしたからですが、久美子さんは名前を変えたのでしょうか。洗礼名かしら。でも久美子さんがこの時計を受け取る前のことですから、それだと勝手に名前を付け加えた。奇妙です。久美子さんがフローランスを産んだ、という文章は納得できるとして、そのあとの長い数字は何なんでしょうね。こういう謎解きが好きなフランスの友人に訊いてみても良いかしら」

あやめは気配に圧倒されて、お願いしますと答えていた。

電話を切ってすぐに一良に連絡し、島地寿子から受けた強い風を、眠りに入りかけているトロトロ状態の一良に、そのまま風神となって送り込んだ。

「……だからヨシさん、もうこれ以上グズグズしててはダメなの！　あの時計、早く修理してよ！　やれば出来る！　天は自ら助くる者を助く！」


これはツヤ子が受け取ったブルトンからの二つ目の手紙。


「ツヤ子さん。この手紙が上手くあなたの手元に届くかどうか、私は大変心配です。教会への手紙も届いたり届かなかったりしているようです。外国からの郵便は中身をケンペイに読まれるそうですね。読まれても構わないですが、届けて貰えない危険があり、またしても神戸のアドルフ・ポールさんの力を借りなくてはなりません。日本に住むドイツ人への、故国からの手紙であれば、正しく届くと聞きました。

あなたから連絡はありませんが、ポールさんから届いた手紙には、言葉を失いました。一番恐れていたことが記されていました。久美子さんがアメリカ軍の空爆で亡くなったそうですね。ポールさんが知ったのは七月になってからです。あなたがポールさんに知らせたのでしょうか。ポールさんも激しい悲しみを受けていますが、それどころでは無い。神戸もいつ焼かれるか判らないので、街を離れるつもりだそうです。

九州の八幡という街にアメリカ軍の飛行機が多数飛んできたそうで、八幡だけでなく、九州の北部の街は全部焼かれたそうですね。久美子さんは何処で亡くなったのですか？　八幡製鉄所は日本には重要なところですが、製鉄所にはあまり被害は無く、けれど他の街では沢山の人が亡くなった。

ポールさんによると、あなたは無事だった。良かった。あなたへ深い同情を贈ります。

これからアメリカ軍による爆撃は、もっと激しくなるだろうと、ポールさんは考えています。アンドレ・ジャピーが冒険に使ったような飛行機ではなく、沢山の爆弾を撒くことができる大型の飛行機が、何十と空から押し寄せる。もう、アンドレ・ジャピーが愛したような空ではなくなった。背振の山に墜落して、村人に助けられたことが遠い昔に思えます。

今となっては久美子さんに伝えることも出来ないけれど、フローランスは元気に愛らしく育っています。私がパリに戻ってきて二度会いました。

少しのあいだ十六区にある幼児学校に行っていましたが、スイスの全寮制の学校へ入りました。パリより安全だという理由と、もう一つはアンドレがタヒチのパペーテに行くことになったからです。パペーテでの仕事については詳しく解りませんが、久美子さんが死んだという知らせが大きな決心をさせたと思います。酷い衝撃だったようです。パペーテはパリから遠いです。冒険飛行は許されないけれど、爆弾を積んで空を飛ぶことは無い。多くの改良シムーン機が爆弾を抱えてヨーロッパの空を飛んでいます。

スイスはジャピー家にとって、歴史的に大変馴染みがあるところで、フローランスを預けるには一番適当だと思います。アンドレがもしも南太平洋で死んだとしても、フローランスはジャピー家の一族により守られます。やはり、あのような方法で、赤ん坊を無理矢理フランスに連れてきたことは、良かった。いまはそう考えます。

この残酷な戦争がいつ終わるのか。

あなたが生きていて、私にお返事を下さるときが来るのを祈っています。久美子さんの清らかで優しい魂に、私のこの手紙を報告して下さい。

久美子さんの魂が天の神に迎えられ、安らかに在りますように。

ツヤ子さんが戦争に負けず、火や弾薬から隔てられ、痛みや苦しみから守られますように。

ブルトン」

桐谷久美子が空襲で亡くなった。その知らせを受けてアンドレ・ジャピーは衝撃を受け、タヒチのパペーテに行った。戦争に加わるのがイヤだった。そして久美子の娘フローランスはスイスの学校に入れられた。

そういうことなのだと、あやめは必死で整理する。

封書の消印は無い。神戸のアドルフ・ポール経由で届けられたに違いない。

読み終わった一良が、じっと文面を見ている。たるみの出来た目の下が、戸惑いを溜め込んでどんどん膨らんでくる。

「これ、何時書かれたんだろうな」

「八幡の空襲をポールが知ったのが七月だって書いてあるから、この手紙が書かれたのはその年じゃないの？」

「ということは一九四四年か」

「そうなの？」

「大空襲だったから、みんな知ってる。終戦の一年前の夏だ」

あやめはそのあたりの知識が無い、というよりみんなまとめて「戦争中」という暗くて怖い箱に放り込まれている。そっと覗くと、箱の中はいつも赤く燃えているけれど、箱の中にも時間の経過があるのだ。

一良の目の下のたるみが膨らんでくる理由は想像できた。

「……時計と一緒に金庫に入れてあるあの骨だが」

「……ちゃんと覚えてる。桐谷久美子享年五十五歳って書いてあった」

小箱の蓋の文字は、島地ツヤ子のものか。

「そうだよな。一九三六年に十八か十九歳だったわけだから、一九四四年には」

あやめのアタマは混乱している。

「……まだ二十代、のはずです」

計算が苦手のあやめでも、それぐらいは解る。

「アンドレと別れておよそ一年後に娘を産んだとしても、だな」

「空襲のときはやっぱりまだ二十代」

「じゃあ、享年五十五歳っていうのは、何なのだ」

「解らない。何かの間違い、かな」

「どっちが間違い？　空襲で死んだ、それとも五十五歳まで生きた」

あやめは一良の声を背負ったまま、お茶を淹れるためにキッチンに立った。一良はキレイ好きだから、シンクのステンレスはいつも清潔な光を溜め込んでいる。

「ルイボスティーにするね」

「あの赤いやつか」

「ノンカフェイン」

「いいよそれで」

「ってことは、誰かが嘘をついたってことでしょう？」

「誰かって、ブルトンのわけはないだろう。ポールからの手紙で、久美子が死んだことを知ったんだから」

「だったらツヤ子？　かもね。久美子は生きているのに、空襲で死んだとポールに伝えたのかしら」

「なんでだろうな、そんなことするかな」

一良はまた瞼の下を膨らませて手元を見ている。両手の中にルイボスティーの赤い色が、謎めいて揺れていた。

「……享年五十五歳、というのが間違いだったら？」

「いや、それもヘンだな。享年というのは、具体的だし、第一骨が在る。骨の入った小箱に書いてあるんだから、そこに嘘はないだろう」

「なんで？　なんで？」

一良が赤いお茶を一口啜って顔をしかめた。熱すぎたようだ。

「あやめちゃんは、なんでなんでと、人に質問するけど、少しは自分で考えてみなさいよ」

「うん」

言われてあやめも赤いお茶を飲み込む。熱いけどこれぐらいが美味しい。

「けど、なんでだろう？」

とまた呟いてしまった。

珍しく店に客が来たようで、入り口のガラス扉が押された気配があり、一良は階段を下りていった。あらあら、と一良の声が上ずっていた。接客用の声を別に持っているのだ。年齢的には少し軽薄な感じだけど、商売だから仕方ない。


久美子が死んだ年と死因は謎のまま残された。あやめと一良があれこれと想像しても埒があかず、ただ、ブルトンがツヤ子に嘘をつく意味がないのだから、ツヤ子がポールに報告した久美子の死が間違っていたに違いない。空襲による混乱のさなかであれば、死んだと思われたけれど生きていた、ということもあるだろう。それとも、ツヤ子が意図的に久美子の死をポールに伝えたのか。もしそうなら、ツヤ子の独断でかそれとも、死んだと伝えるよう久美子から頼まれたか。

ただアンドレがパペーテに行ったのは、久美子が死んだと知ったショックからのようで、久美子の死はアンドレの人生を変えたかもしれない。けれどそれが間違っていたなら、人生を変えられてしまったことになる。

あやめは夕方になると豆柴を散歩させながら、いくつもに分かれて拡がるケヤキの枝先を見上げた。枝先は日々暖かさと湿度を増す蜜色の空に溶け込んでいる。今現在の時間軸の中を動いている自分に較べて、久美子とアンドレとツヤ子はもう、すべて終了したことなのだ。全員死んでいる。けれど死者にも未来はある。彼らの未来がどうだったかは過去の中にあり、現在から想像するしかない。ヒントは小箱に入った喉仏の欠片とブルトンからの手紙。

ケヤキの樹皮は気だるく汗をかいていた。


島地寿子から電話が来たのは、ルッコラの二階の部屋で扇風機を回しながら昼寝をしていた時だった。名前を言われても、すぐには反応が出来ない。

「はい、覚えています」

と嘘を言ったが、この嘘が正確な記憶を連れてきた。寿子の幅広くて気ぜわしい声が、一陣の風のように耳の中を通り抜ける。

「パリに知り合いが居るって言ったかしら」

どうだったっけ。何のことだっけ。話を先へ先へと飛ばして、早く来てよ、と言うタイプの人だったのも、このときようやく思い出した。

「知り合い、ですか。ソルボンヌの」

ソルボンヌだけ思い出した。パリの大学だと一良が言っていた。

「それなの。彼女からね、連絡があって、時計とウォッチペーパーを持って、是非パリに来て欲しいんだって。もちろん、飛行機代とか一切出すそうよ。桐谷久美子さんの骨の話もしてあるの」

意識がひらりと冴えた。冴えたもののなんの話かいまひとつ解らない。ウォッチペーパーだ。つまり、アンドレ・ジャピーだ。久美子の骨はいま、鉢嶺時計店の金庫に預けてある。ジグソーパズルがようやく嵌まり始める。

「彼女、というのは?」

「ああ、ごめんなさい。大学が夏休みに入ったのに、いろいろ忙しくてね」

あのとき、寿子はウォッチペーパーのコピーをフランスの友人に送ると言っていた。その友人が彼女なのだ。

「……折角だから、パリに行ってらっしゃいよ」

「え、でもどうしてですか?」

「相手はすごいお金持ち、というかジャピー協会みたいだから、遠慮しなくて良いみたいよ」

「一人でパリなんて、だめです」

それだけは確かだ。嬉しいどころではなく、大変なことを頼まれている。

「お友達と行けば？　私はちょっと無理なの」

「時計店の友達ならいます。その人が、ウォッチペーパーを見つけたんです」

「いいな、いいですよ、それ」

弾むような声の裏を探る余裕もできて、ちょっと沈黙した。

「……ボーイフレンド？」

「違います。そろそろおじいさん」

一良が聞いたら怒るだろう。けれどこの場合、誤解をほどくなら、おじいさんしか無い。

「……時計には秘密があるみたいです」

「解ったわ、きっと一緒に行けると思います」

「でも、なぜパリに行くのですか」

根本の疑問。

「説明は、マツコさんから直接メールさせるわね。名前はマツコ・ロアンだけど今離婚裁判中だから、マツコだけで大丈夫」

「はい」

電話は切れた。この人、ものすごくタフで、一度に三つぐらいのことをしているのだと思った。

翌日、マツコ・ロアンからメールが来た。パリからのメールも歩いて数分の一良からのメールも、同じように受信箱に入るのだ。外国からメールを貰ったことがないあやめは、スマホの画面をじっと見詰める。久美子が生きていたとき、これが在れば良かったのにと思う。

里山あやめさん。パリのマッコです。島地先生から頼まれたので、ウォッチペーパーについて、ご連絡いたします。

私はソルボンヌで島地先生の二年後輩に当たりますが、先生とはリヨン駅近くのアパルトマンをシェアーして暮らしていたこともあります。今は政府系の仕事を辞めてギメ美術館で裏方の仕事をしています。去年は私たちの美術館で出版した日本の春画集がショップで良く売れました。

私も島地先生も、歴史の謎解きが趣味で、あなたがお持ちの懐中時計に隠されたウォッチペーパーに大変興味を覚え、実は島地先生ともメールで推理を楽しみました。私たちだけでなく、私の勤務先の美術館にもウォッチペーパーに詳しい人間がいるのです。

「ジャピー家の大地 AMSTUTZ-KUMIKO は美しい FLORENCE を産んだ」というのは別段問題はありません。そのとおりに読めば良いわけです。久美子さんがなぜ AMSTUTZ-KUMIKO になったのかは謎ですが。アンドレ・ジャピーがそう記したのですから、それなりの理由があったのでしょう。解らないのは、その後に続く長々とした数字です。何を意味しているのか、まるで暗号のようで、最初の四つの数字1799はおそらく年代だろう、と考えましたが、それ以降の数字は読み解けませんでした。日本語では読んだときの音を繋げて、意味を構成することがあります。たとえば、1414をイヨイヨとかイイヨイイヨと覚えたり出来ます。けれどフランス語ではそのような読み替え暗号など不可能です。数字そのものが何かを表しているはずです。

あれこれと数や数式と格闘してみましたが、誰も何を表しているのかが解らず、一番の正道として、ジャピー家に委ねることにしました。つまり素人の謎解きを諦めたわけです。

ジャピー家は、貴族の名門名家というより、十七世紀から十八世紀にかけて興った職人がルーツです。最初の偉大な成功者は一七四九年生まれのフレデリック・ジャピーでした。

彼は金属職人であった父親のもとで様々な金属の特性について研究しました。叔父のジャック・フレデリック・ジョージ・ジャピーのすすめでモンベリアールの学校に通い、さらに時計製造を学ぶため、アブラハム・ルイ・ペルレのもとで修業しました。これは当時としては最先端の技術を持つ時計製造工房でした。時間を管理できるようにする時計工業は、社会が待望し尊敬も受けていた業種でした。今で言えば、ＩＴ産業のような夢の技術だったと想像できます。

時計と言えばまず腕時計を考えますが、これは世界が大戦に巻き込まれて以後のことです。二十世紀の産物と言ってもよい。戦争に勝つには時間の管理が兵士の一人ひとりに必要になり、腕に巻き付けることが出来るよう小型化が進みましたが、腕時計の歴史の前に何百年もの懐中時計の歴史があります。

フレデリック・ジャピーはアブラハム・ルイ・ペルレの時計製造法を物足りなく感じたのか、別の工房へ移ります。そこで彼は優れた工作機械に出会い、その工作機械を改良することで、それまでの時計製造法を覆す、画期的な技法を思いつき、開発します。

それからの彼は、時計製造法の改革へ人生を捧げることになるのです。

一七七一年、故郷のボークールに戻ると、時計工房を開きました。また一七七七年には世界で初めてのムーヴメント工場を設立したのです。

当時、彼の製品の多くはスイスに向けて輸出されました。時計はスイスと言われるルーツの一つは、間違いなくフレデリック・ジャピーなのです。

その後、自分が修業した工房を買い取り勢いを増しましたが、従来から在る保守的な時計製造組合と衝突し決裂します。これ以後、独自の製法で生産するようになります。急進者は必ず保守勢力との闘いに勝たなくてはなりません。

その闘いでさらに新しい技術を獲得したのが彼でした。欠落は工夫と創意の母、ということです。何しろそれまでは、一つの時計を作るのに百五十人の人間が必要だったのに、彼の方法では六十人の人間で製造できるようになったのですから。

一七九〇年ごろになると、ほとんどのスイスの時計は彼の発明した工作機械を使うようになっていたそうです。

ジャピー家の隆盛は十九世紀に入り、懐中時計以外のものにもおよびます。置き時計、アラーム時計、エナメル加工、ブロンズ鋳型製造、細かいネジなど、多方面に拡がります。息子や孫の時代になると、金属加工品、鍵、日用品、台所用品、ポンプ、農業機械、エンジン、カメラ、タイプライターなど、近代化に必要な製造業でも成功し、ジャピーの工場は二十世紀の初頭になると、十三の工場と六千人の従業員を雇う大企業になります。

そこで形成された資本は、航空機産業や自動車産業へも投入され、プジョーなどの大株主となっていきますが、その起源はまさしく一人の時計職人フレデリック・ジャピーでした。

彼はジャピー一族にとって神様のような存在です。彼の子孫はフランス全土に広がり、経済界を動かす企業群になった後も、彼の故郷であり努力と苦難の地、ジャピー一族の出自の村であるボークールに特別の思いを持ち、今はボークール市になっている土地を、連帯のシンボルと証にしています。

なぜ長々とジャピー一族の歴史を辿ったかと申せば、このボークール市に、我々はウォッチペーパーの謎解きを依頼したからです。

スイスとの国境に近いこの小村で、代々ジャピー家の家系図の管理が行われています。もちろんフランスの各地に支部はありますが、総本山のようなものでしょうか。

ジャピー一族の末裔は大変な数になりますが、登録を希望したジャピー家の子孫は、申請と検証の結果、ジャピー家の台帳に登録されることになります。そして台帳に登録される価値は、日本人が想像するよりずっと大きいのです。

隠然とした地下組織的な連帯の力を持つと同時に、職人擁護、技術者尊重の思想も脈々と受け継がれてきました。もっともその地下茎の深さと広がりを知ったのは、ウォッチペーパーの謎を解きたいと、わずかな人脈を頼りにジャピー協会（と正式に名乗っているわけではありませんが）にアプローチを試みたからです。

九つもあるボークール市の城の一つに住む老人が、ジャピー協会のパリ支部（そのような明確な組織があるわけではありません）に連絡をとり、彼らの間で、ウォッチペーパーに記されている文字や数字について検証がなされたようです。これには時間がかかりました。私としては、最初から無視されるか無関係だと撥ね付けられる可能性が大だと、半ば諦めていたのですが、堅苦しくはあったけれど、大変懇切で丁寧な対応が受けられました。

フリーメイソンという言葉を聞いたことがありますか？　私も詳しくはありませんが、起源は十六世紀から十七世紀にかけての石工の組合、さらに石工の技術を必要とした建築学の技術者集団だったようで、彼らの優れた技能を守り、自由と平等と友愛、寛容や人道という人類究極の目的の実現に向かう思想性を持った地下組織のことです。組織がオープンにされていないので、何やらいかがわしく見えますが、ライオンズクラブやロータリークラブ、ボーイスカウトなどを創設した男たちや、我々が良く知っている人物としては近代オリンピックを作ったクーベルタン、音楽の世界ではモーツァルトもフリーメイソンだったそうです。

ジャピー協会はそれほどの歴史を持たず広がりもありませんが、技能者や職人集団から発生した歴史、既存の抑圧的勢力の弊害から逃れて合理的で現実的な良き世界を作るという思想性、また公の存在にしないことで政治的な圧力を回避する、という点でも似ています。

余談ですが、ジャピー家のルーツには、魔女裁判で火あぶりになった女性もいたようで、それを恥とするより肯定的に受け止めている気概があります。技能者、職人というのは、表層的な非合理性を越える強さを持っているのです。

アンドレ・ジャピーという冒険飛行家が、通常は同乗させる整備士を必要とせず、操縦から修理まで一人でやってのけた、という点でも、彼はジャピー家の子孫だと言えますね。

さて、ジャピー協会からの返事は、奇妙なものでした。ウォッチペーパーに記されている意味についての謎解きや説明ではなく、この時計を持っている日本人をパリに招待したい、その人物に直接話をしたい、という要請でした。

もちろん、すべての費用はジャピー協会側が負担するそうで、あなたのお友達もご一緒で構わないと思われます。この私にも仲介者、通訳として、充分すぎる金額が示されています。

これからまだ、いくつか打ち合わせや折衝が必要ですが、あなたとあなたのお友達が、ウォッチペーパーが仕込まれた時計を持って、パリに来て下さることを、彼らは願っています。お世話は私がいたします。どんなときも私が同道いたしますので、危険はありません。

良いお返事を待っています。

マツコ

久美子とアンドレに関して、またその時代について、ぼんやりと溜息まじりに、けれど時には自分を賭けて主張しあったあやめと一良だったが、運命的な成り行きであやめの手元に久美子の骨が来て以来、感情のままに想像を膨らませていた時間は終わり、目の前に、どうにかしなくてはならない差し迫った事態が置かれた。さらにパリからメールが来て、のど元に決断を迫る匕首が差し出されたような切迫感が加わった。

福岡の浄水通りと城南線の大通りをまたいで行き来していた戦前の悲恋が、パリに飛び火して、あやめと一良が来るのを待っているのだ。

あやめに出来ることは、ネットでパリについて調べるぐらいのことだが、一良は追い詰められていた。とりあえず、あのニワトリの時計を、動くようにしなくてはならない。

取りかかったのは深夜だった。目に見えない埃も静まり、電話も来訪者も無い時間帯。それも一時間や二時間では無理だと考えた。それで夕食後に仮眠を取り、一時に目を覚まして顔を洗い、煎茶を一杯飲んだ。食べ物をとると眠気がさし集中力が途絶える。若いころから何十という時計を分解修理してきたけれど、大げさではなく、今回は命がけで臨まなくてはならない大物だ。以前テレビで大手の時計メーカーの修理担当者が、呼吸を整えるために自分に課している儀式があると言っていたが、それをテレビカメラの前で明かすことはしなかった。神事に臨むような覚悟が伝わってきただけだった。

どんなに高級なブランド品であっても、代替がきく時計であれば、可能な限りのことをやれば済む。それに値段と時計の複雑さ精妙さは比例しないことが多く、所有者は大金を出して買った時計を動く状態にしておきたいだけのこと。ムーヴメントの仕組みはいくつかのパターンがあり、時計修理の専門書も、旧いものだが持っていた。一良は面倒な時計の修理は大阪の業者に送っていたし、町医者と同じで自信がないものは、自分では手を出さなかった。

時計はある意味で人間相手より大変だ。身体を開いて大手術したままでは良いけれど、そのまま蘇生してくれなければ、時計を殺してしまうのだから。

あやめがふらりと店にやってきたとき、なぜ自分は修理を引き受けたのだろう。一良は後悔半分で、工具を並べる。専用のドライバーやピンセット類はこの時のために磨いてあった。不純物を洗い流す油も取り寄せた。油を入れる容器は三十年も昔に購入したものだ。息を掛けないためのマスクも当て、指先に血液が行き渡るように何度も握ったり開いたりした。

この時計を動くようにして欲しい。あやめの頼みを引き受けたときから、覚悟は出来ていた。いや、最初はまあ何とかなるだろう、という程度だったが、次第に抜き差しならなくなってきて、今は自分の娘か息子にメスを当てる心境だ。自分しかそれをやってのける資格は無い。あやめに対する責任感というより、時計屋としてのキャリアのすべて、人生全部がかかっていた。

一良は深い呼吸を繰り返す。この先、息を詰める時間が続く。懐中時計に命を吹き込み、ジャピー家の礎をつくったフレデリック・ジャピーも、奇蹟を祈りながらピンセットの先に全神経を集中したはず。自分にも出来ると一良は念じる。マスクをつけた彼は引き返せない領域に入っていった。

拡大鏡に強いライトを当てるとニワトリがびくりと動く。ニワトリはもう、怖くない。トサカと一ミリに満たない目を同時に押せば、裏蓋が開くのも解っていた。指先にかすかな動きが伝わる。蝶番をゆっくりと起こす。ここまではかつて通った道。ここからが未知の領域だ。

裏蓋の内側には、元通りにウォッチペーパーが入っていた。これがパリで大問題になっていると思えば高揚感が噴き上がってきて、心臓の脈動が指先にまで伝わる。呼吸を整えるために指を止めた。

裏蓋にホールマークの刻印は見当たらない。これは前にも確認済み。ホールというのは中世のヨーロッパにあったギルドの建物《ホール》から来ていて、製作された組合、場所や年代を表している。イギリスで製作された由緒あるアンティーク時計には、ダブリンやグラスゴーなどのホールマークが刻まれている。やがてシリアルナンバーにとって代わられるのは、通し番号がつけられるほど、つまり量産が可能になってからだ。

けれどイギリス以外のヨーロッパつまりフランスやスイスでは、一般的に工房のマークは無く、製作年代や場所の特定が出来ない。ましてやジャピーの工房は、時計製造組合と決裂したのだから、こうした旧いギルド的なプライドとは一線を画していただろう。年代が特定できないということは、メカニズムを事前に予想することが不可能ということ。

最上部に置かれたテンプは時間を正確に刻む調整機で、人体で言えば神経系統のようなものだ。部品を一つ一つ順番を間違えずに広げた紙に置いていく。そのとき、部品の役目を理解しながら進めなくてはならない。あとで全部を油で洗うことになるけれど、展開するには布などの繊維が入り込まない紙が必要で、強い光の反射が目を刺激した。

テンプそのもののシステムは、一良の予想から大きくは外れていなかった。テンプ輪が少し汚れている。テンプ芯には石が使われていた。ルビーだろう。時計に使われる石は装飾用の宝石のように高価ではなく、摩耗に強いことが必須だ。テンプのヒゲとヒゲ玉は傷んでいなかった。まずはほっとする。どんなに細心の注意を払っても、傷ついていたり切れていたらお手上げなのだから。

テンプを外し終えてアンクルの位置を探り、出ツメ石と入ツメ石にかかる。それぞれの石は拡大鏡の中で芥子粒より小さく見える。息がかかればたちまち消える。けれどゼンマイが収まっている香箱とテンプを繋ぐいくつもの歯車にとっては大事なポイントになる。歯車はガンギ車、四番車、三番車、二番車とそれぞれ動力を伝える仕組みになっているが、そのどれにも決定的な欠損は無かった。

香箱に辿り着くまで五十分かかった。目の前におよそ四十点の部品が並んだ。決して動かせない順番を守って、整列していた。けれどまだ、全体の半分も分解できていなかった。この分だと分解だけであと一時間はかかる。洗浄に一時間、組み立てには二時間が必要だと踏んだ。クーラーを切っているので、深夜であっても汗が浮き出てくる。息を詰めている鼻先に汗が集まった。そのつど顎を引き、マスクの上から汗を押さえた。トイレも催さない。

朝六時、店の中の時計が一斉にカチッと動いた。

閉じ終えた裏蓋の上で、ニワトリが鳴いた。

一良は竜頭に指を当てる。中の仕組みはすべて目に見えている。竜頭を回せばキチ車、ツヅミ車が動いて丸穴車、角穴車とその下に位置する香箱のゼンマイに伝わる。ゼンマイは二番車、三番車と動力を伝えるあいだに軸の回転数を変える。

ヒゲゼンマイはオーソドックスなものだったから、部品が上手く連動してくれれば、文字盤の針が動くはずだ。

一良の人差し指と親指が竜頭をつまむ。ゆっくりと回した。

一秒、二秒。

待ったが針は動かない。死んだのだ、蘇生できなかったのだ。

彼は時計の上に俯せた。目がかすみ、意識が遠のいた。

けれどやれるだけのことはやった。五時間ぶっ通しで百個近い部品を分解し洗って組み立てた。このまま息絶えても仕方が無い。妻は見ていてくれただろう。よく頑張ったと褒めてくれるだろう。

深い眠りに吸い込まれそうになり、いや、このまま眠ってはまずい、店のガラス扉に休業の札を掛けて二階に上がろう。

時計を載せた机から、顔を離す。ぼやけた視界の中で、動いているものがあった。目の前五センチのところに在る時計のフェイスの中で、黒いものが虫のように動いていた。虫ではなかった。音もなく、正確な律動を刻んでいる秒針だった。

その針がフェイスの中を二周するまで彼は、自分の目が壊れてしまったのかと思い、三周目で初めて瞬きが出来た。

瞬きで反射的に涙が流れた。疲れ切った目の筋肉とその奥にしこった意識が、抑制も利かず次々に何かを押し出してくる。押し出しているのは一良ではなく、死んだ容子に違いない。

一良は、このまま死ねれば良いのにと思った。このまま終われば、人生で初めての大成功を土産にして、容子のところに行くことが出来るのだ。

彼は全力を使って上半身を起こし、あらためて針の動きを確かめ、針が舐めるように周回するフェイスの時刻表示を見た。数字は無く、三時、六時、九時、十二時の場所にはアルファベット、その他の場所には飾りのような絵記号が施されている。それらのアルファベットや絵記号も、今呼吸を始めたばかりだった。

16

「今年は秋が早いですよ」

マツコは前を向いて歩きながら、嗄れた声で後ろのあやめと一良に言う。方向感覚が無くなりそうなほど入り組んだ地下鉄トロカデロ駅の地下道を、五番出口に向かって歩いている。

どこで弾いているのか判らないギターの音と男の高い声が、三人と同じように出口を求めて、低い天井を這いながら追いかけてきた。一良にはそれがムーン・リバーだとわかっているが、あやめにはただ、どこかで聴いた歌だという程度でしかない。

パリに来てからの二日間で、地下鉄には三度乗った。そのたび地下道のどこかで、誰かが歌っていた。空腹のあまり汚れたタイルの壁を舐めているようだとあやめが感じたのは、マツコがその一人にコインをあげた時だ。真似して一良も同じ色のコインをあげた。あやめはただぼんやり見ていた。

地下鉄の主な乗り替え駅は大抵そうだが、広場のあちこちに出口がある。シャイヨー宮側に出てしまうと、石畳を跳ねるように走ってくる車が、信号で上手く停車してくれるよう祈り、まさかこんな場所で悲劇は起きないよねと信じながらも身構え、急ぎ足で横断歩道を渡らなくてはならない。それも結構な距離。マッコは改札を出たところですぐに出口の表示を見て、こっちです、五番、と歩き出した。

首の太い、がっしりした体格があやめと一良には頼もしく見えるけれど、深い皺と赤い口紅、腰の肉が張り裂けそうに膨らんだ黒のレザーパンツにフリルの付いたブラウス姿は、日本人からかけ離れたセンスだ。離婚係争中だと聞いたのを一良は思い出した。この人争い事では決して妥協しないだろうと一良は想像する。あやめは、背中に汗が染みて、ブラジャーのラインが丸い背中を樽のタガのように締め付けているのに目が吸いよせられる。重そうな身体なのにどうしてこんなに速く歩けるのかが不思議だった。

五番出口から地上に出ると、目の前にコンクリートの要塞じみた高い壁があった。

「この上がパッシー墓地よ」

マッコはシルバーのファッションリングをはめた人差し指を、壁を這い上がる蔦に向けて円を描いた。

二人がマッコの案内で、パリの真ん中にある墓地を訪れるまでのことは、少し説明が要るだろう。二人にとって初めての海外旅行は、案外すんなりと決まった。一番乗り気だったのは一良で、ニワトリの時計が動き出してからというもの目に力が戻り、肩にも勢いが宿った。まだ躊躇っていたあやめが鉢嶺時計店を訪ねたとき、ハガキ大の写真立てに、写真を切り抜いて入れているところで、この女性は誰かと訊ねると、妻の容子だと照れくさそうに言った。パリに連れていってやるのだという声で、あやめも踏ん切りがついた。

五島さんも眼鏡の奥から黒目で睨み、いいけど十日で戻ってきてよね、と内心であやめの決心を促した。

パリではシャルル・ド・ゴール空港での迎えからホテルの手配まで、すべてマツコによって整えられていた。けれどマツコも滞在中の予定すべてを把握しているわけではなく、最初の数日の予定以外は決まっていないと言う。万事任せて欲しいと自信を示していたにしては、予定がはっきりしていなかった。それに一良が訊ねたかぎりでは、マツコはジャピー協会の人間と深い信頼関係が出来ているわけでもなさそうだった。先方の人間に会ったことはないと言う。お金と指示だけはきちんと届いているので大丈夫よ。不安顔のあやめを見て、こういうことはそういうものなの、ここは日本と違うヨーロッパだから、と煙に巻き、その体軀のように重量級の落ち着いた態度に、二人は黙るしかなかった。

ニワトリの時計の裏表をスマホで写真に撮っておくようにと言ったのもマツコだ。一良もあやめも、ジャピー協会の人間に時計の返還を求められたら、その場で返すつもりで持ってきた。だから一良も必死で解体修理した。時計を返して欲しくて、日本から二人を招待したのだろう。けれどマツコは、相手の意図を確かめないでそんなことをしてはダメだと言う。確かにパリまで持ってきて欲しいと言われたけれど、その時計にどんな価値があるのか先方は何も教えないのだから、求められても素直に差し出す必要はない。少なくとも、かなりのお金を使うだけの値打ちがあるようだし、時計はいま、あやめのものなのだから。

日本人って甘いからね、とマッコは子供を諭すような保護者の顔になった。

パッシー墓地は高台の上にあった。モンパルナスやモンマルトルなどの墓地ほど有名ではないけれど、名門名家の家族墓などがある。ジャピー協会の人から日時を指定されてこの墓地に来るように言われているのだから、ジャピー家の墓もこの中にあるのだろう。アンドレ・ジャピーもそこに眠っているのだろうか。

高い壁に沿って歩くと墓地の入り口があった。大きな黒い鉄の門扉は開けられていて、入って行くと左手の建物から黒人がゆっくりと出てきた。管理人らしい。どこに行くかと訊いて来たようで、マッコはジャピー家の墓と答えた。彼はすぐに案内図のような紙を持ってきて、指でなぞる。マッコが男にコインを握らせた。

「ジャピーの名前の墓は幾つもあります」

十八世紀から十九世紀にかけてフランス全土に力を伸ばした一族だから、この墓地にジャピー姓の墓が複数あっても当たり前だ。

「一番大きい家族墓はどこですか。フレデリック・ジャピーを埋葬しているお墓。ジャピー一族の最初のボスです」

「さあ、記録を調べなくては埋葬者の名前までは判りません。けれど、あのジャピー一族の主だった方なら、故郷に埋葬されているのではありませんか」

ここに呼ばれた理由としてジャピー家の墓を想像したけれど、関係ないのかも知れない。マッコはただ、パッシー墓地に来るように言われていただけなのだ。

「この墓地で人と会う約束なのです。三時に」

マッコは自分たちが怪しい人間ではないという主張を込めて、管理人に強い視線を押しつけた。

「……訪問者はすべてここでチェックされるのですか？」

「いいえ、自由ですよ。もし何かお役に立てればと思っただけです」

やはり不審がられているのだ。けれど墓地というのは都会の真ん中の人気の無い場所だから、注意するに越したことはない。マッコに危険回避の本能が働いているようだ。

「私たちはある方から、この墓地に招待されているのですが」

そうですかと、管理人は建物に入り、スケジュールを確認して出てきた。コインをあげると親切になるのねと、マッコは小声で冷ややかに言う。

「今日は、229ppの墓に埋葬されている方が亡くなられた日ですね。ええと……アンドレ・ジャピー氏の命日です。そのセレモニーが二時に行われて、もう関係者は帰られました」

三人は顔を見合わせた。

「……命日」

「けれど、そのセレモニーはお訊ねのジャピー家の墓ではありませんよ。229ppですから……」

管理人の不審な顔付きは変わらない。三人はアンドレの名前が出てきたうえ、今日が命日だと知った驚きと、やはりこのパッシー墓地に眠っているのだという得心と、けれどアンドレはジャピー家の墓に入ってはいなくて、命日のセレモニーは終わって関係者は帰ったという事実に困惑する。

「三時というのは、間違いありませんよね」

苛立つ一良に念を押されて、マッコの眉間の皺が深くなる。

日本人三人を順番に見ていた管理人は、少し胸を反らして、皆様はセレモニーの参加者では無いのですか、と不審をあらわにした。最初から余計なことを言わず、観光客のふりをしておけば良かったのだ。

そのとき建物のカウンターの電話が鳴った。彼はちょっと待つように言い、電話に向かった。そして戻ってきたときは、穏やかな別の顔を貼り付けていた。

「失礼しました。アンドレ・ジャピー氏の関係者の方ですね。ここを真っ直ぐ上がって行くと、広い石畳が続いていますので、その突き当たりまでいらして下さい。招待された方がお待ちになっておられます」

「……石畳の突き当たりですね？　ジャピー家のお墓ではなく」

「ええ、アンドレ・ジャピー氏のセレモニーはサレール家のお墓で行われました。アンドレ・ジャピー氏はサレール家の墓に埋葬されています。その墓は来月以降別の方の所有になりますので、今日が最後のセレモニーです」

サレール家。三人はまたもや顔を見合わせる。初めて聞いた名前だ。

ともかく行ってみるしかない。後ろから声がかかった。

「お参りが終わられたら、ドビュッシーの墓を見られませんか？　声を掛けてくだされば、ご案内します」

おそらくこの墓地で一番訪問者が多いのはドビュッシーの墓なのだろう。日本人にも墓フリークが増えていると聞いた。このひと言が言いたかったのかも知れない。

左右に栃の大木が整然と並ぶ石畳は、この墓地のメインストリートらしい。今年は秋が早いとマツコが言っていた。栃の樹は金茶色の葉を石畳の上に敷き詰め、葉は昨夜の雨で濡れて貼り付き、靴が滑った。落ちた葉は老人の手のように干からびて、枝から離れる断念の悔しさを大きな手で握りしめている。別の葉はすでに放心したのか、わずかな空気の動きに身をまかせ、カサ、と音をたてた気がした。

墓地は高い塀で囲まれているせいだろう、風というほどのものは感じられず、ふと立ち止まると無音の中、朽葉色の栃の実が真っ直ぐ落ちて石に当たった。真っ直ぐの音は小さいけれど良く澄んで響き、立ち止まる者をはっとさせる。その隙に実は密偵のように転がって、枯れ葉の中に潜んだ。

見上げると、褪せた緑を残したまま枝にしがみついている葉もかなりある。雨はすっかり上がっているものの、濡れた葉と水の匂いは満遍なく立ちこめて、大小の墓石の間に沈み込んだ空気が、足首のあたりに忍び寄り絡んできた。

石畳の左右に並ぶのは、小さな家とも呼べる礼拝所だが、人の代わりに何か別のものが棲み着いている。暗い空気を抱き込んで圧力をかけてくる。良く見ればそれぞれ意匠が凝らされていて、苔むした屋根で天使がラッパを吹くもの、窓のステンドグラスが汚れてたったいま土中から掘り出されたように冷え切っているもの、黒大理石の十字架に天使がしがみついているものもある。広い石畳の道に面した大きな墓だけでなく、そこから左右に入り込む通路にも、小さめの礼拝所がいくつも見られる。細長い石棺の片側に故人の名前を記した石碑を立てた、良く見かける墓も沢山あった。

広いスペースや礼拝所を持つ墓は入り口近くやメインストリートに多く見られ、墓地はそこから拡大していったのだと想像出来た。古くからの名門名家ほど広い墓を確保できたのだろう。となると、墓地も階級社会そのものということになる。

けれどアンドレ・ジャピーは、ジャピー家の墓ではなく、サレール家の墓に眠っているという。このときの三人の心境は、あの世の住人に魔法をかけられ、けれどそんなことに臆してはならないと静かに気負い、高揚し、けれどなるようにしかならない、この世には解らないこと、解る必要のないことも沢山存在しているのだからと居直りも芽生えて、深呼吸すれば無言の晴れやかさで胸は満たされる。わけもなく大声を上げたくなったが、お互いそれは自制した。

石畳は墓地の端から端まで真っ直ぐで長い。左右の栃の並木も遠くは小さく見えた。墓参の人影はない。案外マッコが一番緊張しているのかも知れないと、あやめはその呼吸を聞き取りながら歩く。何なんだろうね、と一良が間の抜けた声で呟くと、マッコはさあ、と声を裏返したが、足音は強く確かだ。

突き当たりが見えてきた。人の姿はなく、黒い車が脇道に身を伏せて待っていた。さっきの管理人への電話は、この車の中から掛けられたに違いない。

少し離れて足を止めると、運転席のドアが開いて灰色の制服姿の男が降り立ち、近づいてきた。マツコと挨拶を交わす表情は、穏やかだが威厳がある。フランス語で何か喋っているがあやめにも一良にも解らない。車は後部座席が暗色のガラスで遮られて外からは見えないが、そこに人が居るのは運転手の態度でわかった。

「あやめさん」

呼ばれて近寄ると、時計の写真、とマツコが言う。

「写真の方よ、スマホの」

あやめはスマホの写真を選び、マツコに渡した。マツコがそれを運転手に渡すと、彼は車に戻り、後部座席の人間に見せた。そして三人のところに戻ってきてスマホを返した。

車の後部ドアが動く。運転手が車に戻るより早く、ドアが開いた。緊張で三人は固まった。ドアの下から黒い杖が現れ、続いて細く白い足が覗いた。それから真っ赤なスーツに身を包んだ女性が白銀色の髪を重そうに車から押しだし、駆けつけた運転手の手を借りて車の外に立った。

髪の毛は綿毛を膨らませたように大きかったが、顔は硬く縮んでいる。首のあたりの垂れた皮膚は彼女が老いている証拠に違いなかったが、目に刺さるほどの赤いスーツは老女と呼ぶのを躊躇わせた。背中が曲がっているせいだろう、背丈はあやめの目の高さほどしか無かった。

運転手の手を振り払うようにして、杖だけで歩いて来た。三人の前に立つと、かすかに表情を緩めて、こんにちは、と日本語で言った。眼窩は大きく黒目の光も鋭い。心の内が読めないほどの威圧感があった。

「良く来ました」

三人は軽く会釈を返した。

「アンドレ・ジャピーに会いますか」

返事に困ってただ頷くと、老女は黙って歩き始めた。差し出された運転手の手を、目の前に垂れた邪魔な枝のように払いのけ、その瞬間、シシ、と小動物のような奇妙な声をあげた。

停めた車と反対側の、何本かに分かれた通路に入っていく。その通路の左右にも墓は連なっていて、このあたりには大型の礼拝所はなく長方形の色とりどりの石が並んでいた。埃をかぶっている石も磨かれて顔が映りそうな大理石もある。石碑や墓石の上に何々家と書かれているもの、個人名だけのものといろいろだが、家族墓なら、一つの石の下に何人もの遺体が埋葬されているのだろう。

真っ赤な身体が、左右に揺れながら歩いていく先に、十数本の白いバラが散り置かれた場所にやってきた。それまでに見かけた墓のように石で覆われてはおらず、コンクリートで地面に蓋をしただけの四角い場所に、花が散っていた。

立ち止まった老女はバランスを取りながら腰を屈め、足元のバラを一本持ち上げると遠くへ放った。けれどバラはほとんど同じ場所に落ちた。

「アンドレ・ジャピー」

と言う。

「私の、父親」

日本語ではっきりと言った。瞬間、三人の視線が老女に突き刺さった。けれど老女は微動だにしない。

「あなたは……フローランス」

あやめがその名前を口に出した。ウィ、と顔を斜めにして答えたものの無表情のままだ。不機嫌なのか認知機能が落ちているのか解らない。日本語もどの程度通じるのか。

踵を返して車に向かう彼女を、黙って追うしかなかった。運転手もうっかり声を掛けて杖で叩かれるのを恐れている様子で、無言のまま従う。

墓地の管理人が言ったことを思い出したマッコは、小声で運転手に声をかける。返事も小声で返ってきた。墓は契約期限が切れて返却が決まっていると言ったのは本当だった。

「……サレール家の墓、なんですよね」

あやめの声に立ち止まった赤い老女は、運転手をきっと睨み何か鋭く言った。その話はするな、という禁止のニュアンスだけが伝わった。歩き始めた老女に、あやめはくじけずに言葉を続ける。

「……フローランスさんに、久美子さんのことを伝えたいのです。久美子さん、アンスタッツ久美子さんのこと……」

老女は素早く反応した。耳は充分に聞こえている。立ち止まると全身で向き直り、あやめを見詰めた。数秒の無言のあと、赤い口紅の唇が動いた。

「あなたは、久美子の、子孫ですか」

老女の息が激しくなっている。

自分のことはどのように説明されているのかと、あやめはマッコの反応を窺うが、マッコは黙ったままなので、あやめは老女を見てきっぱりと、ウイ、と答えた。子孫と言って間違いない。いや、子孫以上だ。

「時計だけでなく、久美子さんの骨も持っています」

自分には特別の資格がある気がした。なぜかは解らないけれど、全身に自信が溢れた。桐谷久美子が自分に入り込み、背筋を伸ばさせ、胸を大きく張り出させ、手足の隅々にまで血流を注ぎ込んでいる。

すると老女は、フランス語で吐き捨てるように言った。マッコはその言葉を拾いあげてあやめに伝えた。

「私に母はいない」

え、今そう言ったの？　とマッコに問うと、細かく頷いている。あやめに猛然と怒りが湧いてきた。あやめの中の久美子の怒りだった。

「フローランスさんの母親は桐谷久美子さんです。あなたを命がけで産んだのです。なぜ私たちをパリに招待したのですか？　あなたは母親のことを知りたいはずです」

その言葉がどの程度老女に伝わったのかは解らない。振り向かず、杖を使った奇妙なバランスの取り方だが繰り返されると自然な動きにも見えてくる歩き方で、車まで戻った。運転手が走って行き後部ドアを開けるのを待ち、あやめたちを見ないまま乗り込んだ。そのとき運転手に何か言い、運転手は準備されていたらしい封筒をマッコに持ってきた。マッコに何か話し、マッコは頷いて受け取る。その時ウィを二回言った。

「……ボークールに来て欲しいそうよ。そこでまた会いたいって。フローランスはボークールに住んでいるらしい。今日のためにパリに出てきたんだって」

三人は立ち尽くしたまま、棺を乗せたようにゆっくりと石畳を滑って行く黒い車を見送った。

「……良く解らんな。遠いのかなボークールというのは」

と最初に一良が口を開いた。マッコはそれまでと同じ太い声を取り戻して言う。

「私たちを確かめたのかしらね、ここに呼びつけて」

なにを確かめたのか解らないけれど、ボークールに来て欲しい、ということならば合格したということか。けれど何て失礼な態度だ。

我に返って、フローランスの年齢を計算した。八十歳前後か。灰色にも白銀にも見える髪の毛は、西洋人のだれでも持っている。けれど、目の黒さと檜皮《ひわだ》を剥いたような頬の色は、東洋系のものだ。

「……びっくりだわね。知り合いに頼んだあとしばらくして、向こうから電話があったのは間違いなく彼女の声だった。フランス語だったし、老人に違いないと想像したけど。事務的な連絡は今の運転手だったのね。いつも一方的だったし……ジャピー協会って、本当に在るのかしら……私はずっと彼女とだけ連絡し合っていたのかも知れない」

マッコは預かった封書の中身を覗き、ボークール行きのチケットやホテルのバウチャーが入っているみたいよ、と言った。

赤いスーツの嵐が去ったあと、三人はしばし放心状態。どこかで栃の実が落ちた。久美子の娘フローランスへのイメージが瓦礫と化したのを、三人それぞれに消化出来ないでいた。これが現実なのだ。もしかしたら久美子という女性も悲恋の美女とは別の姿を持っていたのかも知れない。

我に返り、再度アンドレ・ジャピーの墓に参った。白いバラの数から想像すると十人程度の関係者がセレモニーにやって来て、去っていったのだろう。コンクリートで覆われ地面より少しだけ高さのある墓は、バラの花が無ければこのパッシー墓地で一番寂しい一角だ。それも近々別の家族墓になる。

ジャピー家の主だった方なら故郷に埋葬されたのではないか、と管理人が言ったのを思い出した。掘り返されたアンドレの骨は、ボークールに戻るのだろうか。それならばいま、久美子に代わってアンドレに手を合わせなくてはならない。あやめがまず蹲ると、一良もマッコもそうした。写真の中の白衣の久美子が傍にいた。今ようやくここで、久美子の骨はアンドレに会えた。バッグから骨を取り出して置き、合掌瞑目した。言葉がうまく通じなかった二人だが、骨になれば何かの方法で交流出来るはずだ。この墓の下に横たわっているアンドレの骨はどんな状態なのだろう。火葬されて骨壺に入っているのだろうか。

「ボークールに行けば何か解りますな。解らなくても良いじゃないの」

一良の声は妙に弾んでいる。パリに来てときどき、若い学生のような好奇心の目になり、口数も増えた。あやめは一良の声で現実に引き戻され、そうね、と答えながら立ち上がった。足首に地面の空気が絡んできた。

久美子の骨をバッグに仕舞う。ほんの一欠片でもアンドレの墓にふりかけたいと考えて来たけれど、いざ墓を前にすると、墓も骨もあまり意味が無くなっていた。骨をふりかけて満足するのは自分だけだろう。報告を受けて島地先生や島地寿子さんは胸を熱くするかも知れない。けれどこの墓もすぐに掘り返されるのだ。

何度も夢想した行動に移れない自分に、あやめ自身が驚いていた。赤い老女のひとことが渦巻いて、あやめの中で落ち着き所を探しているせいもある。私に母はいない、ってどういうことよ。あの婆さんのそんなひとことを、久美子に聞かせるわけにはいかないでしょう。

骨と時計をバッグごと胸に抱きしめる。あの偏屈婆さんが母親を否定するなら、この骨は日本に持ち帰る。自分の方が久美子の骨を持つ資格がある。けれど彼女は、フランスで育ちながら、充分では無いにしても日本語を学んだのだ。日本語を学んだのは、母親が日本人だからではないのだろうか。

「あっちは最初から、そういう予定だったんだわね。準備万端。送られてきたお金も、それなら納得できる」

とマッコが言うと、一良も弾んだままの明るい声色で、そうそう、そういうことだね、ともうボークール行きの気分になっていた。

墓から立ち去りながら振り返ると、白いバラを持つ手が幾つか見えた。けれど見えたのは墓の周囲から差し出してバラを置く手だけで、手から上は見えない。

石畳に転がった栃の実を拾った。どれも綺麗で艶がある。お土産は栃の実だな。あやめは割れた殻の中から幾つか取りだした。

墓地の出口にはあの管理人が待っていた。ドビュッシーの墓に案内を頼まれるのを期待している様子だが、ドビュッシーには興味がなかった。彼は小銭を稼ぎ損なった。けれどももっと良い稼ぎが待っていた。マッコは十ユーロ札を彼に渡し、何か頼んだ。しばらくして戻ってきた彼は、頼まれたことをマッコに報告した。

マッコはメルシと男に笑顔を残して歩き出し、あやめと一良に十ユーロ分の報告をした。

「サレール家というのは、アメリカから来た人みたいよ。昔からのフランス人ではないんだって」

結論から言えば、三人がパッシー墓地で直面した謎、つまりなぜアンドレ・ジャピーがジャピー家の家族墓にではなくアメリカ系のサレール家の墓に埋葬されているのかという疑問は、解かれることはない。何らかの事情があったのだろうが三人には解くことが出来ない。つまりあくまで想像するしかないのだが、後にサレール家の女性と婚姻したか、または本人がジャピー家の墓に入るのを拒んだか、その場合なぜ拒んだのかも含めて、最後までこの件は謎のまま残される。アンドレが一九七四年にフランスの西海岸ブルターニュで七十歳の生涯を閉じたとき、女性と暮らしていたのは確かだが、その女性がサレール家の人かどうかも解らない。桐谷久美子は骨の欠片が入った箱に記された享年が五十五歳なので、それを元に考えればおおよそ久美子の没年は一九七三年となる。二人はほぼ同じ時期に前後して他界したことになる。久美子は戦火迫る時期の恋と出産、そして娘との別離を乗り越えて、戦後も九州大学医学部で看護婦としての仕事を全うしながら、実弟つまりあやめの祖父の勉学を扶《たす》けた。これは確かだ。

久美子が五十五歳で死んだとき、おそらく養女になった先の桐谷家の墓に納骨されたのだろうが、桐谷家と確執があったなら無縁仏として扱われた可能性もある。若き日の許されぬ恋の始末と娘との別離に大きく関わった後輩島地ツヤ子は、喉仏の欠片を生涯持ち続けた、これも確か。久美子や娘に関わる手紙類と共に、何らかの強いこだわりや悔悟を抱えながらも、最後は認知機能を失ってしまったツヤ子の胸の底は解らない。解らないけれど親愛の情を持って想像することなら出来る。久美子の死後、何かが心にこびり付いたまま残ったツヤ子。多分火葬に立ち会ったのだろうが、久美子の喉仏の骨の半分を手にとったとき、ツヤ子は久美子に何かを語りかけた。誓った。あるいは謝罪した。そして自分の記憶に刻んだ。その記憶は脳細胞の劣化ゆえ、当初のまま保っておくことは出来なかった。

解けない謎は想像に委ねるしかなく、謎は解かれるべき、とする考えには敗北宣言を出さねばならない一方で、解けた謎については胸を張っても良いだろう。

ニワトリの時計に仕込まれたウォッチペーパーを見たジャピー協会の人間が、なぜ三人をパリに招いたかである。これはマッコがジャピー協会の人間つまりフローランスに訊ねて、答えを貰ったわけではない。フローランスはマッコとの接触でも、お金は気前良く出したものの自分の手の内を自ら明け渡すようなことはせず、老人性の自閉的な潔癖さや疑心暗鬼に取り憑かれたのか、マッコの質問にもまともに答えてはくれなかった。

この謎を解いたのは、マッコの勤務先ギメ美術館の男性学芸員で、彼はウォッチペーパーにほとんど専門家レベルの興味を持っていて、AMSTUTZ-KUMIKO に連なる数字の謎を解いた。最初の四つの数字は誰もが想像したとおり、一七九九年で、次の数字5は五月で17は十七日だった。その日にジャピー家にとって何が起きたかを彼は調べた。あとに続く数字はその日にフレデリック・ジャピーに与えられた特許の番号だった。特許は十数種類あり、この特許によって、以後のジャピー家の産業は栄えた。ジャピー家の根幹を示す数字の連なりと、久美子がフローランスを産んだという一文を合わせたウォッチペーパーは、久美子とフローランスの身分を保証するものであり、結果としてフローランスはアンドレに引き取られたのでその必要は無くなったが、もし混乱期の日本に幼子が残されていたなら、後に決定的な救済になったはずだ。そこには母親と娘の名前と、ジャピー家の人間にしか意味のない数字があり、それで充分だった。AMSTUTZ というのは、フレデリック・ジャピーの妻の姓で、その後数百人数千人にまで拡大する「一族の母」という象徴的な名前だった。これもジャピー一族にしか通じないこと。

同僚によって解かれた謎を、マッコがジャピー協会の人間つまりフローランスに確認すると、彼女は電話の向こうで、しぶい声で突き放すように呟いた。良く調べましたね。けれど貴女方には関係無いことでしょう。

そのときマッコは、ひと言だけ言い返した。いえ、父親の娘への愛情を強く感じます。私にも父はいますから、関係無くはありません。すると先方は黙ったという。マッコは同僚の男とその夜、祝杯をあげた。


他人の人生を想像すること、心身の内側に入って動き回ることとは、その人への愛の実践そのものだと覚悟してみると、彼らも不完全な人生の中から、精一杯の宝を差し出してくれるのではないか。これは希望である。すでに骨になり、魂も記憶も消えてしまった人たちと関わり合うのに、他にどんな方法があるだろう。

あやめと一良そしてマッコのボークールへの旅だが、幾つかの謎が旅の先に置かれていれば、それだけで一歩一歩が愉しいものになる。もちろんすべての謎が解かれることはないと先に述べた。どれほどの想像力つまり愛情も、遠く及ばぬ場所に人は居るのだし、本人でさえ理解出来ない場所に立ったまま人生を閉じるのだろうから。

剣呑な老女フローランスの手の平で転がされている三人だが、実は転がされていることがそれほど不愉快ではなかった。悲愴な表情を作りながらも内心では、ジャングルの入り口で巨大なライオンの出現を待つ高揚で、全身汗ばみつつもあやめはマッコからTGVのチケットを受け取った。

17

山羊の群れを切るように列車の影が流れて行った。その向こうには定規で引いた並木のような林檎の木が、隊列を崩さず追いかけてくる。

列車の中では思い出すことと考えることしか出来ない。けれどどれも口に出すと中途半端になるので結局黙っているしかないのだが、三人の頭の中に繰り返し現れるのはフローランスのことである。マツコはそれでも通訳と案内人の責任をいくらか感じているのと、一良は初めての外国旅行に浮かれていて、懐中時計を動かすことが出来たので日本を代表する技術者になった気分でいた。久美子の形見として時計をフローランスに返すつもりだとあやめは言っているが、その形見にいのちを吹き込んだのは自分だぞ。日本人の技術力を認めさせたいね。

久美子の骨を持っているあやめは、二人とは少し違って重心が低く、飛べと言われても今は飛べない気分。フローランスへの反発も胸底から泡のように湧いてくる。これまで母親が急死した時だって、どうにもならない運命だと分別して身を屈めるだけの心地だったのが、今はもっと切迫した鋭い感情を抱えている。あやめは無口だが、マツコと一良はリヨン駅で買い込んできたビールを飲みながら、日本の話に興じていた。

ベルフォール・モンベリアール駅はモダンで明るく、広い庇が張り出す先には、車がほとんど居ないせいで広さが目立つ駐車場が、ただ眠たげに亜麻色の陽射しに沈んでいる。

手前の黒い車には馴染みがあった。ドアの傍に立つ運転手の顔も覚えている。TGVのこの駅から南つまりスイス方向へ車で三十分も走れば、国境に近いボークール市だ。マッコの地図で確認していた。

助手席に乗り込んだマッコが、運転手と話している。パッシー墓地で会ったときより表情は穏やかで親しげな様子。マッコが上半身を捻り、フローランスは風邪を引いて迎えに来ることが出来なかったけれど、明日は会えるそうだと言った。

車はボークール市に入り、坂を上っていた。地図では解らなかったがスイスとの国境には山が連なっているらしい。パリより気温も低い。

案内された宿は広場に面した煉瓦造りの二階屋で、一階のレストランの奥に入ると丸顔の若い女性が部屋の鍵を手渡してくれた。階段を上がって向かい合わせの二つの部屋に入る。あやめはマッコと、一良は一人で部屋を使うらしい。ミシミシと床を鳴らして窓に寄ると、広場が見下ろせる。そのまま視線を上げた。城の灰色の屋根が森の緑の中に覗いていた。その屋根の向こうにも別の城が見える。ここはジャピー家の街なのだ。

「幾つもお城があって凄いね」

と呟くとマッコは、

「解らないよ全く」

と不機嫌を露わにした。

「傲慢な血筋だなあ」

仕事上のきびきびした態度とは別にマッコも同じ不満を持っているのだ。

「今日これからあの運転手が、この街を案内すると言ってるけど、どうします？　とくに観光したい街でもないけど」

「フローランスは本当に風邪なの？」

「ああなるのね日本人の血が入っていても。フランスの老人には時々フローランスみたいなのがいる」

「フローランス的……」

と言ってみたものの、フローランスのことは何も知らない。

「偏狭で意地悪で自分以外は全部敵で、権力とお金を使えば人はみな自分の前にひれ伏すと思っている。日本の老人なら認知症だと思われるけど、こっちの老人はアタマもしっかりしていて、性格だけが壊れているの。日本の老人だと幼い子供を見ると表情が緩むでしょ？　でも緩むどころか猫でも追い払うように怖い顔になる。女としての本能も壊れている……」

マッコの悪口は止まらなくなった。自分もフランスの頑固な老女になりかけているのにと、あやめはおかしくなった。

「愛に飢えてる老人が多い、とか」

「愛？　面白い」

「母親の愛、とか」

「あやめさん、心理学を勉強した？」

「違う、自分のことだから」

マッコは窓に向いた身体を捻って、面白そうに、けれどちょっと意地悪な目であやめを見る。その目が粘着質で、あやめは鬱陶しくなる。自分が母親の愛などを持ち出したことにもうんざりだ。

あやめは口を一文字に閉じ、開け放った窓から入り込む森の冷気を鼻孔に取り込んだ。鋭く湿った、甘さのある水と岩の匂い。目頭に波が来た。母親を知らないまま年老いたフローランスと、母親と暮らしながら何も面倒なことが無かった、けれど愛されたという実感も持てない自分と、どっちが不幸せだろうかなどと考える。不幸の度合いが天と地ほども違うのだから馬鹿げている。フローランスは戦火が迫る中で生まれて母親から引き離された。自分は平和な時代に母親に育てられたが、母と娘が鬩《せめ》ぎ合ったり求め合った記憶が無い。肩も腰も筋肉で出来ていた母親の後ろ姿を思い出していたら、つつっと涙が落ちた。マッコから顔を背けたが、不自然な沈黙が背中に貼り付いた。

ドアがノックされた。開けてみると一良が外出の仕度をして、肩からカメラを下げて立っていた。

「あれ、行かないの？」

「行くよ、先に下りてて」

あやめは、喉に詰まった生暖かくてごわごわした感情を、勢いよく吐き出した。

想像したとおりの綺麗な田舎の街だ。市庁舎らしい清潔でモダンな建物が目立つけれど、他はバルコニーに花を植えた煉瓦造りか木造の二階屋がほとんどで、足音を消して佇むと鳥と風の音だけが胸元を通り過ぎる。

石畳の路地の向こうにもう一つの広場があり、夏枯れを感じさせる、赤や白や黄色の花を咲かせた花壇が正面にあった。その花壇の真ん中に立ち上がった五メートルものモニュメントに、あやめと一良は吸った息を吐き忘れる。赤く錆びたニワトリだ。首を持ち上げトサカを立て、全身を何十枚もの鉄の羽根が覆い、風に波打たせている。背中にはネジが取り付けられているので、あのネジを巻けば時を告げる鳴き声を上げそうだ。

一良が、これだね、と呟いた。マツコが運転手に訊くと、このニワトリはジャピー家とこの街のシンボルなのだと言った。あやめは背中のバッグから布に包んだ懐中時計を取り出し、裏返した。一良も覗き込む。マツコも運転手もそうした。全員であやめの手元と、目の前に聳える錆びたニワトリを見比べる。首を右に尾を左にした姿も、太めの二本の脚もそっくりだった。

運転手はすべて了解した様子で歩き出し、もっといろいろ在りますよ、と言った。それから風をくぐるようにして別の建物へ入っていく。この街の要所を一通り回るように言われているのだろう。

博物館になっていた。ガラスケースの中には大小の工具が展示されている。ゼンマイのようなもの、糸鋸や秤、コンパスもナイフも磨き上げられているが、説明を読むと十八世紀から十九世紀にかけての物だ。

「もう一度あの時計見せて」と一良が頼んだ。あやめが取り出して渡すと文字盤を見ている。

「文字盤の三時、六時、九時、十二時にアルファベットの大文字でＪＡＰＹと在るのは解るとして、他の数字の代わりに工具の記号が打たれているのはなぜだろうと思っていたが、これだね」

あやめも不思議なデザイン文字だと思っていた。

「鋸とかペンチとか。コンパスだろこの五時のところは。フリーメイソンのマークと同じだ。職人組合なんだ」

「うん、そういうことでしょうきっと。でもね、ちゃんとネジ巻いたっけ？　クオーツじゃないんだよね。昨日パリで巻いた気がするけど……動いてないよ今」

一良は懐中時計を右手に載せた石像になる。全身の血液が足から床へ落ちてしまって動けない。右手の中で何が起きたのかを必死で探している。こわごわとネジを巻いてみるが、秒針はぴくりともしない。

「きっとまだ、時計も時差ぼけだよ」

あやめがおどけて言うが、一良は笑わない。

「一度蘇ったものはまた蘇る。この時計の価値は使えるかどうかではないのだし」

あやめは時計をもぎ取り背中のバッグに仕舞った。

白黒写真が壁を埋めているコーナーがあり、その多くは工場を高い場所から撮影していた。工場には何本もの煙突が立ち黒い煙を吐いている。陶器工場か製鉄所かもしれない。直ぐ横にこのボークール市の古い地図が貼ってあった。山間に十棟以上の工場が散在しているのが判る。一八〇〇年代前半だとあるから、産業革命の波に乗った、ジャピー産業最盛期の姿だろう。

人気のない博物館を歩く。フローランスはジャピー家の偉大さを知らせたいのだろうと想像したが、そんなことは解っていたし、それより工具の陳列ケースの前から動かなくなった一良が問題だ。あやめは洗濯板とブリキのバケツが面白くて、こんな物までジャピー産業は造ったのかと、精密機械の技術を自慢されるより懐かしい感情が湧いてきたのだが、それどころではない老人が取り残されている。

「ヨシさん、大丈夫？」

気がつくとマツコは人物写真の前で足を止めていた。近づいてみるとアンドレ・ジャピーの顔写真だ。航空家アンドレ・ジャピーと説明されていた。

ずいぶん長い旅をして再会した気分だ。直ぐ横には、アンドレが東京朝日新聞社を訪れて神風号を操縦する男たちや大使館関係者などと食事をしている写真がある。飯沼飛行士、塚越機関士は見当がついた。ロザッティ海軍武官とマスト陸軍武官はどれか。ブリエール航空武官もどこかに居るのだろう。

九州帝国大学附属病院の廊下を、松葉杖をついて歩いているアンドレの写真もある。傍にいるのは間違いなく白衣の久美子で、ツヤ子らしい看護婦を従えていた。

あやめは慌てた。久々にアンドレと久美子に会ったからではない。この博物館に日本で撮った写真がなぜ在るのか。同じ写真があやめの部屋にも在るのだ。

あやめがマッコの通訳を介して訊ねると、運転手はあっさりと答えた。

「……この人が持って来たと聞いている」

運転手の指は久美子を指していた。あやめといつの間にか横に立っていた一良は絶句し、それは間違いだと頭を振る。あり得ないことだ。けれどあり得ないという証拠も無い。

「本当ですか、この人は久美子さんで、フローランスさんの母親ですよ」

へえ、と運転手はあらためて壁に顔を近づけた。あやめにとっては見慣れた久美子の横顔だ。マッコは眼鏡をかけ直して、うん、美人だわね、なるほど、解る、などと言っていた。それでもやはり、これらの写真をボークールまで持って来たのが久美子という事実にあやめは納得出来ない。

「この久美子さんがボークールに来たというのは、つまり、アンドレさんと久美子さんが再会した、ということですか？　誰かが郵送してきたのではなくて？」

「良く判らない。明日、フローランスに訊いてみれば良い」

運転手は退屈な授業からそっと逃げ出すように離れた。

三人も運転手に続き歩き出したが、あやめは何かに裏切られたような、だからといってそれが苦しいかといえば嬉しいようなほっとするような、けれどやはりそんな馬鹿な、何かの間違いだという、義憤に似た感情に耐えている。

本当に悲恋だったのか。

久美子がボークールに来たのち二人は破局したのだろうか。何があったのか。あれこれとアタマの中が回転を始めた。

これらの写真は、アンドレ・ジャピーやフローランスの住まいではなく、博物館に置かれているのだ。そういう場所に置かれた桐谷久美子は、ジャピー家の歴史のささやかな一ページでしかない、と考えると哀れだが、あやめの思いが強すぎるだけなのかも知れなかった。フローランスが、私に母はいない、と言った声が背中をひんやりと浸してきた。

「行きますよ」

マッコの声でようやく動き出す。

「また明日来れば良いよ」

と一良も嗄れた声を出した。

「……古い城塞みたいなところを案内するそうだから」

そろそろと動く無言の行列はコーヒー色にかがやく巨大な岩壁の前に来た。

運転手は今日の仕事をやっつけるために、岩壁の穴に入っていく。この穴をくぐり抜けて上に出れば、森を背にボークール市を俯瞰できるのだと説明しながら。

アッシュグレイのベールを被った街が一望出来た。ベールの中のあちこちで橙色の明かりが点り始めている。久美子がこの街に来たとしたら、もしそれが本当なら、多分この場所にも立っただろう。傍にはアンドレが居ただろうか。

あやめは久美子の心地になって街を見下ろした。戦争を生きのびてこの地にやって来た達成感と、言葉の通じない孤独と、再び愛する人に会えた高揚で震えていたのではないか。神戸での別れの狂おしい切なさは、この場所でもう一度燃え上がっただろうか。そのとき久美子は気丈さを崩さないでいられただろうか。フローランスはどこに居たのか。

見下ろした景色は久美子に冷たく見えたか、それともロマンティックに映ったか。

ふたたび物語を作ろうとしている自分に気づいたあやめは、夢想の膨張を押さえ込んだ。それでもこの美しい夕景を、久美子が見たのだと思いたかった。自分もいま、確かに見て居る。あやめの中の久美子が深々と溜息をつき、映画の主人公のように哀しみを沈めた凛々しい顔を上げた。あやめは胸を反らせる。久美子がそうさせた。


さて、一良の心中を語らねばならない。彼は確かにあやめが想像しているように、自分の力に失望していた。ニワトリの時計を自分の技術で生き返らせた。医者が瀕死の人間を蘇生させたほどの自信と満足感が漲り、死んだ妻に報告したときは、さあどうだ、とばかりに胸を張った。

それが失敗だったとなると、一良の心身は自信の支えを失い、気分的な老いに押し込められた、となりそうだが、少し違うのである。彼はその瞬間からこう考え始めた。時計をもう一度直すことが出来ないか。時計もそれを望んでいる。そうするためには、一度は立派に蘇ったことをフローランスに伝えなくてはならず、工具と時計修理の環境が整った日本へ、あの時計を持ち帰らねばならない。その戦略をたてる。まずはあやめを説得しよう。

失意に落ち込む自分を鼓舞するのではなかった。見知らぬ街を歩いているとき道が壁に行き当たると、さて右に行くか左にするかの選択を迫られるが、行き詰まった不運にもかかわらずこれが愉しいのである。どちらかを選択すれば何かがまた起きるのだから。

あやめの恋愛妄想中毒もその傾向があるが、一良にも、困難を何度でも味わいたい衝動が湧いていた。上手く行かないことにも希望を見いだすことは出来る、上手く行かないから気力が生まれることもあるのだ。

18

ボークール二日目。

あやめと一良とマッコは、最初にホテルの窓から見た城に来ていた。そこにフローランスが住んでいる。

広場からは見上げるほどだった城の屋根だが、緩やかな傾斜の石畳を上って行くと、息が上がらぬうちに着くことが出来た。間違いなくこの街では一番豪華な住まいだ。

上がってくるとき、針葉樹の林の向こうにいくつもの城が見えた。マッコの説明だと、かつて個人が収入をつぎ込んで石を積み上げ、空高く造り込んだ邸宅なのだ。ということは他の城にもジャピー家の誰かが住んでいるのだろうか。その中の一つで、ジャピー家の歴史が記録され続けているのかも知れない。それとも外形が保たれているだけで、中は廃墟になっているのかも知れなかった。

高くて重い扉を押し開くと、中は教会に足を踏み入れたような暗さである。けれど暖房が効いていてむっとし、あやめは息を止める。石造りの外壁の内側に、木造の家が仕舞い込まれていた。白木で作られた部屋の扉にはカウベルがぶら下がっていて、写真で見たチロル地方の素朴な農家を想像させる。入ると天井はガラス張りでモダンな住まいになっていた。内側から見上げた城の天井は、ガラス板のかなたに深い船底を被せたようだ。

誰も出てこないのでマッコが声をかけると、奥の扉から昨日の運転手が出て来た。今日は紺色のセーター姿だ。見慣れた客に最初から打ち解けた顔になっている。

「良く眠れましたか」

「はい、おかげさまで。フローランスの風邪は大丈夫ですか」

あやめは挨拶を返した。

暖炉で薪が燃やされている。暖炉の横に、背もたれと座面の革に細かな罅が入った、くすんだ赤の椅子が一つ、これは女主人用だろう。暖炉を囲むように置かれた革張りの半円形のソファーも旧いものだ。こちらは来客用か。高い窓から斜めに入ってきた朝の光が、ガラスの天井を通過して、暖炉周辺に漂う灰と埃を浮き上がらせている。こんなに湿気の籠もった空間の中では、さぞ風邪のバイ菌も増殖するだろうと、あやめは息苦しくなった。半袖になりたいほどだが、一良は年寄りらしく肘当てのついた厚手のジャケットを着て背を丸めている。

半円形のソファーに座ると、別のドアから大きなお盆に載せられた紅茶が運ばれてきた。エプロン姿の若い女だ。運転手は彼女に何か言う。エプロンの女が引っ込んでしばらくすると、杖の音がした。

あやめははっと緊張した。墓地でのことを思い出したのではない。九州帝国大学医学部の廊下を、アンドレが松葉杖で歩いていた。

現れたフローランスは黒いニットに赤い石を連ねた長いネックレス姿だ。三人を見下すように立ったまま硬い微笑を浮かべ、

「昨日は愉しめましたか」

と訊く。マツコはすかさず案内のお礼を言うが、あやめは上手く言葉が出てこなくて、

「……いま、フローランスさんの杖の音を聞いて、ああ、アンドレ・ジャピーさんだと思いました。九州帝国大学に入院されていたころの……」

と胸をよぎったままを口にした。

「……ジャピー博物館に在ったあの写真です。アンドレさんが松葉杖で歩いている傍に、桐谷久美子さんが付き添っていました。とても幸せそうな写真でした」

マツコはあやめの切り出し方に慌てた様子で、話を引き取りたいのが見え見えだが、一良はあやめの焦慮が解っているのか、じっと気配を消して沈み込んでいる。

フローランスは自分の椅子に一寸刻みで腰を下ろし、座り終えると深い息を吐いて安堵の表情になり、杖を運転手に渡した。

お茶を頂きます、とカップに手を伸ばしたあやめだが、わずかに手が震えてしまったので元に戻す。あやめの中には昨日以来、フランス映画の主人公のような久美子が居ついている。余裕を見せるために大きく呼吸をし、もう一度カップを手にとった。今度はすべてが優雅に出来た。

「あやめさん」

「はい」

「あやめさんは久美子の子孫ですね」

「少しですが繋がっています。久美子さんは私の祖父の姉です。とても優れた看護婦でした。働きながら祖父を大学にやってくれました」

フローランスを見返し、深い息を続けながら前のめりになる。ここで退くことは体内の久美子が許さなかった。

「なるほどそうですね。間違いない」

「何がですか」

「あなたにそっくりでした、久美子は」

「そっくり」

やはり久美子は、この街に来たことがあるのだ。

「博物館の写真も、久美子さんが持って来たそうですが……」

フローランスは、遠い記憶に身構えるように右手を握りしめ、椅子に座り直した。

その横顔を見た一良は、似ている、と呻く。フローランスの紡錘形にすぼまった目尻と意志の強さを示す真っ直ぐな鼻筋は、久美子の写真にそのまま重なる気がした。置かれた環境が違うだけで、同じ気性の母と娘なのだ。それに今、あやめまでが似た顔付きになっている。

「……何もかも、あとで聞かされたことばかりです。みんな私には残酷だったわね。

十歳でスイスからパリに戻った私は、十六区のアパートでソフィーという女性と暮らしていた。ソフィーと父の関係は、私には解らなかったけれど、父が家政婦以上の信頼を持っていたのが判ったし、私にとっては他に頼る大人は居なかった。

父は私がスイスにいたときもパリに戻ってからも、いつも外国に行っていた。タヒチが主だったようだけど、アフリカや南アメリカなどにも飛んでいたみたい。私に来た手紙や絵はがきは、飛行機からの写真ばかりだった。

パリのアパートには滅多に来なかったけれど、来たときは膝に乗せて遊んでくれた。髪に鼻をつけて、良い匂いだと言ってくれた。父はいつも革のジャンパーのつんとした冷たい匂いがした。

父の膝の上に乗せられているときでも、身構え身体を小さくしていたのは、次にやってくるまでの寂しさを深刻なものにしないために、思い切り喜んではならなかったからです。わかりますか、嬉しくても喜ぶことができない子供の気持ちを。父が遠い目でアパートのバルコニーを見始めると、十分も経たずにジャンパーを手にして出て行くのです。

あるときソフィーと父とがこっそり立ち話をしているのを聞いてしまったわ。私が感情を表さないのをソフィーが病気ではないかと心配すると、父は、日本人はみんなそうなのだと言った。それまで私はなぜ自分の顔が他の人と違うのか判らなかったけれど、自分は日本人なのだと知るとすべてが納得できた。その日以来私は、日本人らしく喜怒哀楽を戒めて生きることにした。ソフィーはトゥールーズに戻って二度の手術を受け、別の病気で死ぬまで、ずっと友達だった。ソフィーだけは残酷な人ではなかった」
あやめは自分の子供時代を思い出すまいと必死にフローランスを睨む。あやめの足へ余計な配慮をしないのが正しい愛情だと信じる母は、じゃあお留守番よろしくねと明るく言い置いて、テニスコートに向かった。母の背中を見送る自分が、ありありと浮かんでくる。寂しい顔など一度も見せなかった。

ある日父が私をパリから連れ出した。十三歳のときのこと。父の車でこのボークールへ来たのだった。その日のことは良く覚えている。どんよりした冬空の中を灰色の煤煙《ばいえん》が綿毛のように窓の外に流れていたのと、車を運転する父がいつも以上に無口で、横顔が青白くて怖かったのを。

それまで一度もボークールに来たことが無かったけれど、父の故郷だと聞いていたし、お城がいくつもあるのを知っていた。

十三歳の私はもう、人の言うことを素直には聞かず、すべての欲を捨てれば戦士のように強くなれることを学んでいた。これはスイスの寄宿舎に居た頃からの身を守る哲学だった。日本人は自分の命を捨てるのを恐れぬことで、世界中を震撼させる戦士になった。能面を付けることで、鋭く美しい人間にもなれる。

ボークールに着いた車の中で、父は私に言った。女の人があの大きな岩壁の前で待っているから会って来なさいと。それが誰だかも教えず、ただ会って来るように言った。けれど何も受け取ってはならないと。言われたとおり行ったところ、女の人が居た。長いスカートを穿き丸い鍔の帽子を被っていた。

その人は私をこわごわと不思議な目で見て、最初は離れていたけれど、やがて一歩一歩近づいて来た。近づきながら何かを繰り返し言ったけれど、私には通じない言葉だった。そこには父もソフィーも居なかったので、どうして良いか判らず、ただじっとしていた。手を差し伸べられ、摑まれた。女の人は泣いていた。私は可哀想になり、摑まれた手を握り返した。すると崩れるように私を抱きしめた。抱きしめて何か言い続けた。けれど私には匂いしか記憶に残っていない。ソフィーとも父とも違う匂いだった。帽子の中でかいていた汗の匂いだった。それと首や胸の柔らかい感触。

その人はバッグから時計を取り出した。ニワトリの模様がある綺麗な時計だった。私の手の中に押しつけてきた。何も受け取ってはならないと言われていたのを思い出し、首を横に振って拒絶した。その人は時計をバッグに戻した。血管が浮き上がった手が、震えていた。時計を私に渡すために来たのだろうか。もしそうなら目的が果たせなかったことになる。

そう、今あやめさんが持っている時計です。遠い昔の一瞬のことだけど、時計の重さまではっきりと覚えている。ウォッチペーパーが入っていることなど勿論知らなかったけれど、あなたたちの話を聞いたとき、あの人が私に手渡そうとした時計に間違いないと思った。

十三歳の私がそのあとどうしたのか、思い出せない。父の運転でパリに戻った記憶はないので、私は誰かの車で戻ったに違いない。

父がどうしたのかも知らないけれど、多分数日ボークールにいて、そのあと当時仕事をしていたタヒチに飛んだのだと思う。

ふっくらした美しい人だったことは覚えている。あの写真に写っていた久美子。

なぜ何も受け取らないように父が言ったのかは、ずっと後になって教えられた。ボークールへ行った五年も後のことだ。

あのとき会った人は私の母親で、自分が飛行機事故で死んでも、あの人が時計を持ってさえいれば、私に会いにくることが出来るのだと父は説明した。あの時計は私に会うためのパスポートのようなものだと。

けれどその人はパスポートを使わなかった。二度と私の前には現れなかった。

私は世界に操られたあげく、放り出された気がした。世界は私に残酷だ。あの人が本当に私の母親なら、なぜ会いに来てくれないのか。父はなぜあのとき、私の母親だと教えてくれなかったのか。十三歳の私には理解が出来ないと思ったのか。母だと教えれば、私が父から離れてしまうと思ったのか。

私は日本語を勉強しはじめた。

私には父も母もいない、そう思えば心は強く平穏になれた。実際私の周りには戦争で両親を亡くした人が沢山いた。けれど彼らには両親がいた。失ったけれどいた。私の両親は生きている。けれどいないと同じだ。いないと思うことで生きていける親なんて、親ではないのだから。

「そうではありませんか、あやめさん」

とフローランスはあやめを睨むように懇願するように見た。世界を呪ってきた老女のその強い視線を、あやめは真っ直ぐ受け止めた。一瞬ひるんだけれど、猛然と反撃に出た。

「あなたは間違っています。なぜなら私も世界から放り出された経験があるので、今はあなたが間違っているとわかるのです。私は久美子さんの日記や、久美子さんとアンドレ・ジャピーさんのことを良く知る女性が遺したものを読みました。そこにはあの岩壁の前で久美子さんが語ったことが、書かれていました」

一良があやめを、ぎょっとした顔で見ている。あやめは一良の視線の意味が解ったけれど、もう退くことはできない。ここまで来た以上、あやめの中の久美子が語るのに任せるしかないのだ。

「久美子さんはあのとき、フローランスさんにこう言ったんです」

生涯に一度きりの命がけの恋だったの。一生分の情熱をあの数ヵ月で使い果たしました。戦争が起きる少し前、あなたのお父さんアンドレ・ジャピーは小さな飛行機で日本までやってきて、福岡県の背振山に墜落しました。死にかけていたのを地元の人たちに救出され、九州帝国大学附属病院で治療することになった。そして看護にあたった私と愛し合うようになりました。言葉が通じない、世間は決して許してくれない、けれどその分切なく情熱的な恋でした。神戸で迎えた最後の夜は、私の身体に生涯残る熱を残したのです。

あなたのお父さんは神戸港から船に乗って帰らなくてはならなかった。けれどそのとき、私のお腹にはあなたが居た。アンドレも私も気づかなかったけれど、あれほどの愛を交わしたのだから、生命が宿るのは当然の結果なのです。

まず信じてください。あなたは奇蹟ともいえる凄い出会いと愛情があって、この世に誕生したこと。他の誰も真似できない交わりの結果なのだということ。それを伝えたくて、ボークールまでやって来たこと。

あなたはもう十三歳です。まだ幼さが残るけれど、気丈で強い意志を持つ少女に育ちましたね。私とあの人の子供ですから当たり前です。どこまでも続く深い夜の闇を、信じる方向に明かりを求めて飛行を続けてきた父親と、その飛行に同伴したくても、それが許されなかった母親。絶望的な時代でした。

あなたの母親は弱音を吐かないだけでなく、自分の気持ちよりあなたの幸せを優先します。あなたをもぎ取って日本に連れ帰りたい気持ちは耐えがたいほど溢れているけれど、我慢します。あなたがどれほど大事かを、言葉が通じなくても繰り返し言います。こんなにも愛する人が、健康に安全に、美しく育っている。これを壊せば、あなたと私を生かしてくださった神様の怒りに触れるでしょう。

フローランス、私の気持ちを解ってくれるときを待ちます。それまでさようなら。

言葉が流れるようにあやめの口から出た。自分の言葉が途切れたとき、あやめは不思議な感覚を覚えた。これは久美子の代弁でありながら自分の言葉でもある。そして十六歳で別れた母の声でもあった。あなたがどれほど大事か……こんなにも愛する人が、健康に安全に、美しく育っている。これを壊せば、神様の怒りに触れるでしょう。初めて聞こえた母の声に、あやめはうろたえる。母の声と自分の声は似ていると言われたことがあった。

傍にいる一良も動揺していた。遠くに置き忘れてきた若いころの自分の声が、戸棚の奥から何十年かぶりに突然聞こえてきたような、どこかで自分も誰かに言ったり言われたりしたことがあったような、情緒的で不穏な、けれどたまらなく懐かしい感覚に揺さぶられている。

作り物こそ真実を見せる、という体験に、一良は打ちのめされていた。そして、こうも想像した。

フローランスが語った岩壁の前の久美子との出会いは、実際に起きたことだろうか。それともフローランスが生涯持ち続け、磨き続けてきたために、現実を越えてしまった夢だろうかと。

この疑問は、フローランスの疲れ切って見える表情からは読み取れなかった。脳細胞の確かさを信じることが難しいほど、ぐったりうなだれていた。

「……そうそう、言い忘れてました。あなたのお父さんとお母さんは、イクスという文字で結ばれていたんですよ」

あやめがこう言ったとき、暗いオリーブグリーンに翳った目の奥から、それまであった紗幕が落ちて、明らかにフローランスの意志が光になって表れた。

「イクスとは、こうですね」

彼女はあやめを椅子の近くに引き寄せ、左手を持ち上げた。自分の右手と交差させ、親指をXのかたちに交わらせる。あやめは、そう、これですと、噎せながら言った。

「父は晩年、私を呼び寄せて、良くこの恰好をしたの。私との握手はいつもイクスだった」

アンドレと久美子の、性愛の究極のイクス。フローランスはあやめの左手を放さない。あやめは仕方無く膝をつく。椅子のアームの上で久美子とアンドレとフローランスとあやめが交わっていた。

嘘つきたちめ、と一良は目頭の熱さを気取られないように、顔をそむけてののしった。女たちはどいつもこいつも、自分が嘘つきだと気づかないうちに、大ウソで世界に魔法をかけてしまう。イクスとはもしやアンドレが女を口説くときの常套手段だったかも知れず、娘にもそんな方法で自分の愛情不足を補ったのかも知れないではないか。

けれど一良は完敗だった。あやめの妄想が生む現実をここまで見せつけられたのだから。身体を戻し潔く涙を落とすと、いやあ参った、と呟きながらだらしなくニヤついた。あやめは跪いたままバッグから久美子の骨が入った箱を取り出した。

「これ、桐谷久美子さんの骨です。喉仏の半分。喉仏って、解りますか？　ここのところの小さな骨」

あやめが自分の喉を指さすのを見ていないフローランスは、箱を開けて中身を確かめることもせず、運転手を呼びつけてフランス語で何か言った。マッコが小声で通訳した。私が死んだら一緒にお墓に入れて欲しいって。それまで預かっておくようにって。

あっさり「物」になった骨は運転手の手に渡る。フローランスの行動は、一度動揺すればあられもない自分を見せてしまうことを恐れていた。見送るあやめの気持ちを一番大きく占めているのは安堵だった。

やるべきことがもうひとつ残されていた。あやめはニワトリの時計を取り出した。一良はこのタイミングを逃さなかった。

「……私が分解修理して動くようにしました。本当です」

あやめが、その通りだと強く頷いた。

「でも昨日のことです、止まってしまいました。ガンギ車の噛み合わせに緩みが出たのかも知れない。この時計の一番弱いところはガンギ車です。もう一度修理させて頂きたい。日本に持ち帰らせてください。必ず直して送りますから」

フローランスは何を言っているのかと、一良とあやめの顔を交互に見ている。それからゆっくりと時計を受け取り、

「これはあやめさんが持っていなさい」

と言って返した。

「ウォッチペーパーは」

「もう役目を果たしました。今度来るときのパスポートです」

あやめは時計をバッグに仕舞う。

椅子での姿勢に疲れたのか、フローランスは杖を取り寄せて立ち上がる。

「これでお別れですか」

あやめも立ち上がり声をかけた。

「ここまで来てくれてありがとう。久美子のことは覚えておきます。あなたは久美子そっくりです。だからあなたを覚えておきましょう」

立ち去りかけて、思いついたように足を止めた。

「そうそう、父から貰った絵はがきで、一番キレイなものを見せてあげます。写真はキレイだけど、父のことは読むたび解らなくなるので、読まないことにしていました」

暖炉横のビューローの引き出しを掻き回し、見つけた絵はがきを手渡しであやめにくれた。フローランスと目が合う。真ん中がぽっこりと抜け落ちた黒目の奥から、柔らかな風が流れてくる。眉間の皺が消えて笑みの気配が動いている。

フローランスが去ったソファーで、三人は絵はがきを見た。写真には、青の濃淡が美しい海面を漂うような、大きな環礁が一つと、その周囲に幾つかの小島が散らばっている。あやめはたったいま見たフローランスの黒目が、真ん中に穴が開いたこの環礁にそっくりだったと思う。あたたかくて吸い込まれそうな海だ。書かれた文章をマッコが訳してくれた。

「フローランス、夜の飛行はこの写真のように明るくはないよ……地球の半分は夜なのだから……私は仕方無く星を目印にするが、それらは星では無く、ときに星に姿を変えた神や悪魔になる……目印にしても良いけれど信じてはならない……すぐに姿を消すし、誤った方向に人間を導くこともあるからね……本物の飛行家は自分以外のすべてを疑う……絶対的なものなど無いということを夜の闇が教えてくれるから……空を飛べば身に染みて解ることだよ」

この絵はがきの文章はフローランスが言ったように、「読むたび解らなくなるので、読まない」のが正しいだろう。生きて来た時間によっても、解釈や想像がわかれる。

あやめと一良も受け止め方が違った。あやめはサン・テグジュペリという、砂漠に墜落した不幸から、世界の名作を生み出した作家を連想し、そのような体験が人類の永遠に通じる美しさを生み出すこともあるのだと、もちろんそんな大層な言葉で感動したわけではなかったけれど、胸の芯で得体の知れない波動を受け止めた。同時に娘であったなら、こんな暗闇世界を飛び回っている父親を、永遠に遠く感じるだろうと、フローランスに同情した。

一良は少し違った。根っこにあった疑惑があの美しい海の写真から静かに浮き上がってきたのだ。アンドレ・ジャピーが結局、ジャピー家の墓に入れなかったのはなぜか。

そして何よりあの絵はがきの写真だ。他の二人は気づいていなかったけれど、あれは一九六〇年のムルロア環礁であることが、小さい印刷文字で判った。フランスが二百回もの核実験を決定する、数年前の南太平洋。彼は何のためにパペーテを拠点に飛行を繰り返していたのか。偵察の二文字をアタマに置いてあの絵はがきの文章を読めば、また違った意味が加わってくる。

ブルトンが久美子の死を確認するような二つ目の手紙を書いたのも、事実と違っている。戦争末期、あの手紙は日本の憲兵に読まれることを前提に、久美子を守ったのではないのか。アンドレと久美子への疑惑を消し去るためだと考えれば、かなり巧妙で上手い方法である。無論フローランスにも明かされなかった。ブルトンは国家の役目を、アンドレと共謀し全うした。そう考えることも出来た。

けれど一良は黙る決心をする。人は人によって思われるかたちで存在することが解ったからだ。人は人によって自由に思われる権利がある、たとえ死んだ人間であってもだ。

こうして二人は数日後、マツコに見送られて夜間飛行の帰国客となったのだが、あやめの頭の中では「生涯に一度きりの命がけの恋」という久美子の切ない声がエンドレスに繰り返され、繰り返されることでフローランスの前で咄嗟に溢れ出た言葉であることも忘れられていった。

ブルトンから来た三つ目の手紙は、日本が戦争に負けた翌年に届いたもので、宣教師として世界の平和を願う短い文面だった。

初出　「群像」二〇一五年三月号〜二〇一六年五月号
この作品はフィクションです。

髙樹のぶ子（たかぎ・のぶこ）
1946年山口県防府市生まれ。東京女子大学短期大学部教育学科卒業後、出版社勤務を経て、1980年「その細き道」を「文學界」に発表。1984年「光抱く友よ」で芥川賞、1995年『水脈』で女流文学賞、1999年『透光の樹』で谷崎潤一郎賞、2006年『HOKKAI』で芸術選奨文部科学大臣賞、2010年「トモスイ」で川端康成文学賞を受賞。2009年紫綬褒章受章。他の著書に『満水子』『マイマイ新子』『甘苦上海』『飛水』『マルセル』『香夜』『少女霊異記』など多数。

オライオン飛行《ひこう》

二〇一六年九月二六日　第一刷発行

著者――髙樹《たかぎ》のぶ子《こ》

発行者――鈴木　哲

発行所――株式会社講談社
東京都文京区音羽二―一二―二一
郵便番号　一一二―八〇〇一
電話　出版　〇三―五三九五―三五〇四
　　　販売　〇三―五三九五―五八一七
　　　業務　〇三―五三九五―三六一五

印刷所――凸版印刷株式会社

製本所――黒柳製本株式会社

ISBN978-4-06-220244-2